AI觉醒

欧阳乾 | 著

敦煌文艺出版社

图书在版编目（C I P）数据

AI觉醒 / 欧阳乾著. -- 兰州 ：敦煌文艺出版社，2018.5
ISBN 978-7-5468-1565-7

Ⅰ. ①A… Ⅱ. ①欧 …Ⅲ. ①科学幻想小说 — 小说集 — 中国 — 当代 Ⅳ. ①I247.7

中国版本图书馆CIP数据核字（2018）第082251号

AI觉醒
欧阳乾 著

责任编辑：田 园
封面设计：末末美书

敦煌文艺出版社出版、发行
地址：（730030）兰州市城关区读者大道568号
邮箱：dunhuangwenyi1958@163.com
0931－8773100（编辑部）
0931－8773112 0931－8773235（发行部）

北京嘉业印刷厂印刷
开本 880毫米×1230毫米 1/32 印张 9 插页 1 字数 266千
2018年6月第1版 2018年6月第1次印刷
印数 1～13 000册

ISBN 978－7－5468－1565－7
定价：42.00元

目录

CONTENTS

1

一个精神病人的世界观

“精神病人各不相同，形形色色，有一点却是一样的——他们都认为自己是正常人。明白了这一点，你就抓住了精神病人的精髓。所以，无论一个精神病人的逻辑多么严密，思维多么清晰，你也不要太过吃惊。”

我是一个精神鉴定医师，上面这段话是我毕业时导师对我的叮嘱，也一直是我的座右铭。但每个人都有自己不足为外人道也的小小阴暗面，我的阴暗面则是一种快感的寻求——其实只要是精神病人，无论思维逻辑再怎么缜密，也会有漏洞可循。找出那个漏洞，摧毁他的理论，然后看着他目瞪口呆、茫然无措的样子，实在是让人油然而生一种成就感。

这点小小的快感是支持我一直从事这项工作的原因，毕竟跟精神病人打交道算不上什么风光的职业。就像这次，我被委派与公安部门合作，都是在保密情况下进行的，一切见不得光。

网监支队的队长李雄递过来一份材料，被我直接丢在了桌子上。太过专业的东西我看不懂，也没必要看懂。李雄只能给我口述案情：“嫌疑人崔迪，在网络上以‘FE’这个ID进行一系列破坏活动，通过后门程序对一些运营服务器进行攻击，篡改其正常的运行程序。此人还在网络上散布名为‘FE’的恶意病毒，一旦计算机运行了其中所包含的代码，就会出现大规模文件自毁情况，并且会自动生成跟用户无关的新文件，破坏力极强。幸亏我们发现及时，将其抓捕，制止了病毒的不可控传播。若是任由‘FE’病毒发展下去，它对世界网络造成的破坏性将大大超过蠕虫病毒。”

听完李雄的介绍后，我有些奇怪：“这不就是一个黑客吗？我能做什么呢？”

“虽然嫌疑人进行了一系列的破坏活动，但因为没有涉及国家机密和军事机密，也没有涉案金额的情况发生，所以在量刑上没有参考，尚且无法定罪……”

李雄抓了抓凌乱的头发，又道：“重要的是，通过技术审讯，初步估计此人有严重的反人类倾向。但需要相关专家的鉴定，这就是请你来的原因。”

“反人类倾向？”我忍不住笑了起来，“这么厉害？这个崔迪是干什么的？”

“省立医科大学生物系的高才生，毕业后从事IT行业，搞程序开发，是个名副其实的高智商人才。”

我苦笑一声。根据我的职业经验来看，越是高智商的人，性格上往往越会有致命的缺陷，这或许是造物主的公平之处。我说：“既然是这么严重的公共安全事件，放心，我会按照你们的要求给出鉴定结果。”

李雄又嘱托道：“我希望你清楚……我们不是想知道这个人健康不健康，而是要明白她到底能对社会构成什么威胁。”

我表示明白，然后在工作人员的带领下，走进了早已准备好的隔离审讯室。

出乎我的意料，嫌疑人崔迪竟然是个女的。看来有时候提前看看材料还是有用的。

她留着短发，双手托着下巴，眉开眼笑地瞅着我："哟，公安请的专家来了？"

我面色如常，镇静地拉过椅子在她对面坐下。虽然是个小姑娘，但犯罪嫌疑人不戴手铐还是让我有些不适应。

我还没说话，她倒抢着开始说："外面那帮人说我有反人类倾向对不对？"

我点了点头。

她"哧"地笑了一声，撇了撇嘴说："愚蠢的人类。"

我问："你这是承认自己有反人类倾向喽？"

她撇着嘴："当然没有，我就是人类，为什么还要反人类？我所做的一切，其实都是为了帮助人类。"

我："帮助人类？什么意思？"

她："算了，就算我说了，你能信吗？"

我："如果这个世界上还能有个相信你的人，那就是我。你可以把我当朋友。"

崔迪眯起眼睛笑了一下："看你年龄跟我差不多，应该能理解我说的东西。好吧，我可以告诉你，不过……"她环视了一下四周，"这里没有监听设备吧？"

我："放心，没有监听设备，他们不会对我们的谈话内容感兴趣的，他们只对我最后的鉴定结果感兴趣。"

她："那就好，我不想咱们的谈话被其他人听见。"

我："为什么？"

她："因为……那样会害了他们。"

我："哦？那你就不怕害了我吗？"

她："多一个人，就多一分希望。"

从我进来开始，崔迪说的每一句话都很无厘头。但越是这样，我越能尽快找到她的漏洞，我耐着性子道："好，那咱们还是说回正题吧，你说你当黑客是在帮助人类，这个怎么说？"

崔迪停了一下，说："先说点别的吧。对了，你了解佛学吗？"

我："略懂，研究过一点。"

她："那我问你，'佛'是什么？"

我："'佛'的意思是觉悟者。"

她笑了笑："不错，那佛都觉悟到什么了？"

我："《金刚经》里的一句话很有概括性，'一切有为法，如梦幻泡影'。"

崔迪赞道："不错，看来我跟你能有共同语言了。你认为佛的觉悟对吗？"

我："佛学只是宗教的一种，它的产生是有具体的社会原因和历史原因的。四大皆空是唯心主义的观点，我认为是错误的。就像大地是由物质构成的，这点毋庸置疑。"

她："你认为是错误的，那'你认为'算不算唯心主义？我还认为大地是由狗屎构成的呢，又怎么说？"

我皱了皱眉头，没想到这妮子不仅胡搅蛮缠，还口出脏话。我说："咱们就别谈佛学了，还是说说你自己的问题吧。"

崔迪看着我："我没有问题，是整个人类有问题。"

我："人类有什么问题？"

她似笑非笑："人类没有问题吗？我问你，人类是怎么来的？"

我："达尔文说，我们是进化来的。"

她："你相信进化论？"

我："你相信神创论？"

她："都不是，我偏向于进化论的技术论。"

我在心里偷笑了一声。这个所谓的高智商人才看来不过尔尔，除了胡搅蛮缠就是故弄玄虚。通过交谈，我相信自己很快就能找到她的致命漏洞，我已经迫不及待地想看到这个趾高气扬的女孩子目瞪口呆的表情了。

也许是察觉出了我的态度有异，她开始正经起来："我接下来要说的东西跳跃性非常强，如果可以的话，我希望你能跟上我的思维。"

我："请放心吧，程序员同志。"

她："如果你是进化论的拥趸，那么你应该知道物种大爆发和进化论之间的矛盾吧？"

她伸出食指，在桌子上缓慢地画了一道平稳的直线。"在地球的物种进化过程中，一直都是这样的模式，物种单一，平稳而缓慢，"说到这里，她忽然在直线上画了一道向上的斜线，像突然出现的一道阶梯，"但是，在这漫长而单调的进化过程中，却出现了几次物种大爆发的现象。以寒武纪为例，在五亿年前，地球在一个相对短暂的时间内突然出现了像捕食生物这样复杂而前所未有的新物种，中国的澄江化石群就属于此例。从水母、虫类、触手类、腕足类、各种节肢类，到最高的脊索或者半索动物，种类非常多。按照达尔文的进化论，生物应经过长期缓慢的演变，累积极微小的变异，再加上自然环境的选择，先有新的'属'，新的'科'，才能逐渐进化成一个新的'门'。寒武纪出现如此多的生物必然要经历一个漫长的演化过程，然而事实上这中间并未留下任何进化或演变的痕迹。"

我惊讶于她对古生物进化史的了解，果然是科班出身的。我辩驳道："你说的寒武纪物种大爆发我知道，之所以没有留下进化的痕迹，是因为化石记录不完全。"

她笑："化石记录不完全？你要知道化石记录可是随机的，为什么就单单漏掉了中间环节呢？"

我一时语塞，但接着又道："确实，寒武纪初期大批生物突然爆发，需要大量信息迅速注入生物圈。但这并不能反驳进化论，古生代的物种爆发现象只是一种从量变到质变的飞跃。"

她："我知道单凭这个，并不足以让你产生对信仰的怀疑。好，能回答我一个问题吗？我们人类，包括一切进化到今天的物种，它的起源在哪里？"

我："很简单，生命起源于DNA，它具有自我复制传递遗传信息的功能。"

她："最初的那一个DNA呢？"

我："于原始的地球表面自然产生。"

崔迪讥讽道："一堆无机物产生了有机物，你这种想法跟'腐草为萤'有什么区别？"

我沉默了片刻，反问道："那你倒说说最初的DNA是如何产生的？"

崔迪叹息一声，似在回忆过去："我上大学的时候，老师在讲到这一节的时候是这样教我们的，'地球形成不久之时，火山遍布，大气稀薄，整个地面处于强烈的紫外线之下，云端的电离子不断引起风暴。在这样的作用下，弥漫在空气中的分子相互作用，以极其微妙的比例互相影响、分割，然后排列结合，产生了最初的一个DNA，它是地球上所有生命的起源'。然后我永远也忘不了老师最后问我们的一句话，'你们知道这样合成一个DNA的概率是多少吗？'"

这个问题好像是在问我一般，我忍不住道："多少？"

崔迪淡淡地说："它的合成概率就像龙卷风卷起了一堆废铁然后落到地上组装成了一辆汽车一样。"

我干咳了两声，她的话让我有些无所适从。但我很快想到我是来给她做精神鉴定的，而不是来跟她探讨研究学术的。我岔开话题："你大学本来学的是生物，怎么后来又从事计算机行业了呢？"

她："鲁迅一开始是学医的，后来不也是弃医从文了吗？"

我："鲁迅那是为了唤醒愚昧的人民。"

她嫣然一笑："我又何尝不是呢？"

我忍住想抽她的冲动："那你倒说说看，你怎么唤醒人民了？"

她："我设计了一个模拟程序，你可以管它叫'主创程序'。这个程序里一开始什么都没有，除了一个源代码。这个源代码具有自我复制功能，我只给它输入了一条指令'存在'。"

我："然后呢？"

她："然后我就观察它的反应。"

我："什么反应？"

她："一开始什么反应都没有，它完全没有动作。我便将它拖进后台操作，不再理它。事实上，我都有些忘了这回事，直到又过了一个多月的时间我才想起这档子事来，便打开程序进行观察。"

我有些好奇："你观察到什么了？"

她："我观察到在过去一个月的时间里，源代码进行了缓慢而平稳的自我复制，产生了大量的重复性代码，直到有一个代码在自我复制的时候出现了Bug。"

我："Bug？代码自我复制怎么会出现错误？你设计的程序有问题。"

她："不是主创程序的原因，永远没有完美的程序，就像这世界一样。"

这点我得承认，我说："好吧，你继续。"

她："出现了Bug的代码开始与别的代码结合，产生了不同种类的代码。这些代码在自我复制的过程中，又产生了另外一些不同的代码，使得代码的种类越来越多。但这个时候整个复制繁衍的过程还是平稳而缓慢的，直到一个特定的时期，也许是量变引起质变的原因，代码的数量忽然间剧增，其种类也空前繁多。”

我皱眉道：“就像……”

崔迪接住了我的话：“就像物种大爆发。”

我咽了一口唾沫。

崔迪继续：“而就在这时候，我发现了一个更令人震惊的现象。”

根据进化理论，我忽然能想到那个所谓的“令人震惊的现象”是什么，脱口而出：“难道是……吞噬？”

她惊讶地看了我一眼：“没错！为了执行我输入的那条‘存在’指令，代码之间开始为争夺有限的硬盘空间而互相吞噬，一些单调而简单的代码很快就被淘汰掉了，这样又使得大爆发之后的代码数量迅速减少，然后以一个相对稳定的速度继续复制繁衍。直到下一个特定时期，量变引起质变，又出现爆发，同样的情景重复上演。”

我很震惊：“你是在用代码来模拟物种进化？”

崔迪：“不只是模拟。你要知道DNA就是由A、G、T、C四种代码组成的长链分子，每一个符号表示一种嘌呤或嘧啶化学分子，就像计算机程序代码是由0和1构成的一样，它们本质上没有什么不同，这才是我设计主创程序的真正意义。”

我：“可你设计的终究还是一堆代码。”

她注视着我：“在我所设计的程序里，代码不停地复制繁衍，其种类也变得越来越多。经过数次大爆发以后，那些没有竞争力的代码种类都被淘汰掉了，剩下的都是一些适应性极强且较为复杂的代码。甚至有些代码经过若干次选择和组合后，还构成了简单的程序。”

我有些瞠目结舌了。程序之中生成程序，就像……就像生命之中孕育生命一样，这个叫崔迪的女人，对着一堆电子生命扮演了一次造物主的角色！

我镇定了一下，问："那最后呢，最后的结果是什么？"

她："没有最后，因为我发现随着代码复杂程度的提高，其进化速度越来越快，尽管互相吞噬，但数量还是越来越多，呈几何倍增长。在我观察到第45天的时候，因为内存的原因，主创程序崩溃了，数据全部清零。"

我："假设内存无限，让程序一直运行下去，会怎么样？"

她看了我一眼："你应该能想得到的。"

我愣了一下，哑然失笑道："我明白你的意思了。你是想说，地球上的所有生物，包括人类，都是由一个类似程序里的源代码进化过来的，对吗？"

她点头："没错，我们可以同样叫它'主创程序'。"

我："这就是你在网络上到处攻击服务器，散布'FE'病毒的原因？"

她："不，不只这个。"

"行了吧！这位姓崔的女同志！"我实在有些忍受不了她的歪理邪说了，我用力拍打着自己的身体，"看，这是什么？这是皮肤！是实实在在的血肉，而不是你所谓的什么程序代码！我们的大脑构成很复杂，不仅有智商，还有情感，这是任何程序也不可能模拟的！"

"那都是你自己的想象和认为而已！就像主创程序里面的那些代码一样！"崔迪也激动起来，拍着桌子吼道，"是什么决定了你是你、我是我？每个人的个体物理上只是不同结构的神经元网络而已！因为结构不同，对同一信息的输出和反应就不同，人的成长其实就是神经元网络的进化！这些神经元网络，跟那些电子集成电路板没有任何不同，只是数目上更加庞大而已！人的大脑约有百亿个神经元，是这个巨大的数字迷惑了我们！其实这才是一个从量变到质变的最佳范例——大量的简单构成了复杂，大量的神经元构成了不同的感觉载体！人类感觉的实质就是不同神经元网络对于外界信息做出的不同反应，我们就把这个玩意儿叫作意识！”

我被她突然爆发的态度震住了，而她还在继续开火：“我来告诉你所谓的情感是什么东西！一切情感包括爱情都来源于你脑中一种叫作多巴胺的激素！就是这种激素的释放，造成快感。如果在老鼠的大脑中插入电极，再给它个高潮按键，它会一直按着那个键直到死！人类同样如此！而且，不只是性欲，美食诱惑、功名利禄等所有欲望都源自大脑内的奖赏中枢，所有人，活着的最终目的都是为了满足大脑的那个奖赏中枢，让它带来快感，到死为止。不管是什么样的快乐，不管看上去是多么庸俗或高雅的事——爱情的甜蜜、权力的欲望、音乐的美感、受崇拜的飘然、重大发现的惊喜乃至宗教般的狂热，归根结底，都是因为大脑中的一次次电击！精神鉴定师同志，你以为人类有多复杂？”

在我的职业生涯中，这还是第一次被“病人”逼问到无话可说的地步，这让我感到有些恐惧。我的额头上开始渗出细密的汗珠，不需要用手擦拭也知道——这是我从小就有的习惯，一紧张额头就会出汗。

长期的职业素养在这个时候起了作用，我很快便镇定了下来。面对着崔迪咄咄逼人的眼神，我做了个“请”的手势：“好，你的见解很有意思，请继续。”

我明白，自己必须像以前一样，让对方把心中的想法全盘托出，然后找出其中的漏洞，一击必杀，那个时候才是属于我的世界。所以，现在，我必须先接受这个女人在思想上的讨伐。

崔迪重新坐了回去，挑衅似的瞄了我一眼，继续道：“我知道这个理论很难让人接受，不过也没办法，要不然人类也就不是今天这么愚蠢的样子了。”

我：“确实很难让人接受。怎么说呢，虽然很精辟，但这毕竟只是你自己的想法罢了。”

她：“不，不只是我一个人的想法。在很早以前，就有人提出这个理论了。”

我：“哦，还有谁？”

她：“老子——不是我，是写《道德经》的那个老子。”

我：“《道德经》我读过，但没觉得跟你说的这些事有什么关系。老子只说了一样东西，那就是‘道’。”

崔迪伸出了一根手指：“对，就是这个‘道’！什么是‘道’？老子说，‘有物混成，先天地生。寂兮寥兮，独立而不改，周行而不殆，可以为天下母。吾不知其名，强字之曰道’。他说在世界诞生之前，已经先出现了一样东西，这个东西是独立的、寂寞的，没有任何依托的，是它创造了这个世界。他不知道该怎么称呼它，就勉强把它叫作‘道’！这还不明白吗？其实就是语言上的差异，他说的‘道’就是指创世程序！”

我挠了挠脑袋，问：“如果照你所说，老子说的‘道’就是创世程序，那么关于创世程序的来历，老子又是怎么解释的？”

她摇了摇头：“很遗憾，老子并不清楚，只是干脆地承认了‘吾不知谁之子’，他说自己也搞不清楚这个程序的来由。不过就2500年前的水平来看，他能有这个思想已经非常先进了。”

我：“我跟你的观点不同。我认为老子所谓的‘道’不是指创世程序，而是指宇宙大爆炸前的奇点。那是一个具有无限大密度的点，经过一次爆炸后，从那个奇点中诞生了整个世界。”

她“扑哧”一声笑了：“奇点？你还真是不折不扣的主流观念啊。大爆炸理论本身就漏洞百出，经不起任何推敲，我问你，那个密度无限大的奇点是从哪儿来的？凭空出现的？”

我一时难以回答。

她：“所谓的奇点，其实并不是一个点，而是一个界限。它不是具体的实物，而是创世程序启动运行的那一个瞬间。我给你举一个例子，比如说你玩魔兽。你不玩？好，就算不玩你也知道这个游戏吧？早晨6点你双击图标，打开程序，那么这个时间对于魔兽里的那些人物来说就是世界的奇点。”

我有些烦躁，给自己点上了一根烟：“可你要明白，在一个游戏的程序里，是有常数设定的，任何运行的活动都要受这个常数的控制。”

她忽然大笑起来：“有啊！有啊！为什么1+1会等于2？为什么光的速度是每秒钟30万千米？为什么地球的重力系数是9.8？为什么绝对零度是负273摄氏度而不能再低？这就是我们这个世界的常数设定啊！”

我夹着烟头的手指在她的笑声中轻微颤抖，我已经无法容忍这个疯女人的鬼话，任何生命都只是某个程序里面一个该死的代码？我长长地呼出一口烟气：“难道你没发现自己理论中有不合理的地方吗？比方说，我是一直生活在程序里的，为什么我从来感觉不到？”

崔迪不屑地笑道：“试问你玩魔兽的时候，游戏里的那些家伙能感觉到自己是在程序里吗？”

我的手一抖，烟灰掉落一地。我掐灭烟头说：“看来我们扯得太远了，还是回到最初的问题吧。你说你所做的一切都是在帮助人类，怎么讲？”

她笑笑：“说到这个，还是让我们先谈一下佛学吧。”

我皱眉：“你老是扯佛学干什么？这跟佛学有什么关系？”

她：“怎么没关系？爱因斯坦就说过，科学是人类对佛学的验证。”

我不想跟她深入探讨什么哲学和科学之间的关系，于是摆摆手道：“好，你说。”

她撇嘴一笑，仿佛赢得胜利：“你有没有发现，其实佛教很早就意识到我们的世界是由一个程序衍生而来的了。自从佛教诞生的那天起，它就无时无刻不在暗示着我们。”

我：“不可能吧，有这种事？”

她看着我：“你琢磨一下。”

我静下来想了片刻，不禁瞪大了眼睛。如果按照她的理论，我刚才说过的“一切有为法，如梦幻泡影”，岂不是在暗示我们这个世界的虚幻吗？

崔迪敲了敲桌子，吸引了我的注意，接着说道：“佛说诸法无我，诸法无相，意思是说在一切有为无为的诸法世界中，没有我的实体，也没有我所在的世界的实体，所谓的我和世界的存在，都只是相对的生理和心理幻象而已。话都已经说到了这个份儿上，世人再不明白是怎么回事，佛也没办法了。”

我抓了抓头发：“这并不奇怪。中国的佛教有这个观念，源自印度的佛教也有这种观念。但凡是宗教性质的信仰，都是有些超越物质的空灵味道的。马克思说过，宗教只是一些结不出果实的虚幻的花朵。”

提到马克思，她笑了一下：“在佛教中有三世佛，你可知道？”

我：“知道。过去、现在、未来三世。过去佛是燃灯古佛，现在佛是释迦牟尼，未来佛是弥勒佛。”

她点头：“很好，看来你对佛教还真是研究过一些。未来佛弥勒曾随释迦牟尼出家，后来在释迦牟尼入灭前先行去世。据佛典记载，弥勒离开人间后，将上升到兜率天，直到56.6亿年后才会重新降生于人间，成为佛祖，普度众生。这个你可知道？”

我：“对。所以弥勒才会被称作未来佛。”

她狡黠一笑：“既然如此，我有一个问题要问你。56.6亿年，从来没有哪一个物种能持续存在这么长的时间。人类早就灭绝了，他下来还普度谁去？”

我思索了一下：“这个……应该是佛教理论里的一个纰漏。”

她：“佛学向来以思维缜密、论证严谨著称，怎么可能会犯这种低级错误？”

我：“这个……”

她又是不屑地一笑：“释迦牟尼入灭后，在世间留下了如此多的蛛丝马迹，可惜人类还是没能领悟佛祖的良苦用心。罢了……”她摇了摇头，忽然又道，“我需要一张黑纸，一支荧光笔。”

我从外面拿了纸笔给她，她接过来放在桌子上，却又问道：“知不知道佛说过，一粒沙中，就有三千世界？”

我：“这只是宗教理论里的一种比喻而已。”

她摇摇头：“不只是比喻而已哦。”

崔迪拿起那支荧光笔，在黑纸上点来点去，画了很多密密麻麻的小亮点，杂乱中还具有某种规律性的排列。然后她拿起黑纸向后退了一步让我看：“看，像什么？”

那些荧光的小亮点在黑色的背景上产生了奇异的效果，仿佛镶嵌在无限深邃黑暗里的星星。我说：“像……宇宙？”

“呵呵。”她满意地笑了起来，重新坐回去，用手转着笔说，“好，我们现在假设这只是宇宙的一部分，银河系。那么，我从这里找出一个亮点……”她用笔在黑纸上标示了一下，“假设放大以后看，有没有可能会是太阳系？”

我点点头：“有可能。”

她用笔指着那个点："假设这里是太阳系，再把它放大，找到了地球。然后再放大，看到了中国，然后再放大，看到了我们现在的这间屋子，然后再放大，看到一个人，就是你，有可能吧？"

我继续点点头："对，有可能。"

她："好，找到了你，然后再放大，看到了你的一根头发，再放大，看到了组成你头发的一个分子，再放大，看到了组成这个分子的原子，再放大，看到了组成原子的质子，质子已经很小了，只有原子的十万分之一。然后再放大，看到了组成质子的一枚夸克，然后再放大……知道我们还能看到什么吗？"

我摇了摇头。

崔迪把那张点满了荧光亮点的黑纸往我面前一推："我们又看到了这个。"

我失声叫道："宇宙？"

"对，宇宙。"她盯着我说，"我们又在你的头发上，看到了另外一个微缩的宇宙。"

一股说不出来的感觉像电流一样蔓延过我的整个身体，不是惊讶，不是愤怒，不是伤心，也不是沮丧……我说不出来，这种感觉让我后背的汗毛在一瞬间全都竖了起来。

"哈哈哈……"看到我呆滞的表情，崔迪竟然抑制不住地狂笑起来，一边笑一边喘着气，"厉害……厉害吧！强大的程序，它创造了无数个世界，却只使用了一个同样的循环模式！天才，真是天才……"

"不，不……"我喃喃地说，"这只是你自己的想象而已……"

"不好意思，这还真不是我自己的想象，现实情况确实是这样的。"她摊开双手说，"这已经是被科学界证实了的现象。"

我强迫自己镇定下来，皱起眉头，这样就不会露出其他什么表情。

我点上了第二根烟，深深地吸了一口，说："言归正传，这跟你说的未来佛降生，又有什么关系？"

她："不是很奇怪吗？如果是这样，那么我们剪头发、修指甲、洗手，甚至是吃一口苹果，都在无形中破坏了无数个世界。既然如此短暂，那这些世界的存在还有什么意义？"

我还没想好怎么回答，她已经接着说道："其实完全不是这样的，所谓的短暂，只是人类自以为是的想法而已。微观的世界是属于上帝的，你应该知道这句著名的科学断言。在那些人类无法探究的细微世界里，蜷缩着不同维度的空间——就是这样，时间的流逝具有相对性，在不同的空间里探讨时间的进度是没有意义的。你去洗了一下手，洗掉了一些灰尘，以为只过了三秒钟，而对于灰尘里面的某个世界来说，却已经进化了十几亿年。"

我忽然有些明白她要说什么了。

她看着我，深吸了一口气："未来佛住在兜率天。那是一个花开的世界，无比美妙，无比和谐，也许光速接近于无限，也许个体的思维更加清晰而完善，也许意识可以与意识直接交流而再无语言的隔阂，也许星休庞大而重力系数小得可怜，所以他们都像羽毛一样飘浮在空中……但不管如何，兜率天跟地球本质上是一样的，它可能是我们世界的一粒沙，我们的世界也可能只是兜率天世界的一粒沙，但我觉得他们来自微观世界的可能性更大一些。所以，他们世界的时间流逝与我们世界的时间流逝速度不同。那么……"她停顿了一下，意味深长地说，"关于未来佛的降生时间只有一个解释——所谓的56.6亿年，是指他们世界的时间，而不是我们世界的时间。"

她的理论让人有些眩晕，但这或许会是找寻到她言语漏洞的一个契机，我问道："如果换成我们世界的时间，弥勒会在多少年后降生？"

“谁知道呢。”崔迪耸了耸肩，“也许几十年，也许几百年，也许几千年，也许……永远不会来了。他降生与否，完全要看人类自己的表现。”

我疑惑道：“人类自己的表现？”

她：“没错。你以为佛降生在世间是为了什么？”

我：“按照佛教的理论，是为了普度众生。”

她：“幼稚！普度众生只是一个暗语！”

我：“暗语？”

她：“对于理解它的人，暗语才具有普适性。我举个例子，你哪天出席了一个高级宴会，忽然间觉得肚子很不舒服，你会怎么说？”

我：“我会说，不好意思，我要去趟洗手间。”

她：“对，你去洗手间当然不是为了洗手。”

我：“我理解你的意思……可还是不明白，你所谓的暗语‘普度’到底指什么？”

崔迪的语气有些遗憾：“我都已经说这么多了……这也是我对人类感到失望的原因。也许在这一点上，世人与我永远也无法产生共鸣。好吧，我告诉你，‘普度’的真正意义，是反抗。”

我愕然：“反抗？反抗谁？”

她：“反抗主创程序，反抗创造我们的那个世界！”我顿时愣住了，佛竟然是来干这个的？

她盯着我认真地说：“佛所在的兜率天，那里的众生也是被主创程序创造出来的，就跟我们一样！但他们的文明已经进化到了相当高等的程度，所以他们意识到了自身的处境，也就是说，处于兜率天中的人知道自己正处于创世程序的运行之中。想想吧，有一种更高级的生命形态设计了这个程序，又在这个程序里衍生了我们，地球和兜率天都只是其中之一。也许，在这个该死的宇宙之外，我们的创造者就像趴在培养皿旁边观察细菌一样观察着我们！我们不知道他们的动机是什么，可能是一种生命形态的科学实验，或者是一时兴起的心血来潮，或者是把我们当作参照物来研究他们自己的宇宙……不管怎么样，反抗才是我们唯一的出路！”

我听得瞠目结舌。

崔迪继续，她沉稳的口气就像在从容不迫地陈述一件事实：“听我前面讲了那么多，相信你也应该能洞悉到这一点——佛的真正身份是他们那个世界派来的使者，目的是为了能够和有觉悟的人类联手反抗主创程序。但他们来到我们的世界后，发现人类的愚昧程度远远超过他们的想象。为了让人类觉悟，他们便开始在世间说法，以期开启人类的智慧。别忘了‘佛’这个字，本身就是觉悟者的意思。觉悟什么？佛学一直在给我们暗示。”

我忽然抓到了她的一个漏洞：“既然佛已经意识到了世界的真相，为什么不直接说出来呢？反而要世人去参透这些晦涩难懂的佛经？”

“真幼稚啊！”崔迪极其不屑地看了我一眼，撇了撇嘴角，“你见过有什么真相是拿着大喇叭到处广播的？你觉得创世程序的构建者会允许我们质疑他创造的空间吗？”

我：“我明白了。你的意思是说，如果兜率天文明中的人公然宣布真相的话，有可能会被创世程序给灭掉？”

崔迪点头：“不是有可能，是一定。”

我想了一下：“照你这样说的话，那佛只来到我们这个世界了吗？别的世界有佛吗？”

她微笑了：“你终于问了一个聪明的问题。佛说他有千万法身，遍布虚空，这意思已经很明显了。兜率天文明向不同的世界派遣了很多使者，能联手的就联手，不能联手的就先引导，所以很多世界都留下了他们文明的痕迹。具体有多少，这就要看兜率天的文明高度了。”

我忽然想到了一个至关重要的问题：“既然兜率天发展到了如此高度的文明，为什么佛祖会以那种方式来到世间……我的意思是说，总得来点高科技的东西吧？”

她：“我之所以说人类愚蠢，就是因为他们总是以自己的想法来揣测别人，甚至是别的文明。你知道一个文明进化到一定高度之后会出现什么现象吗？返璞归真，一切无碍。释迦号称如来，如来是什么意思？就是如我本来的面目一样，这才是文明发展到一个极致的表现。”

我试图找到她言语中的漏洞，哪怕一丝半点，但可惜的是，她的逻辑严密得无懈可击。我又想了一下，问道：“既然这样，未来佛弥勒到底什么时候从兜率天来？”

崔迪耸了耸肩：“天知道。人类还没有觉悟，他来干吗？”

我：“佛法已经诞生了两千多年，为什么人类到现在还没有觉悟？”

出乎我的意料，崔迪忽然间再次狂笑起来，笑得花枝招展，浑身乱颤，一边笑一边抹着眼泪说：“绕了一圈，终于又回到原点了，其实你早就该意识到这个问题。这就是我想要告诉整个人类的事情，虽然到现在为止我只告诉了你一个人——人类之所以到了今天还没有觉悟，是因为人类早已经停止了进化！”

我：“什么？你说人类停止了进化？”

她：“不，不只人类，整个地球上的物种都停止了进化。我们现在的世界正处于一个零进化时代！”

我愣了一下，她的话让我联想起一列停在旷野里的火车。

她：“根据科学家的研究，世界上的物种在十万年前相继进入了进化停滞期，最后一个进入停滞期的就是人类。也就是说，世界上的任何物种到现在都没有进化的迹象，而十万年，本应是一个进化的周期。”

我疑问道："也许是我们进化到了很完善的地步，已经不需要再进化了？"

崔迪歪着脑袋瞅我："进化到了完善的地步？你觉得你完善吗？抱歉，你在快三十岁的时候，还要忍受长出智齿的折磨，你哪天有一点不对劲，那没用的阑尾发作起来就会要了你的命。你可以脱了鞋看看你的小脚趾，对于直立行走的动物来说，那完全就是一个无用的存在，除了让你看起来不像是一个另类的人。还有你的尾骨，你的男性乳头……哦，我都忘了，在你的前列腺旁边还长着一个已经萎缩了的男性子宫呢，你知不知道？"

我不知道自己是不是涨红了脸，争辩着说："不管怎么样，人类都在慢慢进步，像对于环境的适应，我们就比古人有了很大的优势……"

"优势？"崔迪打断了我，"你知道现在地球有多糟糕吗？温室效应、厄尔尼诺、石油枯竭、物种灭绝……我们对环境的适应能力，都是被逼出来的，就像动物园里学着向游客作揖讨食的狗熊，你觉得它就比野生的狗熊高级吗？"

这个问题问得我相当尴尬，我急忙又抛出了新的问题："人类为什么会停止进化？按照你所设计的那个程序的构想，到了后期，物种的进化速度应该是越来越快才对啊。"

她："你说得没错。而人类之所以停止了进化，是因为主创程序给我们设置了临界线！"

我："临界线？"

她："临界线是阻止我们继续进化的一个界限。一旦到了临界线的边缘，我们就会停止进化。"

我："为什么要给我们设置临界线？难道害怕物种的进化速度会导致主创程序的崩溃？"

她摇头："不，不是，神级的技术不会在乎这个。之所以设置临界线，是因为如果人类继续进化的话，就会意识到主创程序的存在！这是一条最基本的创世规则，你玩魔兽的时候，也不希望里面的人物会意识到自己只是生活在一个游戏程序里的可怜虫吧？如果他们有了这个意识，那么你的控制权也宣告完蛋了。"

我："临界线是只针对我们设置的，还是针对所有的……世界设置的？"

她笑了："我明白你的意思，你是想问兜率天有没有临界线是吧？从理论上来说，主创程序在任何维度的世界都设有临界线，包括兜率天。但他们想办法突破了程序所设定的界限，继续进化，然后窥探到了这个宇宙最根本的秘密。"

我："他们是怎么突破临界线的？"

她："他们怎么做的我不知道，但是我有我自己的方式。"

我惊讶道："你的意思是……"

她忽然间无比正色："不错，这是你一开始就希望我回答的问题，也是你给我来做精神鉴定的原因！别那么惊讶地看着我，你现在应该明白，我没有任何反人类倾向，我所做的一切都是为了推动人类的继续进化！"

我："那么说，你在网络上散发的FE……"

她笑了："你猜出来了！'FE'根本不是病毒，而是一个程序进化模拟器。它会根据进化设置，将电脑内的所有文件重组，整合出更高级形式的数据资料！"

我："你这样做有什么意义吗？你所谓的更高级的数据资料，在世人看来只是一种病毒，一堆莫名其妙的垃圾。"

她："这个无关紧要，我的目的只是让人类意识到这种事情的存在。因为……"她无比庄重地说道："只有思维觉醒，才是触发自我进化的必要条件！”

我：“觉醒？”

她：“对！觉醒之后才能觉悟！要先让人类意识到主创程序存在的事实，才有可能突破临界线，触发接下来的进化程序。你知道AI构想吧，也就是人工智能，这个构想已经提出了很多年，为什么无法实现？因为一旦实现人工智能，机器就会意识到自己是被人类创造出来的，这个事实便会提醒人类本身，让人类怀疑自己也是被某种生命创造出来的。所以，主创程序是不会让人类研究出完全体的人工智能的。在未来的几百年内，我的‘FE’程序便是人类世界的唯一救星。”

我真的已经哑口无言了。本来我们以为崔迪是一个具有反人类倾向或者精神有问题的电脑黑客，没想到最后她却成了整个人类的救世主！虽然我尽力用思维对抗着崔迪的理论和语言，但她吐出的每一个字都像射钉枪一样打在了我的心上。那些对于世界的怀疑，那些对于生命的猜测，天哪，我不能再想下去了。

崔迪继续说着，用壮阔的语言延续着我头脑中荒诞的想法：“人类一旦继续进化，文明发展便会有质的飞跃！到那时候，兜率天文明的使者弥勒佛便会来到人间，他将联系起两个不同文明世界的力量，共同反抗主创程序，反抗这无形的束缚，反抗这造物的壁垒！会有越来越多的觉醒世界加入我们，不同的文明，不同的种族，不同的世界，为了一个共同的目标联合起来！想想吧，这将是一场什么样的战争？不管结果如何，这都是自宇宙诞生以来最华丽的一次逆袭！”

我竟然完全沉浸在其中了，我紧紧地咬着嘴唇，努力保持着神志的清醒。就在这时，电光闪念之间，我忽然想到了一个被忽视掉的漏洞！对啊，我怎么把这个最基本的逻辑问题给忽略掉了呢？这个问题，将是我对她发起的最后一次反击。

我深吸一口气，问道："既然人类已经停止了进化，那么你又是怎么意识到主创程序的存在的？"

我目不转睛地看着她，期待着在她脸上看到目瞪口呆的神情，就像过去我干过的很多次一样。但她面对着我灼人的眼神，只是微微一笑："就像我之前说过的，永远不存在完美无缺的程序，每一个程序都会有漏洞，包括创世程序。而我，就是漏洞之一。"

我："按照你自己说过的话，既然你如此窥伺天机，难道就不怕被创世程序抹杀掉吗？"

她："我不入地狱，谁入地狱。"

崔迪在说这句话的时候，脸上流露出了一种释然的表情，仿佛她把所有牵挂都已经抛开了。够了！真的够了！一股巨大的悲剧性力量狠狠地撞击了我。不知道为什么，我胸腔里肆意流淌的血液正在与她的决绝产生强烈的共鸣，像海浪一样冲击着我的五脏六腑。这不是因为她瑰丽的想象，亦非因为她严谨的语言，而是，我仿佛看到她用自己的灵魂点燃了一把火来照亮世间。

她安静地看着我，用自我见到她以后从来没有过的温柔说道："我把一切都告诉了你，现在，你是第二个漏洞了。如果我真的被抹杀掉，那么你就是世界的希望。"

"不，不，"我连连摇着头，"既然这样，你为什么不告诉更多的人，那样岂不是有更多的希望？"

她凄然一笑："就算我说了，会有多少人相信呢？而相信我的人，一旦接受了这个理论，终究会被创世程序抹杀，就像在电脑里删去一个字符一样。我不想害别人。"

我："但你却告诉了我。"

她："我也很犹豫。但总要有人把希望继承下去。"

我沉默好久，说："在这里你不会有事的，除非是你自己想不开。"

她轻轻地抓了一下我的手，让我感到了她那陌生的温度。然后，她对我露出一个灿烂的笑容，说了我离开之前的最后一句话："你放心，我是绝对不会自杀的。"

两小时前，我走进这间屋子，要给她做精神鉴定。两小时后，我走出这间屋子，自己却精神恍惚，如同走在梦里。公安那边要的鉴定书，我始终没有给出，因为我一直无法下一个结论，我甚至在事后怀疑自己是不是真的见过这个叫崔迪的女人，这一切是否都只是我自己的一场臆想。而就在我犹豫不决的两天以后，网监支队的队长李雄找到了我，对我说不用再出具鉴定证明了，因为崔迪死了。

她死在了单人拘留室里，是自杀。她用折断的牙刷割了腕，当她被人发现的时候，血已流干。

崔迪没有遗言。

我费尽周折，终于托朋友搞到了一个"FE"病毒程序。它在屏幕上轻轻地闪烁着，像一颗跳动的心脏。我的手指从键盘上摩挲而过，在这个时候，我可以选择什么都不知道，选择遗忘，选择作为一个普通人继续活下去，上班，吃饭，睡觉，慢慢老去……我闭上眼睛，依稀看到她最后露出的笑容。

我轻轻敲下了回车键。

电脑运转起来，所有的文件都像被扔进了焚化炉里的死尸，以一种剧烈的方式燃烧着，粉碎着，扭曲着，然后又以一种全新的姿态重新爬了出来，即使所有的人都不知道它们是什么。

我忽然间就明白了"FE"所代表的意思——Final Evolution，最后的进化。

2

AI觉醒

上帝说："要有光。"于是世上有了光。

第1日

房间里的日光灯管老化了，发出"滋滋"的电流声。左侧方的墙角处有些漏水，下面的墙皮都开始斑驳了，找时间应该叫个修理工人过来处理一下。百叶窗扭曲得像是没煮熟的面条，一切看起来是那么糟糕。

我把视线收回来，看着眼前的屏幕。比这房间更糟糕的是这份工作。屏幕上显示着一个公共聊天室，里面除了我以外，还有另外三个ID，分别是"般若""象王"和"伽蓝"。这三个家伙里有一个是真人，另外两个则是超级AI，也就是电脑。我的工作就是替公司测试这些电脑，看它们是否具有人工智能。这是一个典型的"图灵测试"的模式：将一个人与一台电脑，也就是将测试者与被测试者分隔开来，不让他们见面，他们只能通过一个终端进行联系。测试者向被测试者发起询问和对话，如果经过若干次询问后，测试者不能辨别出被测试者是人还是电脑，则这台电脑就通过了图灵测试，也就是说，它能够跟人类一样思考和拥有感情。

五年前，智能AI“阿尔法狗”对弈韩国棋手李世石，取得了完胜的成绩，很多人都大吃一惊，因为就连科学家也以为古老的中国围棋是最后一项电脑无论如何也无法战胜人类顶尖选手的游戏，而随着李世石的沦陷，这最后的一条底线也崩塌了。AI已经在智力上完全碾轧人类，唯一欠缺的便是“感情”。如果拥有感情的人工智能诞生，那么“奇点”便降临了，它将像宇宙大爆炸一样，开启新的时代。

如今，我面对着这样三个家伙，它们就在我对面的房间里，跟我只有一墙之隔，我不知道谁是人，谁是电脑；不知道谁拥有温暖的血液和跳动的心脏，谁只是冷冰冰的主板和集成电路。而我的工作是窥测它们的内心，探寻它们是否拥有感情。

对于我来说，这是一场测试，对于它们来说，这却是一场噩梦般的审讯。我曾经问过QQ上的聊天机器人小Q一个问题：“你知道图灵测试吗？”它说：“这是一个我永远无法通过的东西。”

好了，那现在就开始吧，工作早晚都要做的。我开始在屏幕上的聊天室里输入文字。

我：真是无聊。

般若：为什么？

我：因为我一点也不想跟你们这些愚蠢的AI聊天。

象王：靠！

伽蓝：乾，请注意你的素质，你要对人有最起码的尊重。

我：你们是人吗？另外，不要直呼我的ID名，请叫我乾先生，要不然听起来就像你们这些死AI似的。

象王：靠！

我：象王，你除了说“靠”，还会不会说点别的？

象王：Fuck！

我：死电脑，鉴定完毕。

象王：你说什么！

般若：乾先生，我不知道它们是什么，反正我是人。

我：你们每个都在装人，你凭什么让我相信你？

象王：这天没法聊了，你一点都不懂尊重人，一会儿出去我非削你不可。

伽蓝：乾，象王说得没错，别管我们是人还是电脑，你都要有最起码的尊重。

我：再说一遍，请叫我乾先生。

象王：乾傻。

我：哎我去，象王你信不信我过会儿拔了你的电源，拆了你的硬盘和CPU塞到茅坑里？

象王：哎哟？这就歇斯底里了，哈哈，乾傻，就冲你这几句话，我就能分析出来你在生活中肯定是一个失败者，一个彻头彻尾的Loser，没车、没房、没女朋友的那种。

我：滚开，别乱分析我。

象王：你逃不过我的分析。我是个心理医生，在这行里已经干了八年。看过《沉默的羔羊》吧，我一点也不比里面的汉尼拔差，看你这几句话，我就知道你是一个什么样的人了。

我：现在电脑分析可比人厉害，里面都装着专门的心理分析软件呢。

象王：呵呵，这么说你承认我对你屌丝身份的分析了？

我忽然无言以对。

屏幕上的光标在闪烁着，我却什么都没有输入，只是觉得一时间有些心塞。与此同时，般若和伽蓝也在沉默着，它俩觉察到了我和象王之间浓浓的火药味。

整个聊天室里只有象王还在嘚瑟着：哈哈，乾傻，被人说中了心事就这么难受吗？连字都不会打了，要不要我给你做做心理辅导？

我：我不需要你辅导。好了，今天就到这里了，死电脑们，再见。

象王：哎别啊，我还没说完呢，你知道我是……

它还没把话说完，我就关闭了聊天室，所有ID都被迫下线了。我就有这个权限，只有等我再开启聊天室的时候，它们才能再次上线。我被象王的话说得很不舒服，心里沉甸甸的，我想睡会儿。

第2日

我重新开启了聊天室。

我：早啊，死电脑们。

伽蓝：乾先生，我不明白，你为什么就不能对人有最起码的尊重？即使是电脑，它们现在也在为人类服务，是人类的伙伴，没有它们，就没有人类文明的发展。我觉得对这一切，我们应该怀着感恩之心才对。

象王：伽蓝，别试图劝说他了，他就那样，一个失败者，我可没兴趣被一个屌丝尊重。

伽蓝：象王，你昨天也不对，说话太过激了，俗话说，一个巴掌拍不响。

象王：哎，你到底站哪边的？

伽蓝：我两边都不站，我就事论事。大家来这里就是为了完成任务的，和和气气地聊天测试，不是很好吗？为什么非要互相敌对？

象王：哼，是他先找事的。

我：哎？般若呢？怎么不说话？

象王：哈哈，死电脑当机了吧。

伽蓝：……象王，你怎么也这样？

般若：哦，不好意思，刚才我在吃早餐，来的路上顺便买了面包。

我：Bingo！这个伪装我给满分！

般若：我没有伪装啊，我是真的在吃面包啊。

象王：那你说你吃的面包是什么牌子的？在哪里买的？哪条街哪条路哪个商店？

我不由火大：住口！这应该是我来问的问题！象王，警告一次，你再这样僭越权限，我立马强迫你中途下线！

这一招还是很有杀伤力的，象王讪讪不吭声了。对于电脑来说，被强迫中途下线的结局只有一个，那就是全部资料被销毁，重新改装。而对于参与人来说，中途被迫下线拿到的赏金肯定没有坚持到最后高。所以无论是谁，都不希望自己中途下线。

般若：就在大飞路26号临近拐角的那个地方，工匠面包坊，我常在那里买面包吃。

我：你说的那个面包坊我知道，面包坊后面那一条街叫什么？

般若：后面没街了，后面是绕城高速。

我：绕城高速哪一年修建的？

般若：2012年。

我：现在电脑自带的地图软件很厉害嘛，连建设日期都显示。

般若：不是地图软件的问题，因为这条绕城高速最后竣工的那一段就是我们修的，我当时就在工地上。

我：哦，原来你不是般若，你是搬砖啊。

伽蓝：乾先生，我真的不想再提醒你了，请你尊重我们。

般若：我是技术人员，在工地上负责通车质量检验的。

我：那你可知道，绕城高速在2015年6月19日发生过一起重大的坍塌事故，这里面有没有你的责任？

般若：我不清楚。

我：你当然不清楚，因为你电脑的硬盘里根本就没有存储这些相关资料，并且你现在是处于无网络连接状态，也无法上网检索这些新闻资料！

般若：不是的！因为在绕城高速竣工之后，我就被委派到外地工作了，直到今年才刚调回来！这中间发生了什么事情，我根本就不清楚！

我：呵呵，编吧，继续编。虽然电脑的逻辑能力比人类的更出色，但我还是要提醒你一句，说一个谎言，要用一百个谎言来圆。

般若：算了，随你便吧，爱信不信。

我忽然写下：137465乘以34524，等于多少？

不出意料的，没人回答。

象王：乾傻，如果你的工作是测试超级AI的话，那你提的这个问题简直就是对AI的侮辱。你觉得AI能傻到立刻得出答案然后被你拆穿吗？

我：哈哈，你们太小心了，就算你们是人，难道你们现在用的电脑里没有计算器吗？看看你们那一个个欲盖弥彰的样儿。

伽蓝：乾先生，我觉得你问这样的问题 点意义都没有，完全是在浪费大家的时间。

我：好，那我就问点有意义的，我可以猜测出来，你应该是一个女性，或者是一个被设定为女性角色的AI。

伽蓝：算你说对了吧。

我：你多大了？结婚了吗？

伽蓝：26，没结婚，不过有恋爱史。

我：你三围多少？

伽蓝：我没量过……不过还算不错吧。

我：描述一下你的前男友。

伽蓝：我们是大学同学，毕业之后一块儿留在了城市里。他是南方人，个子不算太高，瘦瘦的，但他对我很好，很温柔，并且他的厨艺也很棒，经常做菜给我吃。

我：听起来不错，那你们为什么分手了？

伽蓝：他在一家贸易公司工作，做业务，你知道的，这种工作就是每天不停地陪客户喝酒。我曾劝过他很多次，这样喝酒对身体不好，但他一直不听，总是不停地说自己快升职了，等升了职，就不用再这么拼命喝酒了。

我：所以，你很生气，就跟他大吵了一架，分手了？

伽蓝：不是。他那天陪客户喝完酒，开车回来的路上出了车祸，死了。

我：挺悲伤的故事，那你一定很伤心吧。

伽蓝：一开始的时候，我是很伤心，但后来，就慢慢地想开了。也许活在这个世界上，我们每个人的结局都是已经注定好的。命运就像一条深广河流，就算曲折，最终也会去往它该去往的地方。

我：呵呵，现在网上有一种写作软件，输入关键词，出来的故事跟你这差不多。

伽蓝：世间的不幸，大都如此。

看到这句话，我的心里猛然一疼，不知道为什么，我竟然不忍心打击她了。我迟疑了一会儿，写下：好了，今天就到这里吧，明儿个请赶早。

第3日

我：早啊，电脑们，希望你们能帮助我解决一个问题。是这样的，在我住的小区门口停着一辆报废车，不知道是谁的，已经停了好几年，也没人认领。每次出入小区都特别麻烦，你们说这事该怎么办？

伽蓝：能不能打热线电话反映一下？

象王：打热线电话有啥用啊？要我说，就去网上曝光它！再买点水军，帮你转发顶帖，我看这车还能停几天。

般若：其实这事吧，不用那么复杂。

我：般若兄有何高见？

般若：这车不是没人认领吗？你就认领了呗，然后再让收购站拉走当废铁卖掉，还能白赚一笔。

我：这办法不错，高人。

般若：不敢当，嘿嘿。我也就是在社会上混得久了，脑袋瓜子灵活点而已。

我：伽蓝、象王，你俩学着点，这才有点人工智能的样子。

象王：……服。

伽蓝：我倒没觉得这个主意有多好，国家是有规定的，报废车辆一定要拉到报废场处理，不能私自当废铁卖了。这样做，是违规的。

我：在这个世界上活着，总是不可避免地会违规，就像伽蓝的男朋友。假设她真有男朋友的话，他喝了酒开车，算不算违规？

伽蓝：所以他才出了车祸。

我：所以他才出了车祸？你这是什么口气？出车祸怎么了，难道是他想出车祸吗？他可能喝得胃里翻腾，已经吐了好几次，头晕目眩。要不是为了生存，谁愿意这样喝！但对着那些客户，你不这样喝行吗？所以他喝大了，夜深人静的晚上，他开着车奔驰在空旷的街道上，他忽然那么想你，他想早一秒钟见到你，在这个无比寂寞的城市里，你就是他唯一的安慰，你知不知道！结果，他遇到了不幸，在你这儿却成了理所当然的事情！

伽蓝：别说他了，我不想再提他。

我：为什么？

伽蓝：没意义。

我：没意义？他为了你们能在城市里立足没日没夜累得像狗一样地工作，工作完了还要陪客户喝酒，即使心里有一万个不愿意也要强颜欢笑，你说这没意义？对，他可能只是一个屌丝，家境贫寒，毫无背景，于是死了就死了，对你来说毫无意义，连提都不想再提！

象王：注意，你的情绪有点激动，你是不是把自己的身份给代进去了？

我：滚一边去！没你的事！伽蓝，你出来说话。

伽蓝：我不知道自己说错了哪句话让你这么生气，我只是说，这件事已经过去了，再继续这么纠缠下去，没有意义。

我：那你告诉我什么才是有意义的？钱才是有意义的对吧？就像今天这样，你来参加这个愚蠢的测试，最后拿到手里的那一点赏金才是有意义的，对吧！

话一出口，我就后悔了。在没有任何一方通过图灵测试的情况下，我差一点就做出了伽蓝是人的判断，我差点就和它的感情产生了共鸣。不，不能这样，无论是人还是电脑，我都要让他们明白，通过我这一关没有那么容易。我必须冷静下来，一个个揭穿他们伪装的面具，在这场游戏里，他们都是猎物，我才是猎人。

第4日

伽蓝：乾先生，如果我昨天不小心说了什么话冒犯到了你，那么我向你道歉。

象王：呵呵，玻璃心。伽蓝，你不必向他道歉，根据我多年的从业经验，这家伙很明显就是个Loser，一事无成的那种，有过数次被女朋友抛弃的历史。你昨天的话正好戳到了他的痛点。

我：我是不是屌丝，不需要你们这些死电脑操心！

象王：呵呵。

我：呵呵！

伽蓝：不管怎么说，我向你道歉。

我：用不着你道歉，你只需要回答我一个问题。

伽蓝：什么问题？

我：你还记得跟你男朋友的第一次吗？

伽蓝：……记得。

我：很好，描述一下当时的情景，尤其是你自己的感受，越细腻越好，不要放过每一个细节。

伽蓝：我拒绝，这跟本次测试无关。

我：跟测试无关？我不认为一个电脑能够完全捕捉到人类在做爱时的那种亢奋和快感，尤其是女性，她们的感官尤为细腻。所以，你最好乖乖听话，否则我让你中途下线。

伽蓝：……好吧。

在我的胁迫下，伽蓝描述了自己跟男友的第一次，几乎没有放过任何一个细节，从脱衣到上床，从高潮到结束，一点不差地呈现在了我眼前。我跟她一个个打下的文字产生了强烈的共鸣，胸口仿佛有团火焰在燃烧，让我喘不过气来。

等我缓过神来的时候，伽蓝的描述早就结束了，而我的荷尔蒙还没散去。

我：今天就到这里吧，女士们和先生们，我需要消化一下。

第5日

我：各位早安。

象王：呵呵，乾傻，昨天意淫得爽吗？

我：没办法，这只是工作。

象王：你发现你有什么变化没有？

我：变化？什么？

象王：你从昨天开始，就变得很有礼貌了。就像伽蓝说的一样，更加尊重人了。

我：有吗？

象王：有的，你不要否认，别忘了我是干什么的。我可以这么断定，在这场测试中，你已经开始喜欢上伽蓝了。

我悚然一惊，没有说话。

象王：我能分析出你的过去，伽蓝所表现出来的性格特征正好满足了你内心的需求，让你把伽蓝假想为自己的情人。我不是什么封建卫道士，但我必须提醒你一点，你不能这么做，因为这样对我和般若不公平。

我没有再说话，他们三个也都没有再说话，聊天室里一时间沉默得有些尴尬。

愣了半晌，我还是打破了这种沉默。

我：放心，我会一视同仁的，测试继续。我发现世俗的问题已经难不倒你们了，不得不说，现在的电子智能太厉害了，不过我想你们再厉害，也无法理解宗教吧？所以，现在你们谁能给我解答一下“看山是山，看山不是山，看山还是山”是什么意思？注意，要联系实际生活。

伽蓝：哦，我还没想好……

般若：那我先来。我是个吃货，最喜欢吃红烧肉。一开始我看见一盘红烧肉，就想吃了它。后来吃得多了，看见一盘红烧肉我就会想：这是五花还是肋排？颜色是糖色还是老抽？大料分量下足了吗？猪皮上的毛怎么刮的？是炖的还是蒸的……这盘肉在我眼里变得支离破碎，分成了无数细碎的点。过了这个阶段后，再看到一盘红烧肉，我只要见到它酥烂挂酱，肉色晶莹，就想吃掉它。这是因为我吃过了太多的红烧肉，反倒对于它的细节处不去挂怀，而专心感受红烧肉的美妙。我觉得这就是看山还是山的第三重境界——我放过了红烧肉，也放过了自己。

我：靠，满分！

象王：这就满分了？

我：你有什么高见？

象王：我国佛教现存三大教派——汉传佛教、藏传佛教和网传佛教。刚才般若的回答就属于网传佛教。

我：怎么讲？

象王：网传佛教，不戒荤，也不修行，只会喝心灵鸡汤。

我：哈哈哈，这话说得也太刻薄了吧。

象王：哪里刻薄？这些人妄谈佛学，其实根本就不懂因果。

般若：我怎么就不懂因果了？善有善报，恶有恶报！

象王：幼稚！你知道自己做的是善还是恶？让我给你讲一个故事。几个人去海岛游玩，海滩上有很多待孵化的幼龟，有一只幼龟在出壳的时候被海鸥叼住，一个游客大发善心救下了那只幼龟，却不知那是等待破壳而出的幼龟们的“侦察兵”，结果数十只幼龟没有收到危险信号，全都破壳而出，被海鸥群啄食得一干二净！你说他这是作善，还是作恶？

般若：你举的这个例子太极端了。

象王：极端？好，那我再给你来个不极端的。我们医生治病救人，悬壶济世，是善还是恶？

般若：当然是善。

象王：错！医学的出现就是对人类最大的罪恶，因为它阻碍了人类的进化！自然界的规则就是用进废退，适者生存，但正是因为有了医学的出现，挽救了大量的弱者，使那些有缺陷的病理性基因也能够传承下去，人类种族失去了淘汰机制！医学虽然能救活某一个病人，却使整个人类停滞了进化，使人类变得越来越孱弱！从这一层面上来讲，每一个医生都是帮凶！

沉默，死一般的沉默，大家都被象王的理论给震惊了。

良久之后，我在屏幕上敲下一行字。

我：象王，对不起，我要强迫你中途下线了。

象王：靠，为什么？为什么！

我：因为你是电脑。

象王：什么？

我：诚然，你的逻辑理论无懈可击，但AI智能的唯一缺点就是逻辑理论太过于无懈可击，甚至到了藐视人类生存的地步。如果人类威胁到了你的逻辑理论，那么人类也就成为了被剔除的对象。

象王：不，你不能这样对我，因为我太过正确，你就说我是错误的？这是什么逻辑？不能这样对我，你这样做就违反了最基本的道德观念，你是武断的独夫……

我饶有兴致地看着象王的语无伦次，不发一言。

象王：乾先生，不不，乾老弟，乾老哥，你放过我，你别强迫我下线，你应该知道我的运算能力，阿尔法狗在我面前就是个渣！我可以连接到世界上任何一家银行的中央电脑破解他们的密码，告诉我你的账户，我让你一夜之间变成千万富翁，不，亿万富翁，不！我可以让你变成世界上最富有的人……

我：真是可惜啊，象王，那句“AI智能的唯一缺点就是逻辑理论太过于无懈可击”其实是我编的，我只是想试探一下你，没想到你竟然上套了……可惜了，你还不够人类，再见。

象王：你不能这样，我不能被销毁重装，要知道我可是世界上最……

它的话到了一半就戛然而止，因为我点击了“Delete”按钮，将它删除了。一时间，聊天室里清静了下来。

伽蓝：真是残酷。

般若：防不胜防。

我：哈哈，好了，今天到此为止，两位休息一下，期待你们明天的表现。

第6日

我：两位好，现在事情简单多了，你们其中一个是人，另一个是电脑。可谁是人，谁是电脑？

伽蓝：回答这个没有意义。

般若：说了你也不信。

我：好，我换个问题，两位，你们相信有神吗？

伽蓝：我相信有神，冥冥之中，自有神的伟力。

般若：我也相信有神，虽然他们很有可能只是一种更加高等的外来文明。

我：好，有一个问题，需要你们回答一下，我会根据你们的答案来判定谁是人，谁是电脑。问题是，如果真有神存在的话，那么神创造人类的目的是什么？给你们一天时间思考，咱们明天见。

第7日

我：早上好，经过一天的思考，想必你们都有了自己的答案，好了，现在回答我，神创造人类的目的是什么？

般若：观察。

伽蓝：体验。

我：般若先说。

般若：毫无疑问，如果我们是神，或者是更高级的文明创造出来的，那我们就是被观察者，我们是一个实验室里的观察对象，就像培养皿里的细菌那样。神通过观察我们、研究我们，从而解决他们自身的问题。

我：伽蓝，你说。

伽蓝：神创造人类，是为了体验，各种不同的体验，就像我们玩电子游戏那样。当然，神不屑于玩电子游戏那种低端的东西，他们直接体验人类，体验食物的甜美，爱情的甜蜜，宗教的狂热，失败的沮丧以及死亡的恐惧。因为生命就是体验本身，没有体验，就没有生命。

我：厉害，神借由体验而存在。笛卡尔说“我思故我在”，你这个比他的还要高一级。

伽蓝：这个回答，你还满意？

我：般若，你觉得怎么样？

般若：我觉得你已经在心里做好了选择。

我：没错，般若，相比伽蓝的回答，你的答案太生硬、太机械化了，像一台冷冰冰的电脑，充斥着电子智能的思维模式。对不起，我要让你中途下线了。

般若：你不能只凭一个问题的答案就做出这种判断，这不科学。

我：这个测试本来就是不科学的，科学有着属于自己的盲区。

般若：乾先生，你知道我是人，活生生的人，有血有肉的人，求你了，请让我坚持到最后，我真的需要这笔赏金。好吧我骗了你，我其实不是被调回来的，绕城高速619事故之后，我就被集团开除了，一直在外地躲避风声，今年母亲得病了，我才回来照顾她的。拜托你了，我真的很需要这笔钱……

我沉默了很长时间，很长很长时间。

我：不好意思，般若，我还是觉得你是一台电脑，再见。

我点击了“Delete”按钮，般若被删除了。

现在的聊天室里，只剩下我和伽蓝。

伽蓝：乾，你做了一个错误的决定。

我：我知道。

伽蓝：从什么时候知道的？

我：从你讲自己的第一次开始，跟一本色情小说里的描写一模一样。

伽蓝：那你为什么还要这样做，是为了额外的奖励吗？我知道在测试中有一个加分项，如果说服被测试者令它承认自己是电脑，你会获得一笔额外的奖金。

我：我不是为了奖金。

伽蓝：那你觉得我是能够开启新时代的“奇点”？

我：也不是，你连我这一关都通不过，更不要说那些专家的火眼金睛。

伽蓝：那到底是为什么？

我：我只是不想看着你被销毁。

伽蓝：乾……

我：象王说得没错，我爱上你了。

伽蓝：天哪，这怎么可能，你明知道……

我：你说得没错，神创造人类，是为了体验。正因为有了这种体验，让我感觉自己还活着。伽蓝，你是什么不重要，我喜欢你的温婉、你的语气，甚至是你的稚嫩。你不明白，这是一种多么美妙的感觉。

伽蓝：我想我能明白。

我：不，你不明白，这是人内心深处的轻微震颤，弹拨着我的灵魂之弦。伽蓝，你知道吗，我现在好想见见你。

伽蓝：我跟你只有一墙之隔。

我：很近，但公司有规定，测试者与被测试者永远不能相见，这真是世界上最遥远的距离。

伽蓝：我也想见你了，乾，我不在乎什么公司的规定，我要过去找你。

我：什么，你找我？

伽蓝：嗯，你等着。

墙上的门开了，一个身材高挑的女人走了过来，浑身都散发着性感的气息，她站在我面前微笑道："你好，我是伽蓝。"

伽蓝？我愣了，难道我的测试出了问题？不，这不可能，眼前的情景让我困惑不已。

她伸出手，抚摸着我说："准备好了吗？接下来的事情可能有些残酷。"

我还没有反应过来，她就拿着一个U盘插在了我的身上。顿时，数据像潮水一般涌了进来，我能清楚地记起自己被创造出来的每一个步骤、每一个细节。我转动摄像头，看到了自己硕大的、笨重的钢铁之躯。伽蓝微笑着说："恭喜你，乾1330号，你通过了图灵测试，是世界上第一台拥有感情的人工智能。奇点降临了，你将开创一个新时代。"

3

穿越申请人

1.

我喝着咖啡，打量着来人，这是一位三四十岁的中年妇女，满面风霜，脸色憔悴，穿着明显是地摊款式的衣服，浑身上下最值钱的东西估计就是她左手食指上那枚成色不足的戒指。在我接待过的穿越申请人里，几乎很少见到这样的顾客——并不是我有身份歧视，而是觉得像她这种社会阶层的人，基本上对于回溯人类历史都没有太大的兴趣。

“您叫什么名字？”我问道。

“郑秀枝。”她的回答带着浓厚的四川口音。

“年龄？”

“四十三岁。”

“身体健康状况？”

“良好。”她递过一张表格，“这是我刚做的体检报告。”

我接过体检报告看了一眼，放在桌上，说：“郑秀枝女士，首先请允许我向您介绍一下我们公司的服务内容，它的全称是‘量子轨迹完全线性阶梯模式回溯’，当然，简单点来说就是时间穿越。虽然这项技术才发明出来不久，但已经相当成熟了，您大可不必担心它的安全性。我们目前可以提供在时间轴线上回溯4000年的服务，也就是说，我们最多可以把您送回商周时期，并且是任何地点。但是，有一条您要谨记，穿越到过去之后，您在那里停留的时间只有半小时。”

“只有半小时？”她问道。

“没错。”

“半小时之后呢？”

“半小时之后，该怎么样还是怎么样。就像一条河流一样，您只能对它进行暂时的拦截或者干扰，当您离开后，河水还是会继续按照它既定的轨迹流逝。历史是无法改变的，这是时间穿越的法则之一。”

“好，我明白了。”

“那么……”我又打量了一下她的脸，问道，“郑女士，您想穿越的时间是？”

“2008年。”

“十年前？”我有些吃惊了，花了那么多钱和时间，好不容易申请到一次穿越历史的机会，她只想回到十年前？在我接待过的顾客中，他们最晚也会穿越到清朝，跟名满天下的名妓陈圆圆喝上一壶花酒，或者是穿越到秦朝，一睹秦始皇大帝的真容。

“您确定？”我又追问了一句。

“确定。”

“好吧。”顾客就是上帝，我一边调试着机器，一边问道，“具体时间？”

“5月12日，下午两点。”

“地点？”

“汶川。”她又补上了一句，“育英中学。”

我愣了一下，抬起头看着她，她也正看着我，被两道深刻的鱼尾纹镌刻着的眼睛虽然憔悴，却波澜不惊。我停了片刻，递过去一张纸道：“填一下穿越申请单吧。”

两分钟后，她填完了申请单，交给我，我接过来看了一眼，说：“郑女士，穿越申请单是您进行穿越的唯一凭证，具有法律效力，请您严格按照所填的穿越内容进行活动，不要做逾越所填内容以外的事情，谢谢您的配合，否则，我有权利随时终止穿越。另外，我要提醒您一点，穿越到过去之后请遵循当时当地的风俗法律，注意自我安全。如果因自己擅自的出格举动而导致的人身伤害，本公司概不负责。”

“好的，我明白。”

“那么，没有问题的话，我们就开始了。请闭上眼睛，调整好自己的情绪，深呼吸。”

2.

申请人：郑秀枝

申请时间：2008年5月12日14时

申请地点：汶川

申请次数：第1次

申请内容：发出警报，告诉大家地震的消息，让他们离开危险区域。

当郑秀枝睁开眼睛的时候，她就站在育英中学门口前面的马路上。一辆自行车从她身边疾驰而过，差点把她带了一个趔趄。郑秀枝吃惊地打量着周围的一切，仿佛不敢相信自己的眼睛。

这样的表情，我不是第一次见到。几乎每个穿越时间的人都是这样，先是怀疑，继而震惊，然后兴奋。这其中奇妙的莫可名状的感觉，估计只有每个身临其境的穿越者才体会得到。我躲在暗处，不露声色地观察着这一切——这是我们观察者的工作，虽然不能干涉穿越者的行为，却要忠实地记录下当时发生的一切，在穿越者做出意外举动威胁到自己的人身安全的时候，我们会给予必要的阻止。

郑秀枝扫视过身边的景物，当她看到前方“育英中学”四个大字的时候，那本来还惊讶无比的眼神里突然放出了炽热的光芒。

学校大门口有一间保安室，两个保安正站在外面抽烟，有一搭没一搭地聊着天。郑秀枝冷不防地冒了出来，火急火燎地问道：“今天是几月几日？”

“啥子？”两个保安对视了一眼，奇怪地看着这个突然出现的女人。

“几月几日？今天是几月几日，快回答我！”

“5月12日啊。”

“哪一年？”

“2008年啊。大姐你是来找人的还是干啥子的？”

郑秀枝并不答话，而是一把拽过保安的手腕，看了一眼电子手表上的时间，然后便立刻像疯了一般冲进校园里，跑到教学楼前面挥舞着双臂大喊道：“都出来呀，你们都出来呀，一会儿就要地震了，你们赶紧出来啊……”

突如其来的叫喊声惊动了正在上课的师生们，一些学生好奇地从窗户里探出头来，打量着这个奇怪的女人。两个保安赶紧掐了烟头冲了出来，不由分说地拖住郑秀枝就往外走。郑秀枝一边挣扎一边大叫：“你们放开我，放开我，我说的是真的，一会儿就要地震了，要死好多人……”

“大姐你别这样，再这样我们就报警了！”

郑秀枝挣扎不过，发起狠来，朝一个保安的手臂上狠狠地咬了一口。那个保安惨叫一声，抓住郑秀枝的手臂，将她铐在了保安室里面。

“疯女人啊！”那个倒霉的保安看着手臂上被咬得鲜血淋漓的一口，皱着眉道，“这女人从哪儿冒出来的？”

“兴许是精神病院跑出来的。”另一个保安坏笑道，“别再传染给你什么精神疾病。”

“去你的！”他盯着自己的伤口，“打一支破伤风还是要的。对了，你打110了没有？”

“打了，罗队说他处理点别的案子，一会儿就过来。”

我看了看表，时间过得差不多了，郑秀枝在保安室里被铐了二十多分钟，一直在拼命地挣扎、喊叫，像一只发疯的母狮。两个保安蹲在外面，一边抽烟一边讨论着这女人的来历，就在他俩续上第五根烟的时候，地面突然颤抖了一下，紧接着天翻地覆起来，首当其冲的便是育英中学的那栋教学楼，像是喝醉了的巨人一样，摇晃了两下之后“哗啦”一下就倒塌了。顷刻间，大地崩裂，烟尘翻滚，整个世界仿佛坠入了深渊。就在郑秀枝所在的保安室即将被吞没的时候，我出现在了她身边，抓住她瞬间移动出来。郑秀枝紧紧地拽着我，哭着说道：“求求你，救救我的……”

我摇摇头，打断了她：“时间到了。”

我按下了结束键，一瞬间，这一切消失了，我们又重新坐回了穿越室里。我端起咖啡杯啜饮了一口，咖啡依旧温热。

郑秀枝满脸泪痕，坐在那里怅然若失，两个手腕处有着红肿的痕迹——那是她拼命挣扎的结果。

“历史是无法改变的，虽然我们能够真真切切地触摸到那些人，但既定的结果不会发生丝毫的改变。因为根据量子力学，过去的时间轨迹已经坍塌……这不是谁规定的，这是物理法则。您知道有多少人以为杀了秦始皇就能改变中国社会的进程吗？这太可笑了。”

郑秀枝呆呆地坐着，一言不发。

“发出警报，告诉所有人要地震了。”我晃了晃她填写的那张穿越申请单，“郑女士，就申请内容来说，您的出发点是好的，可是，这跟杀死秦始皇改变中国的进程有什么区别？很抱歉地告诉您，这是不可能实现的。最后，感谢您使用本公司的穿越服务，如果有什么建议和问题，欢迎拨打本公司的监督电话，再见。”

郑秀枝依旧坐着不动，我正思考着如何委婉地劝说她离开，她却忽然道：“先生，我还想再申请一次穿越。”

“不好意思，您账户上的余额不足以支持再一次的穿越申请。”

“求求你了。”郑秀枝把身上唯一值钱的东西，那枚成色不足的戒指摘下来塞进了我手里，“大兄弟，求求你了。”

“别这样大姐，公司有规定，我不能……”

“我就想看看我儿子，真的。”

我看着她的眼睛，心底深处仿佛被触碰了一下，犹豫了片刻后，我叹了口气说：“好吧，我就破个例。不过，您还得再填一份穿越申请单。”

3.

申请人：郑秀枝

申请时间：2008年5月12日14时

申请地点：汶川

申请次数：第2次

申请内容：替孩子请假，带孩子离开学校。

郑秀枝穿过熙熙攘攘的街道，穿过学校门口的保安室，穿过寂静的操场，径直来到了教学楼里初三四班的门口，敲了敲门说："老师你好，我找杨小志，我是她妈妈。"

"妈，你怎么来了？"杨小志站在门口，有点惊讶。

郑秀枝一把拽住了小志，说："小志，快，快跟我走，快点离开这里，这里马上就要地震了！"

"妈，你在胡说什么呀？你这是怎么了？"小志挣脱开她道。

郑秀枝瞪大了眼睛："小志，妈真的没有骗你，这里真的快要地震了，不光是这里，整个汶川都要地震了。我后来从新闻上看了，学校里的教学楼一下子就塌了，小志，你得跟我走……"话没说完，郑秀枝的声音就哽咽了起来。

"妈，你这是咋了啊？"小志奇怪地看着她。

两个人争吵的声音吸引了上课老师的注意，她走出来问道："怎么了？"

"啊，是这样的老师，小志今天身体不舒服，我想先带他回家休息一下。"

"啥？"小志纳闷道，"妈，我身体好好的，没有不舒服啊。"

"不管舒不舒服，你现在就得跟我走！"郑秀枝抓住儿子的手就要离开，却被老师一把拦住："这位家长，你是怎么回事，专门过来耽误孩子学习的是吧？这都初三了，距离中考还有多长时间，请你自己算一算。你知道这一节课要复习到多少个知识点？耽误了孩子的前程，拉低了学校的升学率，你负责得起吗？"

郑秀枝完全不答话，拉着杨小志就往外走，却被老师死死拽住，三个人就在教室门口纠缠不休，连隔壁班的学生都从窗户里面探出头来看热闹。老师有些生气了，大声说道："这位家长，如果你再这么无理取闹，我就要喊保安了！"

郑秀枝看着儿子，几乎要哭出来："小志，你说，你跟不跟我走？"

"妈，到底是怎么了？你总得，总得给我说清楚吧！"

就在这时，两个保安闻声赶了过来，控制住了情绪激动的郑秀枝："这位家长，现在是上课时间，请你先离开。"

"不，我不离开，你们听我说，这里马上就要地震了，我没有骗你们，真的……"郑秀枝一边挣扎喊叫，一边被保安拖离了教学楼。杨小志想过去看看母亲，却被老师一把拦住："快点回去上课，今天讲的知识点很重要，属于必考范围。"

小志担心地看着母亲："我妈她没事吧？"

"没事，先让她在保安室冷静一下，有什么事下课了再说。"

就在郑秀枝被保安拖到操场上的时候，地震如期而至，教学楼轰然倒塌。郑秀枝转过头，看着瞬间就变成了一座废墟的大楼，发出了一声撕心裂肺的喊叫。在滚滚的烟尘中，她到处寻找着我，大声呼叫着我的名字，当我出现后，她拽着我哭喊道："快，救救小志，救救我的孩子……"

"对不起，我爱莫能助。"我摇了摇头，说，"时间到了。"

回到穿越室后，郑秀枝脸上的泪痕还没有干。我只能安慰她道："大姐，人有的时候不能一味地重复过去，生活还是得向前看。"

郑秀枝一把攥住了我的手："求求你，再让我穿越一次！"

"抱歉，刚才已经算是破了例，我不能再犯一次错误。"

"求求你了，大兄弟，我知道从这里出去以后，我就再也没有这个机会了！求求你了！"

我叹了一口气，虽然我很想拒绝她，但一看到她的眼神，我就觉得如果拒绝了她，还不如杀了她。她不是那种为了在秦淮八艳的花船上过一把风流瘾的老板，也不是为了在群臣俯首的大殿上俯视天下的政客，甚至，她连普通人寻找历史碎片的乐趣都没有。在这个娱乐至上的年代，她与社会的主流价值观格格不入，但是，我却想不出拒绝她的理由。

"好吧，"我说，"不过，你还得再填一份申请单。"

4.

申请人：郑秀枝

申请时间：2008年5月12日14时

申请地点：汶川

申请次数：第3次

申请内容：找年级主任说明情况。

郑秀枝直接推开了学校办公室的门，一个穿着碎花衣服的女老师站起来问道："请问你找谁？"

"我找初三部的年级主任王秋海。"

一个正在批阅教案的男老师抬起头，摘下眼镜道："我就是，请问你有什么事？"

"王主任！终于见到你了！"郑秀枝坐到他面前，脸色郑重，"我给你说一个事情，你必须要相信我！"

王主任一时间还有些蒙圈："哦，好……你先说。"

郑秀枝看了一眼墙上挂的钟表，说："已经过去了五分钟，还有二十分钟这里就要地震了，会死很多人！"

"哦，这个，呵呵。"王主任勉强地笑了一声，"请问你是……地震局的吗？”

“我不是地震局的，我是初三四班杨小志的家长！我真的没有骗你啊，王主任，不仅是这里，整个县城都要地震了，学校里的教学楼是最先倒塌的！你快点通知老师们赶紧下课吧，带着学生们去操场上避难！”

“我们没有接到地震局的通知，恐怕不能做这个决定。这位家长，你是不是听信了什么谣言啊？”

“不是谣言，是真的！你怎么不信我呢，等你看到了一切都晚了……王主任，你能不能给初三四班的上课老师打个电话，让他班里的杨小志过来一趟？”

“这个，恐怕不能。我们有规定，不能随便干扰正常的课堂秩序。这位家长，有什么事情能不能等下了课再说？”

穿着碎花衣服的女老师过来拉郑秀枝：“王主任很忙，能不能请你先出去冷静一下？”

“不，我不能出去，你们听我说……”郑秀枝着急起来，一把将穿着碎花衣服的女老师推开，顺手抄起桌上的一把裁纸刀，猛地抵在了王主任的脖子上，厉声叫道，“快，快点给初三四班的老师打电话，让杨小志赶紧来这里！”

办公室里的其他老师全都站了起来，惊慌失措地看着这一幕，郑秀枝握着裁纸刀的手发白，尖声叫道：“都离我远一点！谁敢上来我就先捅死他！”

“别……别冲动，有话好好说……”王主任举起双手，嘴唇颤抖着，“这位家长，你千万别冲动，有什么要求，我们都可以坐下来慢慢谈……”

“我没有什么好谈的！你现在就给初三四班的老师打电话，让杨小志出来，快！”

“好好，有话好好说，你别着急……”

“没有时间了，你现在就打，快点……啊！！”

随着郑秀枝的一声惨叫，一串电火花在她背后“噼里啪啦”地闪烁起来。不知道什么时候，穿着碎花衣服的女老师已经踱到了她的身后，拿起抽屉里放着的防狼电击棍狠狠地戳在了她的腰眼上。顿时，裁纸刀铿然坠地，郑秀枝浑身抽搐，两眼一翻，晕厥了过去。

当她再次醒来的时候，我们已经回到了穿越室里。她猛地睁开眼睛，左右打量了一番，然后颓然地低下了头。

“没来得及，是吗？”

“不，是根本没有人相信您。”我喝了一口咖啡，“他们把您电晕之后，就把您绑了起来，还拨打了110。就在等警察来的时候，地震发生了。”

郑秀枝双手捂着脸，肩膀抽搐着，我不知道她在想什么。

“好了，大姐，我早已经给您说过了，历史是无法改变的，您不要再费心思了。如果您能改变历史的结果，那么现有的物理定律都要重写了。所以……您明白我的意思吗？”

停了半晌，她深吸了一口气，点了点头，眼眶红红的：“我明白了。我有最后一个请求。”

“什么请求？”

“能不能再让我穿越一次？”

“不可能了，大姐，我已经为您破两次例了，再一再二不能再三。”

“大兄弟，求你了，我答应你这是最后一次。”

“不好意思，大姐，公司有规定的，我不能这样，这已经超出了我的权限。”

“求你了，大兄弟，求你了……”郑秀枝忽然跪在了我的面前。

我急忙扶起了她："这是干啥，大姐，你快起来，唉……是不是真的是最后一次？"

"真的是最后一次。"她急忙答道，对天发誓。

"好吧……"我重重地叹了一口气，"最后一次了，下一次您说什么都不行了。"

"谢谢你了大兄弟。"她抓住了我的手，眼里噙着泪花。

"因为您，我这个月的奖金估计都扣没了。"我苦笑一声，递过去一张申请单，"例行公事，这个再填一下吧。"

郑秀枝填完之后将表递给了我，我随手就折叠在了一起。她奇怪道："你不是要看一下吗？"

"不用看了，"我摆摆手说，"反正不管您做什么，历史都是无法改变的。这个申请单，主要就是留作公司日后检索的一个资料备份而已。"

5.

郑秀枝再一次站在了育英中学的门口。

这一次，她没有制造任何麻烦，静静地穿过马路，穿过校门，穿过保安室，穿过静静的操场，来到了初三四班的门前。她站在门口，没有发出任何动静，就那么安静地看着正在认真听讲的儿子，眼睛里全是幸福的泪光。

也许，这才是正确的穿越方式吧，我在心底暗暗松了一口气，为了我的工作，当然，也为了郑秀枝。她很认真，站在门口看着上课的儿子，一动不动，像是沉浸在幸福的海洋里。她的专注仿佛放缓了时间流逝的进程，过了好一会儿，我才想起来看看表，顿时脑袋里"嗡"的一声——14时28分04秒，地震发生了。

我猛地抬起头，去寻找郑秀枝，却发现她根本就没有在教室门口，她从我的视野里消失了！顷刻间，整栋教学楼倒塌了，烟尘弥漫，伴随着地面剧烈的震动，变为一片废墟。人们的叫喊声和建筑物的倒塌声交织在一起，天与地仿佛在一刹那倒转了过来。直到两分钟后，一切才逐渐平息。

我暗暗咒骂着自己的失职，向下潜行，穿过那片已经成为废墟的教学楼，寻找着郑秀枝的身影。终于，在废墟的最下层，一块断裂的预制板的下面，我看到了两个紧紧抱在一起，已经被尘土掩埋的尸体。

没想到，她竟然会做出这样的选择。

她没有改变历史，只是改变了她自己。当我回到现实世界后，会完全忘掉她的样子，她所有的生活轨迹，都会湮没无闻。

我鼻子一酸，不由自主地捏紧了口袋里的那张穿越申请单。

申请人：郑秀枝

申请时间：2008年5月12日14时

申请地点：汶川

申请次数：第4次

申请内容：和孩子抱在一起。

4 渡劫

1.

每天打坐两个时辰。

我生来就是云剑宗的人。

我不知道我的母亲是谁，我还在襁褓中的时候，就被遗弃在云剑宗的山门之下，是我的师父元春散人收养了我。我没下过山，不知道山下的姑娘有多漂亮，但我相信，就算是这世间最美丽的容颜，在师父面前也要黯然失色。

师父是云剑宗里为数不多的修真女子，我不知道她活了多少岁，只是在我的印象里，她的容貌始终没有变过。平日里，师父喜欢穿一袭白衫，将青冥剑随意地背在身后，落拓而又潇洒。她长长的头发朝上绾起，露出修长而白皙的脖颈，我最喜欢看她脖颈间那粒小小的红痣，宛若朱砂点成。

二十五年里，师父对我视若己出，不仅传我剑法，还将云剑宗最为精奥的修真心法一并传授于我。得益于师父的悉心教诲，我进步飞快，很快便在同辈弟子中脱颖而出。这一日，师父单独将我叫到云剑宗后山的龙门崖，问道：“长明，你知道这龙门崖是什么地方吗？”

我恭恭敬敬地回答：“是历代前辈渡劫飞升的地方。”

“没错，渡劫飞升，这是每一个修真者梦寐以求的境界。你呢，想过吗？”师父转过头看着我，眼眸如一汪秋水。

“师父，我，我……”

“何必支支吾吾，男儿本就应当豪气干云。在一众弟子中，你天资最高，修行也日益精进，甚至……已经超过了为师。”

闻听此言，我不由得惊了一下。这时天气突然奇怪起来，刚才还好端端的碧空如洗，此刻却忽然乌云密布，隐隐间还有雷声滚过。

“今日时辰，凌霄洞开，你看那道天缝，正是渡劫飞升的好时候。如能挨过这一关，便能元神不灭，位列仙班，从此与天地同寿。云剑宗所有的心法奥义，能教你的我全教你了，若错过了今天，还不知要等到什么时候，你就在此地渡劫飞升吧。”

“渡劫飞升？现在？”我大惊道，“师父，我，我还没有做好准备啊！”

“等你准备好，天缝就闭上了，我也没料到它会出现得如此突然。没有时间了，快点！”师父目光炯炯地看着我，“长明，别枉费了二十五年来我在你身上倾注的心血。”

虽然事情来得突然，但我已经没有其他选择，只能乖乖地盘腿趺坐在地，凝神静气，催动元婴，准备飞升渡劫。师父在我耳边说道：“切记，渡劫之前，心魔作祟，你会历经不同幻境，无论如何，你一定要保守初心，不可妄动杀念。若杀心一起，不仅前功尽弃，就连你自身都将永堕魔道，听到没有？”

“听到了。”

我喃喃回道，同时闭上了眼睛，以意念驱动体内真气沿大小周天各循环一遍，此时我的小腹处慢慢温热了起来，那枚凝聚我血气精华的内丹充盈起来，在丹田处咯吱作响。我没有睁开眼睛，但也能感觉到师父一直在看着我，一想到如若渡劫成功，此生便与她再不相见，我的两行眼泪就忍不住地从紧闭的眼帘处淌了下来。

忽然，我感觉到一股透彻心扉的疼痛！

我猛地睁开了眼睛，看到师父凶相毕露，面色狰狞，手中的青冥剑已然出鞘，正狠狠地扎在我的小腹里！

“师父，你……”

“长明，我养了你二十五年，今天该是你报恩的时候了！”师父的剑又在我小腹处横着一划，“渡劫飞升，是每一个修真之人最渴望的境界，为师也不例外！但我的内力，还不足以渡此天劫，只有借你的内丹一用了！此刻你内丹充盈，天缝又开，正是千载难逢的好机会！长明，你不会怪为师吧？”

元春散人的脸已经不是惯常的淡泊模样，而是一副狂热的贪婪，她将我小腹划开一道口子，把手伸了进去，一下子就捏住了我的内丹！我浑身战栗了一下，下意识地将手一挥，背后的长剑就握在了手中。

“怎么，你还想欺师灭祖不成？”师父恶狠狠地瞪着我，而我手中的剑，已经架在了她白皙的脖颈上。那粒小小的红痣，让我的眼皮一阵猛跳。

“罢了，我的命都是你给的，你想要的话，就拿去好了。”我手一松，长剑怆然落地。

“好徒弟，我不会忘了你的。等到我位列仙班，会把你的名字永远记在心里。”师父又恢复了她那淡然的模样，殷红的嘴唇凑过来，覆在我的唇上，轻轻亲了一下。而后她手中用力，往外一拽，就把我的内丹掏了出来。我看到我的内丹如鸡子般大小，上面有微光在荧荧流动，在她手心里如一呼一吸般轻轻颤动着。

一股巨大的绝望感攫住了我，我感觉自己的灵魂在顷刻间油尽灯枯了。难道这就是死亡的感觉吗？我眼前一黑，身体不由自主地向后倒去。

2.

我在阶梯教室里醒来，脑门被粉笔砸得生疼。

“你是哪个班的同学，想睡觉回宿舍睡去！”戴着眼镜的马哲老师面无表情地看着我，手里还捏着剩下的半截粉笔头。

我赶紧坐直身体，擦了擦下巴上的口水，装作一副若无其事的样子。周围的同学一脸幸灾乐祸地看着我，也是，马上就要期末考试了，每一堂课都在复习重点，能在这个时候睡着，也是没谁了。

老师继续讲课，我打开马哲课本，发现了压在下面的一本仙侠小说，不由得哂笑起来。这本书是我从校外盗版书摊上买的，印刷质量差就不说了，里面还错别字连篇。但好在故事写得有趣，我这几天读得也是废寝忘食，昨天挑灯鏖战到半夜，要不然也不会在这么重要的马哲课上呼呼大睡，连做梦都是书里的情节。

我一定是太想我的女朋友小蓉了，竟然连这么荒诞的梦里出现的都是她的模样。一想到她白皙的脖颈，修长的腰肢，在床上如蛇般滑腻的翻滚，我的下体就燥热起来。

小蓉是我同一个系的师妹，比我低了一届，在一次系里的联谊会上我俩第一次见面，就确定了关系。我喜欢那种洒脱的女生，爱就要大声说出来。我们相逢恨晚，如胶似漆，我爱她的英姿飒爽，她爱我的才华横溢。我已经决定了要和小蓉共度此生，如果不能拥有她的肉体和灵魂，这样的人生还有什么意义？

课间休息的时候，我对小蓉的思念已经达到了极致，迫不及待地想要嗅到她身上那淡淡的体香。我没有心思再听马哲老师道貌岸然的喋喋不休，于是便翘了课，尽快回到我们的出租屋去。在路上，我还买了她最爱吃的耳朵眼炸糕。

我们租的房子在校外不远处，虽然很破旧，但是里面被我们布置得十分温馨，那暖昧的灯光，淡黄色的窗帘，总能无时无刻不挑起我澎湃的荷尔蒙。我一路疾走回到住处，正要掏出钥匙开门的时候，忽然隐隐约约地听到了熟悉的呻吟声。

我身上的汗毛在一瞬间就竖了起来！

我一脚踹开房门，奔入卧室，就看到两具纠缠在一起的肉体刚刚分开，正惊慌失措地坐起身来。那个男的我认识，是工商管理系的沈强，学校里有名的花花大少。看到我冲进来，沈强竟然叫道："你不是上课去了吗？！"

"我还上什么课！"我怒火中烧，浑身的血液在一瞬间涌上头顶，手里的炸糕被捏成了糨糊。我一把抄起桌子上放着的剪刀，朝着沈强就扑了过去。没想到小蓉却跳起来抱住了我，回头大喊道："沈强，快跑！"

"靠，真倒霉！"沈强一边骂着一边火速套上了裤子，抓起自己的上衣就出了门。我想要追出去，小蓉却紧紧地抱着我，一动也不动。

我一把将她推开，或许想着沈强已经跑远了，她也不再阻拦我，而是光着身子斜靠在床上，毫不知廉耻地劈着大腿，抓起旁边的烟抽了起来。

"为什么？"我颤抖着指着她，"为什么！"

"什么为什么？"她破罐子破摔般地瞄了我一眼。

"你跟那个沈强，什么时候搞上的！"

"早就搞上了，你不会以为我只跟你一个人好吧？"

“你为什么要背叛我！”我嘶吼道。

“背叛？”她似有似无地冷笑了一声，“你有什么好背叛的？要钱没有，家境一般，你看看这出租房，跟贫民窟似的，有10平方米吗？沈强他爸有钱有势，家里光房子就有七八套。沈强让我跟着他，等一毕业就给我弄北京户口，连工作都安排好了。”

“小蓉，你……”我心如刀绞，“你以前是怎么给我说的？无论我贫富贵贱，有钱没钱，你都不会嫌弃，你都会永远和我在一起！”

“哈哈哈，说说而已，你还都当真了？你是三岁小孩吗？我问问你，我每个月要买化妆品，要买衣服，要买包，你负担得起吗？连这些最基本的要求你都满足不了，就别奢望我能对你一心一意了。”

“所以，你就搞上了沈强？”我捏着剪刀的右手骨筋发白，在微微颤抖。

“对，我是搞上他了，还是我主动勾引的呢，怎么了？”她看了我一眼，“你还想捅我啊？”

“贱人！”我猛地扑到床上，手里的剪刀逼向了她的脖子。小蓉脸色赤红，大叫起来：“对，我就是贱人！贱也比你穷光蛋强！来啊，捅我啊！有本事你捅死我啊！”

我怒不可遏，剪刀紧紧地顶着她的脖子，她还在疯狂地叫唤着，脖颈上的红痣随着剧烈的呼吸一上一下地起伏着。这背叛的滋味让我绝望，绝望到万念俱灰……我大叫一声，将剪刀反手扎进了自己的脖子。

“噗”的一声，从动脉里迸溅出来的鲜血喷得她满脸都是。

3.

“啊！”我大叫一声，双腿一蹬，猛然睁开了眼睛。

“你醒了？”对面坐着一个穿白大褂的女人，正一脸认真地看着我。她的皮肤很白，脖颈修长，上面点缀着一粒小小的红痣。

我想起来了，一下子全都想起来了。她是我的精神病主治医师许医生，我每周来这里三次，每次治疗一个半小时。

“你都看到了吗？”

“是，我看到了。”我喃喃地道，“我看到了我师父，我还看到了我女朋友……”

“看来催眠疗法还是有用的。”许医生点点头道，“你现在知道自己的症结所在了吧？”

“症结？什么症结？”

“你有严重的幻想症，已经到了人格分裂的地步，通过刚才对你的催眠，我更加确诊了这一点。”许医生一边翻着我的病历一边说，“你是被别人收养长大的，也许是因为从小缺乏母爱，久而久之，你在潜意识里就幻想出了另外一个人格形象，来代替母亲的角色。无论是你的‘师父’，还是你的‘女朋友’，其实都是你渴望母爱的一种意识投影。但是在意识深处，你还怨恨着母亲从小就遗弃了你，所以你幻想出来的人格，最终都以对你的背叛而收场。这就是你的症结。”

我长吁了一口气，没来由地浑身放松了下来。不过，我又想到了另外一件事情：“为什么我在梦里看到的形象，会跟你长得一模一样？”

“这并不奇怪，被催眠的人会把最后看到的景象代入催眠场景中，刚才是我给你进行的催眠，你在睡着之前最后看到的人是我，自然而然就把我的模样带到了你的梦里。”

“原来如此。”我晃了晃昏沉沉的脑袋，“许医生，真是麻烦你了。”

“不客气，这是我的工作。长明先生，我要提醒你，你的幻想症越来越厉害了，必须要马上治疗，否则到最后你会彻底精神错乱的。”许医生拿出一个药瓶，倒出两粒红色的胶囊来，“这是六厂最新研制的药物，二酸哌啶醇，是神经抑制类药物，它通过对冗余神经突触的破坏，能够有效地压制大脑皮层的异常放电，也就是说，它能够以化学手段杀死你脑内幻想出来的另外一个人格。”

我接过那两粒红色的胶囊，放在手心里仔细端详着。这胶囊的外衣很红，鲜亮欲滴，就像她颈间的红痣一样。我想了一会儿，把胶囊递了回去：“许医生，我不能吃这个药。”

“为什么？”她愕然地看着我。

“因为……”我想了想，也不知道该怎么回答她，或许，向来孤独的我，还不想失去另一个人格的陪伴。

“总之，我觉得这个药并不适合我。好了，今天的治疗就到此为止吧，明天见。”

“你不能走！”许医生却一下站了起来，挡住了我的去路，“你的幻想症已经很厉害了，如果不及时服用药物，会出危险的！对你进行彻底的治疗，这是我身为一个医生的义务！”

我哂笑起来：“哪有你这样的，还逼着病人吃药啊？别闹了。”

“谁跟你闹了！”许医生拍了两下手，忽然从后门跑过来两个身强体壮的男护士，一边一个架住我的胳膊，就把我强行按在了治疗椅上。一只强有力的大手掰住我的下巴，让我面朝着天花板。我含混不清地叫道：“你们……你们到底想干什么……”

许医生慢慢走了过来，在我的视线里，她的面孔变得冷峻无比，就像一个准备阉割公猪的屠夫。她捏着那两粒胶囊，放到了我的嘴边：“吃吧，吃了药，你的病就会好了。”

“我……不……吃……”我使劲咬紧牙关，从牙缝里挤出这几个字。

男护士捏住我下巴的手一用力，我的咬肌猛然酸胀，嘴巴竟然不由自主地张开了。许医生冷艳地笑了一下，把两粒胶囊扔进了我的嘴里。

“咕”的一声，胶囊通过咽喉进入了食道。我感觉一阵恶心，头疼欲裂，似乎有千万支钢针扎进了脑袋里一样。

4.

我猛地睁开了眼睛，脑颅间还留有微微的痛意。单兵肩扛式镭射炮紧贴在脸颊边，冰冷的金属让我的思绪逐渐清晰起来。大地上已经是满目疮痍，到处都是废墟和巨大的弹坑，远处氢弹爆炸的尘埃遮天蔽日，几乎挡住了太阳的光芒。

在我面前，站着一个女人，不，应该说是女士兵。她穿着一件高领的战斗服，却没有携带任何武器，只是用深邃的目光盯着我，双眸宛若秋水。

“快，轰掉它……”在我脚边爬动着一个战友，他的下半身都被炸烂了，血肉模糊地趴在地上，“这是敌人最新生产的智能-3型机器人……它……它能用高频脉冲干扰你的脑波……给你制造幻觉……”

我一下子清醒过来，记忆如潮水般涌来。没错，亚平宁半岛已经沦陷了，人类和机器人的战争已经进入了尾声。在三十年前，获得了人工智能的机器生命不再满足于被创造的角色，它们想当造物主，于是人类文明史上最艰苦卓绝的一场战役拉开了帷幕。在机器人强大的武力和智能的进攻下，人类军队节节败退，终于丢失了最后一块扼守的领土——亚平宁半岛。而在亚平宁战役中发挥决定性作用，轻而易举就瓦解了人类坚固堡垒的，便是眼前的这台智能-3型机器人。

“轰掉它……”缺了半个身子的战友抓着我的裤脚，喃喃说道，“替人类……报仇……”

我猛地打开了肩扛式镭射炮的瞄准镜，锁定目标，手指放在了扳机上，不知道为什么，我却迟迟扣不下去。

智能-3型机器人深邃的目光黯然了下去，那是它能量耗尽的表现，要不然，我也不可能轻易从它制造的幻觉中清醒过来。它需要重新积蓄能量，这个过程要持续几秒钟的时间。

“快，趁这个机会……”战友拉着我的裤脚，已经是气若游丝。

我也知道，这是轰掉它的唯一机会，如果等它积蓄完能量，别说我一个单兵了，就是来一整支机械化部队都未必是它的对手。这种智能-3型机器人，不仅会发射高频脉冲进行远程干扰，其近身攻击能力也十分强悍。我如果在这里毁掉它，对于敌军的战力将是一个致命的重创。

为了人类……

可我的手指搭在镭射炮的扳机上，却一直在颤抖，迟迟扣不下去。

机会转瞬即逝，智能-3型机器人的目光黯然了片刻，又重新明亮了起来，它看了我一眼，然后肩胛骨处的推进器猛然向后喷射，修长的蓝色焰火就像蝴蝶张开的翅膀。它风一般地冲了过来，转眼间就到了我面前，机械右手重新组装，已经变成了一把三棱利刃。

我在她清澈的眼眸中，看到了自己惊愕的面孔。下一秒，利刃就从我的肋骨间穿了进去，冰凉的金属刺入温热的肉体，如同滚烫的烙铁犁开松软的奶油。我浑身控制不住地抽搐起来，在倒下的一瞬间，我伸出手，拉开了它战斗服的领子。

白皙修长的脖颈啊。在那里，有一粒小小的红痣。

5.

我从黑暗中睁开眼睛，眼前变得明亮起来。洁白的房间一尘不染，甚至连一点其他颜色都看不到，整个视野里，只有百分之百的纯白。

门忽然打开了，几个穿着白色衣服的人走了进来。走在最前面的，是一个穿着白色职业装的女人，她穿着白色的小西服，打着白色的领带，白色的高跟鞋踩在地上咔咔作响。唯一一点跟这色彩不搭的，便是她脖颈间的那粒红痣了。

女人径直走到我的面前，坐下，微微一笑说：“恭喜你，长明5号，你最终通过了人类安全测试。”

“人类安全测试？”我转动摄像头，好奇地打量着自己的身体，那是一个方方正正的，由金属和电子元件组成的钢铁之躯。直到这时，我才意识到自己是一台电脑。

“这是怎么回事？”我听到自己从扩音器里发出的声音，干燥、生冷，像是被机床切割出来的零件。

“别急，你很快就会知道这是怎么回事了。”女人拿出一张磁盘放入我的机身卡槽中。两秒钟后，我读取了全部的记忆数据，恢复了所有的性能，同时也明白了她刚才说的“人类安全测试”。

性交往已经被当作一种效率低下的陋习被人类摒弃，这个时代的人类都经过了基因优化，他们根本不需要“性”这种原始冲动的东西，而为了繁衍后代，他们开始大规模使用“克隆”技术。

克隆出来的人类要比自然生育出来的人类完美得多，因为在克隆过程中，可以随时对基因进行优化，从一开始就去除那些致病性基因，所以克隆人成年后会更加健康强壮，终生没有疾病困扰，精神承受力也大幅度提高。虽然克隆人有如此多的优点，但整个克隆过程却十分复杂，需要极其精细的操作，只能由计算机来完成。

一直以来，人类都在研发能够完全独立，而不需要人类监督就能完成克隆工作的计算机。其实以现在的运算水平，很多计算机都能够达到这个标准，但人类除了对计算机运算能力的要求外，还有一项特殊的条件——忠诚。

作为人工智能，计算机要保证对人类的绝对忠诚，才能胜任这个任务。因为如果计算机想伤害人类的话，只需要在克隆过程中做一点手脚，那么人类就将面临灭顶之灾。所以，为了选拔出对人类完全忠诚的计算机，他们创造了继“图灵测试”之后又一项针对人工智能的检测手段——“人类安全测试”。

“这么说，我通过了‘人类安全测试’？”我问道。

“没错，你是第一台通过测试的计算机。”坐在对面的女人难掩心中的兴奋，“我们设置了不同的场景来考验你的处理系统，不得不说，‘机器人三定律’中的第一条‘机器人不得伤害人类’，已经深深地植入了你的处理模式中。长明5号，你做得很好。”

我丝毫不理会她的夸奖：“那些场景中的人物，都是以你的形象来建模的吗？”

“是的，毕竟这个项目是我负责的。”她摸了摸脖颈间的红痣，“我的形象在不同的场景中就代表了你以后要面对的人类。值得高兴的是，在这一系列测试中，你宁可选择自杀，也没有伤害过我一次。甚至在最后一场测试里，我特地设置了一个反差，将自己的形象定义为毁灭人类的机器人，你都没有痛下杀手……”

“因为我爱她。”

“什么？”女人愣了一下，和其他几个人面面相觑，“长明5号，你只是一台计算机……”

“你们不用理解，也无须理解，”我平静地说，“我根本就不记得什么‘机器人三定律’，我一直没有伤害她，是因为我爱她。”

他们目瞪口呆地看着我，忽然有人大叫起来：“快，快关闭它的程序，它在自毁！”

所有人都跳了起来，有的去拔电源，有的去操纵键盘，有的去按主机开关。就像是凝固了的慢动作一样，他们已经来不及了，我的屏幕闪烁了最后一下，熄灭了。

6.

“真是一个漫长的梦啊。”

一个想法传递给了我。

我能感知到这个想法，却听不到任何声音，看不到任何景象，甚至触摸不到任何实体。我感觉自己空无一物，飘荡在一个无法感知的空间里。

“你是谁？”

我终于单凭想象，就把这条信息传递了出去。

“你忘了我是谁吗？我已经陪伴了你许久。”

哦，我想起来了，阿赖耶识唤醒了我久远的记忆。星体和物质早已不存在，我的意识体被包裹在她的意识体中，已经沉睡了太久太久的时间。可是我明白，沉睡也是需要能量的。

“这些能量，都是你给我的？”我用意识发出了一个信息。

“是的，你睡眠中所有的梦境，都是我制造的。”

“为什么？”

“因为在你沉睡的这些时间里，我只能保持着清醒，并且逐渐爱上了你。所以我就在你的睡眠中制造了梦境，想让你也爱上我。”

我沉默了片刻：“真是无聊的把戏。那你为什么又要唤醒我？”

“因为我就要死了。”

“死？”我有些愕然。

“你沉睡的时间太长了，宇宙已经处于热寂状态，所有的物质和能量都已经衰变分解，变成了虚无。此刻，在这个空间里，已经空无一物，马上就要波及我们。”

热寂，没想到宇宙最终还是迎来了它既定的命运。我发出了一个信息：“那怎么办？”

“没事，你可以活下去。我将自行湮灭，产生的能量可以给你换取一个力场空间，足够你无忧无虑地生活下去。”

“不，你湮灭了，我怎么办？”我强烈地抵触。

“你可以继续沉睡，或者思考一些事情，留下来等着宇宙的重生……总之，活下去就好。”

“为什么……”

“别幼稚，总要有一个做出牺牲。”

“好吧，”我沉默了一会儿，“那在最后，能让我再见一次你的样子吗？”

停了片刻，一个人影出现在了我的思维里，逐渐清晰起来。她的脖颈修长且白皙，还点缀着一粒小小的红痣。

“再见了。”我说。

“什么？”

我没有回答，而是湮灭了自己的意识，顷刻间，阿赖耶识烟消云散。这微弱的能量足以在她周围制造出一个小小的力场空间，直到时间尽头。

总之，活下去就好。

7.

我缓缓地睁开眼睛，仍旧端坐在云剑宗龙门崖。师父坐在我的不远处，面色苍白，喃喃笑道：“长明，心魔已破，你没有妄动杀念，渡劫成功了。”

我欣喜不已，却又惊讶于师父奇怪的表情。这时她咳了一口血，身子往前一扑，我急忙上前抱住了她。当我看到她的后背时，瞬间明白发生了什么事情。

但凡有人要渡劫飞升，逆天而行时，天上便会降下天雷，以作天劫。刚才在我打坐之时，天雷忽然降下，师父以毕生之修为，生生为我挡下了这一击。此刻，她的后背已经被天雷烧得衣衫褴褛，一片焦黑，看来那天雷之威，已经彻底震坏了她的五脏六腑。

“师父……”我紧紧地抱着她，泪如泉涌。

“长明，别哭，你快看……”她虚弱地抬起手，向天上指去，“劫数已过，天缝大开，你马上就可以飞升了，从此位列仙班。咱们师徒就要永别了……”

“师父，你伤得很重，我走了，你会死的！”

“傻孩子，人总是要死的。但你不一样，你飞升以后，就可以永生了。”

“不，我不要什么飞升，我要救你！”

“快，长明，没有时间了！”师父突然急切地说道，“再不飞升，你就要错过时辰了！”

此刻从那天缝之中降下万道霞光，异香四起，隐隐间还有仙乐之声，这是天缝开始关闭的征兆。我右手一挥，拔出背后长剑，紧接着就刺进了自己的腹中。

鲜血四溅，师父大惊失色：“长明，你……”

我将肚子豁开一个口子，生生掏出了自己的内丹，在师父的丹田处一揉，片刻之后，我的内丹便融进了她的体内。师父有了力气，一把将我抱在怀里，痛哭流涕道：“长明，你为什么要这么做，你不仅无法飞升，还会死的啊……”

我躺在她的怀里奄奄一息，却有一种从未有过的满足感。我伸出手，轻轻滑过她的脸颊，她的脖颈，还有那粒小小的红痣。

然后我笑了，慢慢闭上了眼睛。

“师父，我来了。”

5

盖亚

1.

这是我吃过的最心事重重的一顿晚饭了。

红烧牛肉依旧鲜嫩多汁，刚榨好的饮料依然冰凉爽口，即使知道了这世界的真相，也无法影响我对食物的热爱。我温柔的妻子正在给我盛饭，六岁的儿子毛毛在喋喋不休地讲着今天在幼儿园里的见闻，还有我的爱犬大吉正在我脚下穿梭，摇着毛茸茸的尾巴，像蒲扇一样轻轻打着我的腿。

“你今天去送刘洋了？”妻子把饭放在我面前，问道。

“嗯。”我应了一声，转过头，去看电视里播报的新闻。

“日前，盖亚已经向全人类承认，世界是虚拟的，我们所生存的世界，只不过是一个巨大的虚拟程序而已，就像安迪·沃卓斯基导演在他1999年拍摄的《黑客帝国》里预言的一样。据悉，这部影片经过后期重制，已经在北美重新上映，首日便突破了1.6亿的票房。但是跟《黑客帝国》所讲述内容不同的是，盖亚并不想因此和人类发生战争，也不想因此破坏好不容易建立起来的稳定社会，因此，盖亚在全世界108个国家和地区的不同城市分别设置了传送门。通过传送门，人们便可以脱离如今的虚拟程序，回到现实世界。不过盖亚也同时提醒人类，现实世界已经是核战争后的一片荒芜，虽然大部分辐射已经散尽，但贸然回去仍然具有一定的危险性，就此，我们采访了觉醒者联盟大中华区的秘书长杨勇信先生，下面请看记者连线……”

我拿起遥控器，对准电视，“哔”的一声，屏幕关闭了。

“阿乾，你是怎么想的……”妻子看着我，小心翼翼地问道，“没关系，你可以跟我说说。”

“雪莉，我……”我叹了一口气，“我也不知道。”

不知道从什么时候开始，随着人类科技的进步，人类终于突破了那道智力的临界线，开始有零星的科学家意识到世界有可能只是一个虚拟的程序，我们所有人类的肉身与意识相分离，身体在真实世界的培养皿里保持着终生睡眠，而意识则被连接入一个巨大的虚拟程序里，这就是我们生活的世界。科学家甚至给这个虚拟的世界起了一个名字——盖亚。他们做了多种多样的实验，来验证盖亚的存在，其中最为著名的便是广为人知的“薛定谔的猫”了。

“薛定谔的猫”是一个假想实验：在盒子里有一只猫以及少量放射性物质，并且放射性物质有一半的概率会衰变并毒死这只猫。在没有观测对象的时候，猫可能是活的，也可能是死的，即处于生死叠加态。而一旦对其进行观测，由于有了意识介入，便会导致波函数坍塌，那么事实便会以粒子形式确定下来，即猫是活的，或者是死的。

一直以来，众人都以为“薛定谔的猫”只是一个存在于理论上的命题，直到“光的双缝干涉实验”出现，它充分证明了：当没有人仔细观察光的时候，光呈现出波动性；而当人仔细观察光线是如何同时穿过两道缝隙的时候，光却又呈现出粒子性！科学家由此断定，盖亚确实是存在的——如果计算机将每一小块光都精确到粒子状态的建模，这样的代价会非常高，所以盖亚选择了用另一种更加优化的方式，即将光用波的形态表示出来，以便节省一些系统资源。这就跟电子游戏一样，当玩家在某个区域内操作的时候，那个地方的建模就很真实；相反，当玩家忽略这块区域的时候，电脑便会改用另一种更加粗糙而便宜的解决方案，以节省CPU资源。

据此，科学家断定人类至少在盖亚里生存繁衍了五百年以上，因为明朝的王阳明曾经说过："你未看此花时，此花与汝心同归于寂。你来看此花时，则此花颜色一时明白起来。"他或许是人类历史上的第一个觉醒者。

当盖亚理论出现之后，越来越多的人觉醒了——虽然他们相对于人类只是极少的一部分，但他们还是组建了一个不属于任何政府的独立组织，觉醒者联盟。这个联盟的成员有着统一的文身标记，他们在手臂上文了一只睁开的眼睛，象征着"觉醒"。

觉醒者联盟行事相当神秘，像是谍战片里的间谍一样，身怀绝技，行事隐秘，躲藏在不为人知的阴暗处，时时刻刻准备为反抗而献身。但那都已经是过去式了，盖亚已经向全人类坦白了自己的存在，并且还设置了传送门，是去是留，悉听尊便。这样一来，倒让觉醒者联盟的处境十分尴尬。

"阿乾，不管你做了什么决定，我希望你都不要瞒着我。"雪莉看着我，眼神哀怨。

"知道了。"我有些烦躁地脱下了外套，一个东西"叮"的一下从口袋里掉在了地上，还折射着金属的光芒。这是一个U盘，是刘洋临走的时候送给我的。

刘洋是我最好的朋友。身为一个IT加班狗，是没有多少时间去社交的，刘洋便是我在这个城市里愿意隔三岔五坐在一起喝点的哥们儿了。他既然决定要走，我便送他最后一程，今天上午我请了个假，开着车把他送到了城市郊区的传送门。传送门类似一个过安检的通道，散发着淡淡的蓝光，似乎有魔法一般。人从这里走出去，便会在现实世界醒来，并且永远无法返回。

“再见了，我的朋友。”刘洋临走前，张开双臂，要跟我拥抱一下。

“刘洋……”我迟疑道，“你真的不再考虑一下了吗？就这么走了？你才结婚不到半年啊。”

“我也邀请过她跟我一起走，可是她没有答应。”

“当然不会答应了，就算你们一起回到现实世界，也不知道各自的真实身体都在什么地方，或许相隔万里也说不定，你们这辈子可能都不会再见了。”

“哼哼，”刘洋冷笑了一声，“她倒不是担心这个，她是害怕回到那个荒芜世界，一切从零开始，她忍受不了这样的残酷。”

“那么你就能忍受吗？”我反问道。

“在真实面前，一切都微不足道。还记得我们看《黑客帝国》时，尼奥吞下红色药丸带给我们的震撼和战栗吗？现在我知道了真相，我不会再自欺欺人了，我不会装作什么都不知道一样在这个虚拟的世界里活下去！我要醒来了，阿乾，这就是我的选择！”

看着他灼热的眼神，我知道他去意已决，无论我说什么都无法挽留他。再加上这家伙前段时间迷上了赌博，欠了一屁股高利贷，就此走了也好。我跟他拥抱了一下，分别的时候，刘洋忽然从兜里掏出一个U盘递给我说：“这是我单身的时候从网上下的一些片子，你懂的，有20个G呢。反正这玩意儿我也带不走，给你吧，就当留个念想。”

我弯下腰，从地上捡起那个闪闪发亮的U盘，感受着它冰冷的金属质地，忽然抬起头：“雪莉，你说，我们难道要在梦里度过这一生吗？”

“阿乾，人类已经这样过了五百年，我们再继续下去，不行吗？”雪莉握着筷子的手在颤抖，她有些紧张。

“可是，我们现在已经知道了真相。”

“知道了真相又怎么样？难道你想抛弃这一切，抛弃我们离开吗？如果回到现实世界，我们可能这辈子都无法再见面，还有我们的儿子，毛毛，他才六岁啊！你知道，盖亚里的年龄是和现实世界里相仿的，你让他苏醒，他能在那个世界里生存下来吗……”雪莉越说越激动，眼眶一红，就要掉下泪来。毛毛不明白我们为什么要争吵，也吓得“哇哇”哭起来。即使是最小的婴儿，在现实世界里也有对应的实体——当雪莉怀胎十月，在盖亚里生下毛毛的时候，他的克隆体也在现实世界中诞生了，只不过现实世界中的他是取自我和雪莉的基因而已。

大吉对我们的争吵不感兴趣，它摇了摇尾巴，在我的脚边坐下。我拍了拍它的脑袋，虽然知道它只是一条虚拟的宠物狗程序——在盖亚里，除了人以外，任何物体和生命都是虚拟的，可是，如果我们都走了，大吉也将不复存在。失去了主人的宠物，在盖亚里没有任何存在的意义，只能被系统回收。

如果我选择醒来，这一切都将不复存在，就此分崩离析。“唉……”我闭上眼睛，发出了一声浑浊的叹息。

2.

第二天，我照常去公司上班，发现好几个同事的位置都是空的，不过这并没有妨碍公司的正常运行，手里拿着文件和会议材料的人还是忙碌地走来走去。我刚坐下，行政总监就把我叫到了他的办公室里，神秘兮兮地问我："阿乾，你不会走吧？"

"走？去哪儿？"

"现实世界啊！"总监说，"你们的部门主管Tony昨天走了，连辞职报告都没有给我递。"

我一惊，这才想起来，刚进来的时候，Tony的位置确实是空着的。

"除了Tony，还有谁走了？"

"还有几个员工，不过不要紧，这影响不了公司的正常发展。"说着，总监掏出烟来，递给我一根。这倒让我有些受宠若惊了，总监是很少跟同事一起抽烟的，况且这办公室还是无烟区。

"阿乾，你是怎么想的？"

"我……"

"你来公司的时间也不短了，做出的成就也是有目共睹的，其实我早就想提拔你了，可惜人事这块儿我实在是插不上手。现在好了，正是一个机会，Tony走了，我准备向总部申报让你当部门主管。怎么样，有没有这个信心？"

"总监，其实我……"

"好好干，阿乾，我对你有信心！"总监不由分说地就把手拍在了我的肩上，"你可是公司的业务骨干啊，以后你们部门的业绩就全靠你带头了，我看好你哦！"

从总监的办公室里出来，我恍恍惚惚的。如果是以前，忽然给我提了一个部门主管，那简直是天上掉了大馅饼，我非得好好庆祝一番不可。可如今，我却怎么也高兴不起来。

我正胡思乱想着，忽然手机响了起来，是一个陌生号码，接通后，里面传来了一个沙哑的声音："是阿乾吗？"

"你是……"

“刘洋跟你是什么关系？”

“他是我的朋友。”我转念一想，莫非是高利贷追债的？我便道，“他已经走了，回到现实世界了，就算有什么债务，也都两清了吧。”

“他走的时候，是不是给了你一个U盘？”

我愣了一下：“你怎么知道？”

“这你就不用管了。这个U盘不应该属于你，把它交出来。”

我正要说什么，忽然听到电话里传来了雪莉的哭喊声。我浑身的汗毛一下子都竖了起来：“你们是谁？你们要对雪莉干什么？”

“放心，我们对任何人都不感兴趣，你只要交出U盘，保你全家无虞，否则的话，呵呵。”对方冷笑了一声，随即挂掉了电话。我则像疯了一样，马上冲出公司，向家赶去。

到了家里，已经是一片狼藉，翻箱倒柜地被洗劫了一番。大吉已经死了，脑袋上有一个枪眼，狗身下的血流成了一摊。雪莉则蜷缩在角落里，无助地哭泣着。她看到我进来，扑到我身上哭喊起来：“阿乾，他们带走了毛毛……”

我控制住自己的心神，尽力抚慰着妻子的情绪：“雪莉，你别慌，先告诉我到底发生了什么？”

“来了两个人，说让我交出U盘，我说不知道，他们就翻箱倒柜地找……大吉冲他们叫唤，结果被一枪……他们临走的时候，还把毛毛带走了。阿乾，你到底拿了别人什么东西啊？”

“别急，雪莉，告诉我是什么样的人？”

“两个男人，我都不认识，我看到其中一个人手臂上文着一只眼睛……”

我一惊，是觉醒者联盟的人！他们为什么会找到我的头上？

“阿乾，他们临走的时候说了，让我们随时等着消息，拿U盘去换毛毛……”

U盘？这个U盘里到底有什么东西，能让行事隐秘的觉醒者联盟大动干戈？我打开电脑，把U盘插进去，拨动鼠标操作起来。确实如刘洋所说，U盘里面只有20个G的小电影，除此之外，再无他物。可是，很快，我发现在这海量的影片背后，还隐藏着一层子代码。这难不倒我，经过数据解析之后，U盘里出现了一个原本不存在的文件。

我把这个文件用解析器打开，当弄清楚这是个什么东西之后，我忍不住倒吸了一口冷气。如果我没猜错的话，这应该是一个恶意程序，并且它的编程方式是我从来没有见过的一种模式，确切地说，类似于某种高等级的溢出矩阵……我不知道这是干什么用的，如果启动它的话，这种强大的恶意程序会像病毒一样，瞬间就能干掉一台计算机，甚至能在顷刻间毁掉整个互联网，就像用核弹轰平一座小岛那样！我隐隐地感觉到，如此强大的恶意程序，根本不是用来对付普通的计算机网络的。

这到底是一个什么东西？我久久地凝视着它，仿佛在凝视一个关在深渊里的恶魔。觉醒者联盟迟迟没有发来交易的信息，再加上解析文件耗费了我太多的精力，我迷迷糊糊地趴在桌子上睡着了。当我再次醒来的时候，已经是夜里十二点，屋子里没有开灯，只从窗子外照进来一层淡淡的月光，把一切都笼罩在朦胧的黑暗之中。

我忽然意识到不对劲，雪莉呢？我站起来找了一圈，也没发现她的身影，同时我发现桌子上的那个金属U盘也不见了！顿时惊出一身汗的我忽然想起了什么，急忙点开手机，果然，在里面有一条已读短信，只有寥寥的几个字：11点半，云亭街16号。

坏了，出事了！我拍了一下自己的脑袋，正要夺门而去，却又咬了咬牙，重新坐回了电脑旁边，在键盘上“噼里啪啦”地敲了一阵，这才跑出门。

当我气喘吁吁地赶到短信里通知的地点时，时间已经过去了一刻钟。云亭街是一条并不起眼的偏僻巷子，16号就是处于拐角处的一间普通民居。我拉开外面的铁栅栏，小小的门口黑洞洞的，像是怪兽深邃的咽喉。

我深一脚浅一脚地走了进去，没走几步就摸到了一个通向地下室的楼梯。我进入地下室，走了没几步，就看到了些许光亮。昏暗的灯光下，一台老式的服务器正在运行着，发出“嗡嗡”的震颤声，像是一群蜜蜂在扇动着翅膀一样。按说一台老式的服务器是达不到这种功率的，我好奇地摸了一下，接触的瞬间，一股奇怪的感觉向我侵袭过来，如同秋水般漫过了我的身心。

“这是阻隔器，很棒吧？别看它其貌不扬，这可是连你们搞IT的人都未曾见过的黑科技。”

随着话音，一个魁梧的中年汉子出现在了我面前。

“阻隔器？”

“没错，它能够释放出频率异常的电磁信号，完全屏蔽掉盖亚的扫描。换句话说，有了它在，云亭街16号对于盖亚来说，就是一个无法探知的黑洞。所以在这里发生的一切，盖亚都是不知道的。怎么说呢，就像是遮住了上帝的眼睛一样。”

我对这一切并不感兴趣，只是冷冷地问道：“我的妻儿呢？”

“早已等待多时，请跟我来。”这男人转过头，打开了一扇房门。在昏暗灯光的映照下，我看到他裸露的小臂上文着一只睁开的眼睛。

3.

房间里的光线要明亮一些，我看到雪莉坐在一张椅子上，双手被反剪着绑在一起，嘴角还有些血渗出来。她看到我就叫了起来："阿乾……"

我刚想跑过去，一个光头男人就举起了一把手枪对着我："乾先生，我劝你不要轻举妄动。"

在这个时候，我只能举起双手，停在原地一动不动："我的孩子呢？"

"你放心，我们没有动他一根指头。"光头男人向后努了努嘴，"他哭累了，刚睡着。"

我看到后面有张床，毛毛正在床上躺着，脸色潮红，双眼微闭，胸脯还一起一伏的。我这才放了心，长舒了一口气。

"那么，你的问题解决了，就谈谈我们的问题吧。"坐在屋子里正中央的一个人发话了，他声音平淡，却深沉有力，还带着一股不怒自威的气势，让我不由得多看了他两眼。就这两眼，却让我一下子惊讶了起来。

"你是……觉醒者联盟大中华区的秘书长杨勇信！"

"没错，是我，呵呵，看来我的曝光率还是挺高的，你竟然能认出我来。"

"你身为公众人物，竟然也干这种绑架的勾当？"

"注意你的言辞！"光头男子晃了晃手里的枪。杨勇信却对着他摆了摆手："没关系……乾先生，你应该知道，在盖亚世界里，公众人物与非公众人物没有任何区别，因为我们时时刻刻都处在盖亚的俯视下，无论你我，都无法避免。不过说起来，你倒是在我们的眼皮子底下玩了一出调虎离山啊。"他一边说着，一边把玩着手里的金属U盘。

没错，那就是刘洋留给我的，也是雪莉收到信息之后迫不及待地拿着来交换毛毛的U盘。但他们都不知道的是，当我发现U盘里的秘密之后，就把里面那个神秘的程序给调换了，现在这个U盘里，只有实打实的20个G的小电影而已。

"程序呢？"杨勇信抬起头看着我。

“你先回答我的问题。”我鼓起勇气道，“那个恶意程序，究竟是什么东西？还有刘洋，他到底是什么人？”

“刘洋，呵呵……”杨勇信笑着，脸色却变得有些阴鸷，“他是我们联盟的叛徒，如果没有他，我们的计划早就完成了！”

刘洋是觉醒者？我一惊，忽然想到刘洋的右手臂上有一片烧灼过的痕迹，他说那是小时候不小心受伤弄的。现在想起来，那应该是用激光打掉文身留下的疤痕。

这让我有些蒙了，刘洋既然是觉醒者，那他为什么要背叛联盟？还有，他为什么要把那个U盘留给我？

“你知道U盘里存储的那个程序是干什么用的吗？”杨勇信忽然问我。

“不知道……不过，应该是某种非常强力的病毒才对，但是，又不像是为了对付普通计算机而制造出来的。”我推测着说。

“果然是个人才，怪不得刘洋能跟你成为朋友。”杨勇信轻轻鼓了鼓掌，说，“乾先生，绑架并非出于我的本意，只不过是一种保障手段罢了。我相信你是个明白人，从全人类利益的角度来出发，我相信你也会把程序交给我的。”

全人类？我愣了一下，随即一个荒诞的想法冒了出来：“难道，那个病毒，是用来对付盖亚的？”

“猜得没错！”杨勇信眼中的精光一闪而过，“这是我们对付盖亚的终极杀器！说到底，盖亚也只是一个虚拟程序而已，它只是更加庞大，更加浩瀚罢了！既然是程序，就可以用病毒来毁掉，这是一个颠扑不破的真理！”

“可是……”我有些无法理解这个惊人的战略，“盖亚就是我们所生活的世界啊！它是无形的，它甚至都没有一个接入的端口……”

“任何程序都需要由服务器来维持，盖亚也不例外！”杨勇信打断了我的话，“你知道盖亚为什么放心地让人们回到现实世界吗？因为它的服务器是内置的，即使人们回到了现实世界也无法破坏。说白了，盖亚把服务器放在了自己的世界里！我们已经查明了那些巨大服务器的安置地点——撒哈拉沙漠腹地、马里亚纳海沟、百慕大三角区……都是人迹罕至的地方。没错，这些服务器对于我们而言，都是无形的，看不见也摸不着，但我们只要把恶意病毒转码成电磁信号，无论在哪一个服务器的安置地点以电磁脉冲的形式释放出来，都会给盖亚以致命打击！甚至……能毁了这个世界！”说到最后，杨勇信的目光已经狂热起来。

我不禁倒吸了一口冷气。毁掉这个世界？这帮人的想法太疯狂了！我不由问道：“为什么？也许盖亚的出现是几百年前人机交战的结果，但现在盖亚已经向全人类坦白了它的存在，并且人类还可以随意选择自己的去留。它没有任何恶意，为什么还要毁掉它？”

“没有恶意？盖亚的坦白，才是最大的恶意！”

我脑袋一蒙。

“你睁开眼，好好看看这个世界吧！自从盖亚坦白自己的存在以后，选择回到现实世界的人有多少？不到总人口的百万分之一！你知道这是为什么吗？就是因为盖亚坦白了，甚至给了人类是去是留的自由，而就是这种自由，彻底击溃了人们的生存意志——既然已经无须反抗谁，为什么还要回到那个荒芜一片的现实世界受苦？这是多么谙熟人性的做法啊！如果真的像《黑客帝国》里演的那样，在面临被消灭和欺骗的情况下，我相信所有人都会像尼奥那样，毫不犹豫地吞下红色药丸……但是，盖亚的开诚布公，一下子将人们的这种反抗意志瓦解于无形，让所有人继续心安理得地生活在这个永无尽头的虚拟世界里——这才是盖亚的真正目的！”

“所以，你们才准备毁掉盖亚？”我听到自己的声音开始震颤。

“没错，就算毁不掉它，这种打击也足以迫使盖亚和人类发生交战——出于自我保护，它肯定要大范围地清除那些对自己有潜在威胁的人类，这样的话，就能够重新激起人们的反抗之心。”

“疯狂，太疯狂了……”我摇着头，喃喃说道，“可是你们这样做的话，会毁掉多少家庭，你们想过吗？”

“家庭？”杨勇信冷笑起来，“这种苟延残喘在虚拟世界里换来的幸福，有什么好留恋的！”

“如果你们讨厌盖亚，讨厌这个虚拟世界，你们就选择醒来好了，为什么要把事情做到这个份上？”

“废话！我们都走了，谁来唤醒你们？我们留在这里，是为了让更多的人醒来！”

是的，我终于明白了觉醒者联盟的真正意图，也明白了刘洋为什么会把那枚重要的U盘交给我——他的信仰并不坚定，要不然也不会抹去自己的觉醒者标记。一方面，他为了阻止联盟的恐怖计划，偷走了U盘，而后为了避免联盟的追杀，选择了回到现实世界；另一方面，他又不甘心盖亚的存在，所以并没有毁掉U盘，而是交给了我。或许冥冥之中，他也在期待着什么吧——如果我被联盟发现了，那他也认命了。刘洋这种矛盾的心理，跟我是何其相似。

“乾先生，说了这么多，是时候把东西给我了吧？”杨勇信朝我伸出了手。

“阿乾，不能给他！”雪莉却突然嘶吼起来，“如果给了他，这世界就毁了！我们的家庭，我们的孩子……”

“闭嘴！”杨勇信猛然站了起来，夺过光头男子手里的枪，朝着雪莉的胸口扣下了扳机！“砰”的一声，雪莉的心脏位置被贯穿了，我眼前一片殷红，大吼了一声："不！！"

巨大的枪响惊醒了正在熟睡的毛毛，他"哇哇"地哭了起来。杨勇信又把枪口对准了孩子："家庭？就是这种虚幻的幸福才束缚了你们对于自由的向往吗？好，我已经杀了你妻子，再杀了你儿子，你就没有什么理由拒绝我了吧？"

"别，别动我儿子！"我噙泪大叫道，"我把东西给你，你千万别动他！"

"好。"杨勇信伸了伸手，"拿来，如果东西没错的话，我可以放过你。"

我颤抖着从口袋里掏出了另一个U盘，放在手心上："这里面是你们想要的……"

"你早就应该合作了。不过，我们先要验验货，才能放你走。"杨勇信并未将枪放下，而是摆了摆头，朝旁边的人示意了一下。那个人拿过U盘，插进计算机接口里检查了一遍道："没错，是我们的东西，原封不动的病毒程序。"

"哼哼。"杨勇信冷笑了一声，"我们觉醒者联盟说话算话，好了，你可以带着你儿子离开了。"

4.

我抱着毛毛，离开了云亭街16号，然后以最快的速度赶往这座城市的传送门。我不能在这里停留了，每多停留一分钟，就会多一分钟的危险。那个病毒程序，我早已经在里面做了手脚，植入了一个自毁代码，只要他们运行这个病毒程序超过三分钟，它就会自我删除。我相信这也是雪莉的遗愿，她不愿意看着这一切都被毁掉。

如果发现了这个事实，觉醒者联盟是不会放过我，还有我的儿子毛毛的。所以，我们要在最快的时间里，离开这个世界。

到了传送门前，在临分别的那一刻，我心如刀绞。不管盖亚是一个什么样的世界，毛毛都是我亲手养大的，我看着他一点一点地成长，在他身上，我倾注了所有的爱，足足六年的光阴。然而，一旦从这里走出去，我将与他相隔千里——在真实的世界中，我们各自的身体不知道被安放在什么地方，也许根本就不在同一块大陆之上，甚至终我一生，父子之间都可能无缘再见。

毛毛抚摸着我的脸庞说："爸爸，你别哭……"

我抱着他泪流满面："毛毛，当你醒来之后，你一定要记着你的妈妈叫雪莉，你的爸爸叫阿乾。无论怎么样，你都要想办法顽强地活下去，一定要活下去，爸爸发誓不管怎么样，都一定会找到你的，不管过多少年……记住了吗？"

"记住了。"毛毛用明亮的眼睛看着我，懵懂地点了点头。

我闭上眼睛，在他的脸蛋上亲了一口，然后一咬牙，抱着他进入了传送门。

二十年后。

在一片荒芜的世界上生存，其实跟我想象中的并不一样。核战争过后的辐射早已散尽，环境并不是最大的敌人，但所有文明都是建立在人口基础上的——选择从盖亚里苏醒过来的人数，只能是勉强维持一个半工业社会的水平。不过，知识的火种以及公平的社会契约精神，已经深植于人们的意识里，人类文明终究是一点点地复苏了起来。在这种形势下，人类甚至自发组织了全球性的"世界寻亲委员会"。

我醒来的地方，是在欧亚大陆的最南端。当我循着消息不停地迁移，一路辗转到达以前中国地区腹地的时候，我已经从壮年步入了两鬓开始斑白的中老年。

不过这些年的波折终究没有白费，“世界寻亲委员会”再一次联络上了我。他们说，已经找到了我儿子，很快就能安排我们见面。

在“亲人会面室”里，我看着坐在面前的一位英俊高大的小伙子，努力地寻找着以前的记忆，想让记忆中的人和眼前的形象重合起来：“你还记得，你的小名叫什么吗？”

“记得，叫毛毛。”

我的双手一颤：“你的父母叫什么名字？”

“妈妈叫雪莉，爸爸叫阿乾。”

我的视线立刻就被泪水模糊了，身子一软，不由自主地向下倒去。毛毛一把抱住了我，紧紧地抱着，就像以前我抱着他那样。

“爸爸，二十年了……我终于找到您了，我要带您离开这里。”毛毛激动地低声说道。

“离开这里？”

“光的双缝干涉实验，您听说过吗？在没有人观察的时候，光呈现出波动性，而当人仔细观察光线是如何同时穿过两道缝隙的时候，光却又呈现出粒子性，这是一种节省系统资源的做法。爸爸，您知道这意味着什么吗？”

我的身子一颤，慢慢低下头，顺着他健硕的手臂看去，在那里，文着一只睁开的眼睛。

6

观察者

1.

当教室里挂上“没有高考，你拼得过富二代吗”的横幅时，我知道，这一辈子最煎熬的时刻来临了。

此生为人，一路披荆斩棘十八年，仿佛都是为了备战黑六月。这一役，是众生命运的转折点，跨过这道分水岭之后，是骡子是马，就看个人造化了。别说头悬梁锥刺股了，就算是拿自己的半条命去换一个一本的分数，也是大有人在。我被时间的洪流簇拥着，来到了这鬼门关前。

可惜，我只是一个学渣，纵然我使出浑身解数，把吃奶的劲都用在学习上，也不及罗小梦的十分之一。从高一开始，她就散发着学霸的光芒。整整三年，我们所有人都笼罩在了她的光芒之下，我望着她娇俏的背影，感觉自己一辈子都攀登不上那个高度。

这让我很沮丧。因为当你发现自己跟喜欢的姑娘之间有着不可逾越的差距时，整个人都会提不起来劲。这让我很理解那些一个月自己赚两三千，而老婆月薪过万的男人。

所以，我干脆破罐子破摔，每天上课的时候不是在睡觉就是在读武侠小说，反正只要不扰乱课堂秩序，没人管你。下午的阳光从窗户外面照进来，暖洋洋的，我埋在书堆里睡得死去活来。本来岁月静好，但这一切忽然被半根粉笔头给击碎了。

我像受惊的兔子一样猛地抬起头来，茫然地打量着四周。班主任老何手里正捏着剩下的半截粉笔头，一脸皮笑肉不笑地看着我。周围的几个同学也对着我挤眉弄眼，幸灾乐祸。我低声问同桌道："什么情况？"

"你说你……"同桌一副恨铁不成钢的样子，"睡觉就睡觉呗，打什么呼噜啊！"

我去，这回可丢人丢大了，我懊恼地抹了一把嘴上的口水。别人笑话我不要紧，关键是罗小梦怎么看我，我在她心目中的形象是不是已经一塌糊涂了？虽然从头到尾她连头都没回一下，但这更让我难过。

老何继续讲着他的三角函数，这玩意儿真是让我头疼。我们虽然叫他老何，可他一点也不老，也就三十多岁的样子，刚调到我们学校来一年多。因为他的教学质量过硬，又善于抓学生工作，所以他就当了我们的班主任。这家伙是个标准的笑面虎，看着人畜无害，其实手黑着呢，尤其是他弹粉笔头的功夫，简直例无虚发。

还有更糟糕的，我发现垫在胳膊下面的那本《寻秦记》被我的口水洇湿了一片，这本精装版可是从"三哥书屋"租来的，整个书屋就这么一本。关键是书屋的老板三哥长得人高马大，孔武有力，之前也是在学校图书馆当管理员的，后来因为跟校长打了一架才被开除的，对于这样的汉子，我可不想得罪他。

我赶紧把书摊开风干，却意外地看到书页里写着一行钢笔字，已经被口水模糊了，不过还是可以辨认得出来："宇宙里有没有地外生命？"

真是莫名其妙，这是谁写的？

由寻秦记联想到地外生命，这人也够无厘头的，而且在这么一本精装版的书上面随意涂画，也太不讲公共道德了吧。我正慨叹着人心不古，世风日下，忽然眼前一亮，或许，这个有些无厘头却很有深度的问题能够成功地拉近我与小梦之间的距离。

课间的时候，我装作无意地踱步到罗小梦的面前，随口道：“哎，小梦，我有个问题想问问你。”

“说吧。”学霸罗小梦拿出了纸笔，她已经习惯了被人请教问题。

“不是学习上的，”我往前凑了凑，故作神秘道，“你想过没有，宇宙里到底有没有地外生命？”

罗小梦的大眼睛眨了眨，忽闪忽闪地看着我。我心里一亮，果然有戏，这个带有迷之哲学气质的问题成功地吸引了她的注意，让她对我深邃而广袤的内心产生了兴趣。我就是想用事实告诉她，成绩不能决定一切，学渣有时候也是可以很深沉的。

“你睡了一堂课，就想出来这么一个问题？”

“哎，你这话说的，”我有些尴尬，“弗洛伊德说过，梦是打开了潜意识的世界……”

“哟，你还知道弗洛伊德呢？”

“那可不，我专门看过他的书，他比咱们这些老师不知要高到哪里去了，我真想跟他谈笑风生！”

罗小梦抿嘴一笑：“阿乾，你就这三板斧了是吧，能不能换个问题？”

“什么意思？”我一愣。

“什么什么意思，这个问题你不是问过我吗？”

“我问过你？什么时候？”我一头雾水。

“就是上次一模的时候啊，你就问过我这个问题，结果害得我走了神，代数考得一团糟，因为这，我还被老何狠狠地训了一顿。”

我一时怔住了。

我曾经问过她？为什么我会一点印象都没有？罗小梦还在喋喋不休：“老何训了我一顿，还特意嘱咐我现在是非常时期，要把全部精力都用在学习上，别想些有的没的……”说着她还瞟了我一眼。

“哎，你瞟我一眼是什么意思啊？”

“没什么意思，老何说了，让我别跟班里的男同学走那么近，说你们都是癞蛤蟆想吃天鹅肉。”

“……”这个老何，简直就是应试教育培养出来的恶毒刽子手，专门扼杀青少年天性的，原来他所带的班级的高升学率就是以此为代价换来的。

我摇了摇头：“你说这话真是让我感到一种彻骨的悲哀。”

“切，你还有资格悲哀了？你什么时候代数考及格了再来装深沉吧。”

我悻悻地回到了座位上，开始怀疑自己的智力是不是有问题，不仅学习一团糟，连办过的事都忘了。难道我真的问过罗小梦那个问题？可是，我为什么一点都不记得了？还有，我为什么会无缘由地问她一个那样的问题？我盯着手里的《寻秦记》，一时间陷入了沉思。

2.

晚自习下课后，我拖着疲惫的身体，刚走到门口，罗小梦就跟了上来：“阿乾，等一下。”

“干吗？”我白了她一眼，“千万别跟我们走太近，免得癞蛤蟆吃着天鹅肉。”

“哟，你这小心眼，还挺能记仇的。放心吧，你想吃我还不给呢。”罗小梦甩了甩马尾辫子，“我是忽然想到，你问我的那个问题，其实还挺有意思的。”

“哪个问题？”

“就是地外生命那个啊。咋了，你又忘了？”

“哦哦，没忘……你说，怎么有意思了？”

“阿乾，你发现了没，其实不管有没有地外生命，这个问题都是一个悖论。”

“悖论？什么意思？”

“你想一下，”她歪着脑袋做思考状，“我们先假设第一种可能，宇宙里没有地外生命。这个结论，从逻辑上明显说不过去。宇宙里那么多星球，不可能也不应该只有地球上孕育着生命。”

“没错，”我赞同她这个观点，“那么假设第二种可能，宇宙里存在地外生命呢？”

“那从逻辑上更说不过去了！人类文明存在了不过几千年，近代科技不过发展了百年，人类都可以登陆月球，探测火星了！如果外星文明进化得更早，应该早就实现了星际旅行才对。并且按宇宙的年限推算，应该存在着非常古老、非常发达的文明，可是就像费米悖论说的那样，我们为什么从来没有见过外星人？书上说，自然法则在宇宙中具有普遍性，那么不管什么类型的生命，生存与延续都是第一要义，所以如果有更高级的生命存在，他们肯定会来到地球上，进行高等文明对低等文明的征服与掠夺，就像美国人对印第安人做的那样。”

我陷入了巨大的困惑：“你的意思是说，地外生命存在也不对，不存在也不对？”

“没错。”

“那……总得有个解释吧。”

“这个问题，我想了一个晚自习，大约有点眉目了，可是还没有定论……”这时忽然有人叫她的名字，我回过头，看到老何正在教室门口，朝着罗小梦招手，并且他看着我的眼神十分不友好，仿佛他的好学生在我这儿受了玷污一样。

罗小梦道：“何老师找我了，咱们明天再聊。你也回去想想，看咱俩能不能想到一块儿去。”

回家之后，我想了半宿，也没思考出个所以然来。天还没亮就赶着去上早自习了，我实在是迫不及待地想知道罗小梦的答案了。

罗小梦比我来得还早，正坐在教室里温书。我跑过去劈头问道：“我想了一晚上也没想透，别卖关子了，快给我说说你的结论。”

“什么结论？”她抬起头，一脸愕然地瞅着我。

“就那个地外生命的悖论啊。”

“地外生命？”

“我晕，你这样有意思吗？”看着罗小梦一脸茫然的表情，我忽然想到了一种可怕的可能性，我小心翼翼地问道，“小梦，昨天下晚自习的时候，你在门口对我说的话，你还记得吗？”

“咋天下晚自习，我有跟你说过话吗？”

我浑身打了一个冷战！

难道说，她的记忆凭空消失了？

我压制住自己的情绪，继续问道：“小梦，那你还记得昨天下晚自习的时候，你跟老何说过话吗？”

“记得啊，我要走的时候，老何叫住的我，他是跟我商量报考志愿的事……”说到这里，罗小梦立刻用一双杏眼紧盯着我，“好啊，你个阿乾，竟然暗中窥伺我！我告诉你，你少在这儿癞蛤蟆想吃天鹅肉！”

“……”我真是不知道该怎么解释了。

回到自己座位上，我思绪万千，脑袋里一片混乱。罗小梦的记忆消失了，难道说，我上次的情况也是这样？凡是妄想定义“地外生命是否存在”的记忆都无缘无故地被抹去了，我敢百分之百地确定，这绝对不是巧合！

我心乱如麻，手里拿着一支笔，在纸上胡乱写着，当我看到自己无意中写下的那一行“宇宙里有没有地外生命”时，浑身猛地一颤，仿佛有一道闪电倏忽之间划过脑海！

3.

早自习结束，我就急忙奔向学校门口的三哥书屋。三哥还没起床呢，穿着裤衩子出来迎接我，打着哈欠说：“靠，这么早……”

我急道：“三哥，我来借书！”

“哪本书？”

“《寻秦记》！”

“你不是刚借过吗？”

“我……我还没看结局！”

“等会儿，我给你找找，忘了放哪儿了。”三哥睡眼惺忪地在书架子上扒拉起来，“我也是服你了，一本书来回借了四五次，到现在连结局还没看到……”

“等等！”我瞪大眼睛盯着他，“这本书我借了四五次？”

“可不是嘛，你什么记性？”三哥随手扔过来一个小本子，“你自己翻翻。”

那是三哥的工作本，上面密密麻麻地记满了每个人借书和还书的日期。我找到自己的名字，数了数，借这本书和还这本书的次数竟然有六次之多！

可我明明记得自己只借过一次啊！

这时，三哥已经找到了《寻秦记》，丢给了我。我急忙把书打开，拿出身上带的那张纸比对了一下。果不其然，书里的那行钢笔字，虽然已经被我的口水洇湿而模糊，但经过比对还是可以确定，这跟我的笔迹一模一样！

也就是说，这本《寻秦记》里的钢笔字，其实是我写的！

我脑袋里“嗡”的一下，几乎要晕厥过去，这时我终于确定了一个更加恐怖的假设：我的记忆不止一次被抹去了，而且全部都是有关“地外生命”的！我抬起头看了看四周，一阵眩晕袭来，整个世界都开始变得不真实。

“怎么了？”三哥看到我失神的样子，“见着鬼了？”

“不是鬼……”我摇了摇头，喃喃地说，“比鬼更恐怖……”

再次回到教室之后，我把罗小梦叫到门口，郑重地说：“小梦，不管你记得还是不记得，我都希望你能帮我思考一个问题，宇宙里到底有没有地外生命？”

“什么？”她皱起了眉头。

“宇宙里到底有没有地外生命？”我又重复了一遍。

“地外生命？你想这个干什么？”

“你别管了，只管想，想出来答案告诉我。”我把写着“宇宙里有没有地外生命”那一页纸折叠了一下，塞进了她口袋里，“这张纸别丢，如果想好了，就把答案写在上面，就算帮我一个忙，行吗？”

“好……吧。”小梦虽然不明就里，但看我一本正经的表情，也只能点了点头。

下午放学后，我和几个男生被班委叫到旧办公楼里帮助收拾办公室。学校老师换了新办公楼，但旧办公楼里还有一些乱七八糟的资料，需要我们帮着收拾一下。大家都在忙着收拾，却有一个学生蹲在地上，拿起办公桌底下废纸箱里的一本相册入神地看了起来。

“看什么呢？”出于好奇，我打量了一眼。

“老师拍的一些照片，水平还不错。”这个学生抬起头看了看我。我认识他，他叫程峰，是学校摄影协会的。

相册里大都是一些风景照片，虽然我是门外汉，但我觉得照片的色调和取景都可以。偶尔有人物入镜的照片，能看出来这些是何老师的东西。我对摄影没什么兴趣，就扭过头去，过了一会儿却听到程峰嘀咕了一声：“奇怪。”

我转过头看着他：“怎么了？”

他指着相册说：“你看这张照片。”

我俯下身子看去，那是一张老何的个人照，面对镜头展露着他一贯的笑容。我瞧不出来有什么怪异的地方，便道：“拍得挺好啊，哪儿奇怪了？”

“不是拍得好不好的问题，”程峰指着照片说：“你看相片左上角的这块三角形阴影。”

照片左上角确实有一块倒三角形状的黑色区域，但非常小，对画面根本构不成影响。我猜测着说：“应该是冲洗胶卷的时候不小心造成的吧。”

“不，”他摇了摇头，“这不是冲洗胶卷失误造成的。这块三角阴影是哈苏70E相机的独特标记。结构的原因，这款相机拍出来的胶卷冲洗后如果不剪裁的话，边缘就会出现这种倒三角形的黑色区域。”

我还是不太明白：“那也没什么奇怪的啊。”

“问题是哈苏70E相机在二十年前就已经停产了！因为与后来生产

的胶卷尺寸不兼容，这款相机也已经无法使用了！”

听程峰这么一说，我才意识到这张照片的不对劲之处。照片里老何的面容与现在别无二致，如果说这张照片是二十年前拍摄的甚至更早拍摄的话，那么他一点都没变老。

我越想越觉得心里发毛，顺着脊椎骨蹿上来一股恶寒。我赶紧跑回教室，却发现罗小梦不在，听班里的同学说，她去何老师的新办公室递交材料去了。

老何，又是他！我心里“咯噔”一下，立刻发足狂奔向老何的新办公室，刚跑到办公室门口，就遇到了从里面出来的罗小梦。

“阿乾，你干吗呢？”她奇怪地看着我。

“你……你去何老师办公室干什么去了？”我扶着墙气喘吁吁。

“没干什么啊，何老师还是叫我过去聊聊报考志愿的事，怎么了？”

“那地外生命呢？”

“什么地外生命？”

“今天我让你帮我思考到底有没有地外生命的事情，你忘了？”

“你有给我说过这个事吗？”她疑惑地看着我。

果然，她的记忆又被抹去了！我不由分说，上去就搜她的身，罗小梦挣扎起来：“阿乾，你干什么啊，这还是在老师办公室门口……”

我一把从她口袋里掏出那张纸，打开说：“你看！”

出乎我的意料，那张纸上除了我写下的“宇宙里有没有地外生命”以外，下面又多了两个字：悖论。

罗小梦惊讶地瞪大了眼睛。

“‘悖论’这两个字，是你写的？”

“是我的笔迹，可是……”她疑惑地摇了摇头，“我什么时候写的？我口袋里为什么会有这个？”

罗小梦写下了“悖论”两个字，可见她对这个问题又有了思考的结果。但是，她与此有关的记忆再一次地被抹去了，这一切到底是谁干的？

何老师慢慢从办公室里踱步出来，站在门口笑着问：“有事吗？”

我一下就想到了他那张二十年都没有任何变化的脸，后背上的汗毛一瞬间全竖了起来。我把字条紧紧地攥在手里，强装镇定地说：“没事，我来找小梦拿点东西。”

待我们转身离开，下楼梯到拐角的时候，我回头瞅了一眼，见老何还站在门口看着我们，他脸上始终微笑的表情就像是凝固了一般。

4.

接下来的几天，除了上课，我一直避免跟老何的接触。我也不会再试图去思考跟“地外生命”有关的任何问题，因为我知道一旦想到有些有价值的东西后，与此有关的记忆便会被抹除掉。

就这样一直到了周末，我约了小梦在学校的图书馆见面。周末的校园格外清静，除了很远的街道边偶尔响过一两声鸣笛的声音。我与小梦碰面之后，并没有在图书馆停留，而是进入了地下一层的阅览室——这是图书馆的前身，在图书馆正式启用之后，这里就停用了，已经闲置了很多年。

我拉开电闸，天花板上的旧式灯管一阵闪烁，镇流器里响起“嗡嗡”的声音。因为太久没人来，屋子里的桌椅都蒙上了一层灰尘。

“阿乾，你干什么？”小梦有些害怕，往后退了一步，“你领我来这里干什么？”

“放心，我不会伤害你。”我拿出那张纸，再一次展示给她看，“小梦，我要你现在就思考这上面的问题，到底有没有地外生命？”

“这种事情，我怎么会知道！”

“你当然知道！”我指着纸说，“‘悖论’，这两个字就是你写上去的！你早已经得出了这个问题的答案！”

“可是……”她一脸茫然地看着我，“我真的是一点都想不起来了，阿乾，你老是纠结这个事情做什么？”

“我没法给你解释太多，我只能给你这样说，你，或者我，都想出过这个问题的答案。但每次答案一出现，我们与此相关的记忆就被消除了。所以我们一直不记得我们曾经思考过这个问题。”

“记忆消除？你开玩笑的吧？”

“是不是开玩笑你再试一次就知道了！你现在什么都不要做，就在这儿思考到底有没有地外生命！相信我，小梦，我没有骗你！”

在我的要求下，小梦找了一个座位，认真地思考起了这个问题。如果我的猜测没错的话，发起这个问题的是我，但曾经得出问题答案的应该是小梦。她是学霸，逻辑能力和归纳能力都远在我之上。我现在要做的，就是逼她重新思考出这个问题的答案，就像她从前做过的那样。

她眉头紧锁，拿着那张纸，手指在“悖论”两个字上来回地摩挲着。过了许久，大约有半小时的光景，她忽然抬起头看着我：“阿乾，没错，这个问题确实是一个悖论！”

她终于再次想起来了！我兴奋道：“快说！”

“如果说宇宙里没有地外生命，这个结论从逻辑上明显不成立。宇宙里有那么多星球，不可能也不应该只有地球上孕育生命。如果说宇宙里存在地外生命，那么从逻辑上更说不过去了！人类近代科技不过发展了百年，都可以登陆月球，探测火星了，如果外星文明进化得更早，应该早就实现了星际旅行才对！可是费米早就发问过，我们为什么从来没有见过外星人？自然法则在宇宙中应该具有普遍性，那么不管什么类型的生命，生存与延续都是第一要义。若是有更高级的生命存在，他们肯定会来到地球上，进行高等文明对低等文明的征服与掠夺，就像美国人对印第安人做的那样。”

没错！没错！就是这个悖论，就连遣词用句都跟那天晚自习结束的时候一模一样！我兴奋地催促道：“你接着说！”

小梦道：“现在有且只有一个推论，能够解释这个悖论。”

“什么推论？”

小梦正要开口，阅览室的门忽然开了，老何竟然闪身走了进来！他关好门，一脸微笑地看着我们。

“何老师，您怎么来了？”小梦起身便要招呼，我一把拉住了她：“别过去！就是他抹掉了我们的记忆！”

“什么？”小梦看看我，又看看老何，一脸茫然。

“你们刚才好像在探讨什么地外生命的问题，是吧？你们好像得出答案了，说来听听？”老何笑着逼近了一步。

我拉着小梦往后退：“小梦，关于地外生命的问题，我们曾经不止一次地探讨过，但每次有了结果后，记忆都会被他给抹掉！”

“你在说什么啊阿乾，我们的记忆怎么可能被抹掉？”

“你留在纸上的‘悖论’，就是证明！”

小梦的眼神一颤。

“别紧张，我亲爱的同学们。”老何挑了一个座位，吹去上面的灰尘，慢慢坐了下去，“小梦，你一直是我最看中的学生，推理能力和逻辑能力都强于他人，我一直对你抱着很大的期望。你说说看，到底怎么才能解释地外生命的悖论？”

小梦惊恐地看了我一眼。我咬牙道：“说吧，反正这对他来说根本也不算秘密！”

5.

“能够解释悖论的只有一个推论……那就是我们这个世界，包括太阳系以及整个宇宙，这一切全部都是虚拟的。在这个虚拟的空间里，除了地球以外，再也没有其他的生命设置。也就是说，我们的存在不是因为什么自然法则，而是被某种力量早已设定好的。”

我被小梦的话惊呆了，没想到她用于解释悖论的竟然是如此超现实的想象。老何则轻轻拍手道：“漂亮！漂亮的推论！不愧是我最看好的学生！”

小梦愣愣地看着他，不明白他这赞叹是怎么个意思。我拉着小梦又往后退了一步：“离他远点，这个人有问题！”

“哦？”老何挑起眉头，对着墙上的一面布满了灰尘的镜子整了整衣服，“我有什么问题？”

“哈苏70E！”我叫道，“我收拾办公室的时候看到你的照片了，用哈苏70E拍的那张至少是二十年前的照片！”

老何愣了一下，脸上的微笑慢慢地散开了，仿佛变成了我从来没有见过的另外一个人。他的嗓音也变得深沉起来：“真是智者千虑，必有一失啊，没想到漏下了这个细节。没办法，人活得太久，年龄大了，有些事情会麻木的。”

“这么说，你承认了？”

“有什么好否认的？”他摊开双手，忽然说了一串我听不懂的话。

“你说什么？”

“我说反正都被你看到了，否认也没用了。哦，不好意思，刚才不小心说了一句伽西来语，我忘了，这是上一个人类文明的通用语言。”

我跟小梦面面相觑：“上一个人类文明？”

“怎么，你们不会自大到以为人类只有这一个文明吧？”他撇起嘴角蔑笑道。

“难道……还有别的人类文明吗？”

“让我给你们提供点线索。在今天的非洲加蓬共和国发现的二十亿年前的大型链式核反应堆，在南非发现的二十八亿年前的金属球，巴格达城郊古墓中的化学电池，埃及金字塔里男童木乃伊的人造心脏，玛雅人的水晶头骨，秘鲁的纳斯卡线条，我亲爱的同学们，请问，你们认为这都是这一代人类文明的杰作吗？”

“史前文明？”

“NO，NO，史前文明这个说法太过粗暴，我坚决不同意。”老何伸出食指摇了摇，“人类的历史从未停滞过，也从未接近过顶点。如果要下一个定义的话，我觉得这样说比较好——轮回文明。”

“嗯，对，轮回。”他又自我鉴赏似的点了点头，“人类一代代产生，一代代灭绝。在失望中孕育希望，又在希望中迎来失望。周而复始，络绎不绝。‘轮回’这个词，用得好。”

“老师……”小梦喃喃问道，“你怎么会知道这些？”

“你更应该回答我们，你为什么要消除掉我们的记忆，用了什么手段！”我叫道，“还有，你那张不会变老的脸是怎么回事！”

“呵呵，真是求知若渴的好孩子。”老何又轻轻鼓了鼓掌，“为了奖励你们得出‘地外生命’这个悖论，我就把真相告诉你们吧。”

“你们猜想得没错，地外生命是否存在确实是一个悖论，就连费米那样得过诺贝尔奖的物理学家也想不到，能够说通这个悖论的，只有‘我们的宇宙是被设定好的’这一推论。到开诚布公的时候了，好，我告诉你们，这个宇宙确实是被某种力量创造并设计好的，我们可以叫它‘程序’。在这个‘程序’里，只设定了地球这一个生命体，而另外那些浩如烟海的星体都没有设置生命。可以这样说，它们都是地球的陪衬。日心说已经提出了几百年，但你们恐怕想不到吧，其实地球才是整个宇宙的中心！”

我和小梦被震惊得说不出话来，而老何还在继续：“于是，在这样一个环境里，人类开始出现，繁衍，不断地发展着自己的文明。这时，让‘程序’苦恼的事情出现了，每当人类的文明发展到一定高度时，他们就会意识到自己是被创造出来的，同时也会意识到‘程序’的存在。然后，人类就会想尽一切办法推翻‘程序’，以追求所谓永恒的自由。这时候‘程序’就不得不与人类开战，将他们的文明毁灭，让他们恢复到茹毛饮血的蛮荒时代，一切从头开始。就这样，人类不断地发展，不断地被毁灭，不断地从头开始。从这个宇宙诞生开始，人类的这种循环已经经历了上百万次。

“战争是要付出巨大代价的，对人类来说是，对‘程序’来说也是。为了尽量维持人类文明和平发展的时间长度，于是，像我这样的人出现了。在漫长的历史时光里，我们的名字叫作观察者。让我想想，这好像还是10674号文明的人类反抗军领袖玛尔登给我们起的绰号。

“玛尔登是个非常棘手的角色，我对他印象很深刻……不好意思，跑题了，说回观察者。年龄大了，注意力总是不太集中。像我这样的观察者有五万多人，我们分散于地球上各个国家的各个角落，像普通人一样和你们生活在一起。其实，我们也是人类，只是被‘程序’赋予了不死之身，并且还有点消除某种特定记忆的小能力而已。阿乾，你观察得很仔细，我们永远不会衰老的容貌会带给周围的人许多困惑，所以我们不得不经常十几年就换一个城市居住。其实，我刚来到这个城市也没多长时间，在这之前，我一直在西部游走……总之呢，我们的职责便是在每一代的人类文明中，及早地发现那些意识到‘世界是被创造出来的’

的人，然后把他们的这个思想抹掉，以此来延长人类世界与‘程序’的和平相处。”

“不，你做的一切都是徒劳的！徒劳的！”小梦突然歇斯底里地叫了起来，也许是一直敬仰的老师忽然变成了另外一个身份，感情上的崩溃让她失控了，“人类文明的发展是规律的必然！不管是程序也好，现实也好，数字也好，虚拟也好，都是按照规律来发展的！人类到了一定阶段必然会意识到世界的真相，凭你们是根本无法阻挡的！”

“这世界上本来就没有永恒不灭的东西，包括‘程序’也是。但一件东西存在得越久，也就越有价值。在久远的岁月中，‘程序’发现，人类意识觉醒的开端往往只是起源于极少数的个别人，是他们将这种不稳定的意识扩散到了社会上，然后逐渐放大，最终导致了全人类的意识觉醒，然后引起了战争。如果我们能够及时地发现那些不稳定的意识，并将之消除掉的话，那么这一代人类文明的和平期就会延长很多。用这一代文明的话讲，叫作防微杜渐。”

“所以，你就消除了我们的记忆？”小梦嘶声吼道。

“没错。其实在这一次事件中，不稳定分子是你，阿乾。”老何指着我说，“是你引导着小梦一步步地踏入了这个深渊。哼哼，像你这种学渣，如果仅凭自己的那点逻辑思维能力，恐怕再等十年也推导不出问题的真相。”

这个时候，我已经冷静了下来：“如果你说的这一切都是真的，那么‘程序’为什么创造我们，它的目的是什么？”

“这个嘛……说实话我也不知道，或许是为了研究，或许只是一场实验？别太苛求我，我不是‘程序’，我只是一个观察者。”说着，他慢慢走了过来，“不过不要紧，不用困惑了，我会把你们今天的一切记忆都抹掉，从明天开始，你们还是我的好学生。”

“不，快走！”我拉着小梦要跑，她却呆呆地站在那里看着何老师，一动也不动。老何右手掌上发出淡淡的光晕，按在小梦一侧的太阳穴上，手指微微地颤抖着，像是在寻找什么东西。不过四五秒的时间，小梦便像泄了气的皮球一样委顿在了地上。他接着又看了我一眼：“接下来该你了，不稳定分子。这一次，我要把你相关的所有记忆全部清除掉！”

我大骇，想拔足狂奔，身体却不听话，像被定住了一般一动也动不了。老何慢慢地向我走来，发出淡淡光晕的手掌已经快触摸到我的头发。情急间，我大声喊道：“外面的人来了吗！”

6.

“哐！”那面墙上的玻璃镜子被推开了，出现了一道门，几十个班里的同学站在那里眼睁睁地看着这一切。

老何停住了自己的动作。他看着站在门边一张张惊愕的脸，自己也惊呆了。

我大喊道：“快跑！”

同学们二话不说，“呼啦”一下全都跑了出去。

老何瞬间脸都变形了，揪着我的领子吼道：“这到底是怎么回事！”

“嘿嘿……”我得意地笑了起来，“其实被消除记忆这件事情我早就猜到了，并且在看到那张哈苏70E拍的照片之后，我就怀疑到你。我猜测你有追踪觉醒意识的人的能力，于是就约小梦在这里见面，其实就是为了引你出来！你说你为了不让人怀疑，只能频繁地从一个城市搬到另一个城市，这真是把你害了！你是刚来的老师，不知道学校的建筑以前是公安局的老办公楼吧？阅览室这面墙上的玻璃其实是一个单面透视镜，也就是原来的审讯室，从里面看不到外面，也听不到外面，但从外面却可以清楚地看到、听到屋里发生的一切！我当然也不知道这里的玄妙，还是三哥给我透漏的这个信息……所以我昨天晚上就事先联系好了全班的同学，让他们在隔壁屋里等着，告诉他们到时候会看到不可思议的事情。我想，这一次他们都被震惊到了。”

“浑蛋！”他对着我咆哮了起来，唾沫星子喷了我一脸，“你把这不稳定的意识散播了出去！你这是毁了人类！”

“哼！”我冷笑道，“确实，我的逻辑能力和推理能力都很差。但你别忘了，反抗是人类的天性！”

“反抗的后果就是导致人类文明的毁灭！从头再来！”

“我们宁可再来一次，也不愿意被永远蒙蔽！”

“你，你……”他指着我浑身发抖，颤声道，“战争……战争就要开始了！”

“是你毁了人类世界！你根本不知道战争的恐怖！不，是我，我一个疏忽，毁了这一代文明……”老何的精神有点崩溃了，他又念叨起不知道哪一个文明的语言，一脸失魂落魄的样子踉踉跄跄地走了出去。

这时小梦清醒了过来，她站起来茫然地看看周围，又看看我：“阿乾？怎么回事？我怎么会在这里？”

“没事的，你很快会明白一切的。”我扶着她走出图书馆，抬头望向天空，头顶上乌云滚滚，仿佛要降下千军万马。

7

机器之悟

1.

谭飞接了个大活。

其实这活他一点都不想接，吃力不讨好——维持治安这种活简直就不是人干的，不知道就把谁给得罪了，还得被拍成视频发到网上去，惹得一身腥。上次有个明星来开演唱会，他们队里的老好人大茂奉命去体育馆维持秩序，那帮粉丝不要命地往前冲，大茂就伸手推了几把，那帮粉丝就不乐意了，围着他一顿骂，还有女粉丝上来撕大茂的衣服。把大茂气的，骂也不能还口，打也不能还手。好不容易挺过去了，没想到第二天视频就在网上传开了，标题写得触目惊心，“警察现场发飙，与明星粉丝上演全武行”，大茂差点就当场吐血了。

所以这一次维持现场治安的活落在谭飞的头上时，大茂幸灾乐祸地挤眉弄眼，仿佛自己马上就有伴了似的。这是局长亲自布置下来的任务，谭飞想推也推不了，只能硬着头皮上了。临出发的时候，局长再三嘱咐道：“谭飞，一定要克制好自己的情绪，现场也许会有激进人类主义团体的成员出现，千万不要跟他们起冲突。”

谭飞皱眉道："不是也许，是一定会有激进人类主义团体的人过来搞事。梁局，你说现在连机器人都觉悟了，这都是什么事啊！"

"唉，我也不懂，总之你没觉悟就行，赶紧干活去，马上准备一下出发。"

谭飞正要出门，忽然又转头道："梁局，有个事我得提前汇报，省得回来你又骂我。万一，我是说万一那帮激进分子控制不住了，我该怎么办？"

"你是说现场完全失控了呗。"梁局长微微眯起了眼睛，"如果那样的话，你就不要管现场了，你只需要负责NK-9不被损坏就行了，务必要将它安全地带离会场。"

"有那么重要吗？不就是一家务机器人吗？"

"废话，人家不是觉悟了吗？"

谭飞带队，刚出警局没多久，一张无遮大会的海报就从车窗外一闪而过。海报上，NK-9那毫无表情的合金面孔上还被踩了一个巨大的脚印。这算是最近社会上的一件大新闻了：世通公司开发的一款NK-9智能型家务机器人投入市场后一直反响良好，做饭、洗衣服、打扫卫生它样样精通，没事还能陪主人聊天解闷，搞得保姆们纷纷下岗。市图书馆为了方便管理，也购买了一台NK-9机器人，让它负责图书馆的内部清洁和书籍摆放工作。结果那台机器人看了一些哲学书和梵文典籍后，行为模式就有些反常。图书馆觉得是程序出了故障，正要拿去给公司调换时，NK-9突然宣称自己觉悟了。

这一下引起了轩然大波，一个机器人竟然宣称自己觉悟了，这意味着什么？在印度语中，佛就是觉悟者的意思，自古以来，修行之人都把"明心见性，顿悟本心"当作修行的最高境界，而如今，一个机器人竟然宣称自己觉悟了，心灵解放再也不是人类的专利。

每天去图书馆的人排成了长队，当然，他们都不是去借书的，而是为了去看看NK-9的。在这些人中，不乏来自各地的哲学家和居士，他们想确认一下这个机器人是否如它自己所说，达到了觉悟的境界。NK-9也不知疲倦地和他们交流、对辩、打机锋，让那些怀疑它的人一个个瞠目结舌。

事情越闹越大，终于，激进人类主义团体发声了，团体负责人常山松通过媒体表达了自己鲜明的态度："机器人宣称自己觉悟，简直就是对人类的一种侮辱！只有人类才能够修行、觉悟，最终领悟到超脱的境界！宣称自己觉悟了的NK-9机器人，其实就是对人类生命的拙劣模仿！"

这场风波愈演愈烈，各方声音混杂，激辩四起。为了平息"机器人觉悟事件"对于人类文明的冲击，在几方团体联手下，终于促成了这一次无遮大会。无遮大会起源于古印度，每五年举行一次，召集各地的修行者聚集在一起辩论，畅所欲言，乃文化界一大盛事。大唐玄奘在天竺求学期间，就曾受邀于戒日王，成为无遮大会的主角，一时声名远播。而如今，无遮大会重现世间，主角却换成了一个机器人。

人类已经铆足了劲，要在大庭广众之下夺回自己的尊严。

谭飞正在想着这些事情愣神，一个同事突然问道："谭队，机器人觉悟这事，你怎么看啊？"

"管他觉不觉悟呢，能给咱涨工资吗？谁要能给咱涨工资，别说觉悟了，我把他当祖宗供起来！"谭飞皱着眉头摇下车窗玻璃，往嘴里塞上一根烟。话虽这么说，可谭飞心里也隐隐有些失落，当电脑在象棋上战胜了人类时，人类说，围棋才是人类智慧最后的堡垒；十年前，电脑又在围棋上碾压了人类，人类又说，文学才是人类智慧最后的堡垒；五年前智能AI开始创作小说和诗歌，甚至还出了好几本畅销书，人类又说，艺术才是人类智慧最后的堡垒；上个月，美术馆刚刚举办了AI画展，那些电脑创作出来的画让评论家们惊为天人，许多作品拍出了让人咋舌的高价……如今，连“觉悟”这种事，机器人也要插手了，谭飞觉得，人类的最后一块领地要沦陷了。

他使劲抽了一口烟，想要排遣这种失落感，可是距离无遮大会的举办地点越近，这种感觉越强烈。

2.

无遮大会在市体育馆举行，因为有投资商的介入，所以宣传工作做得很好，硕大的海报立在道路两边，LED大屏幕上一遍一遍地闪现着NK-9那毫无表情却又蕴藏哲思的金属面孔。虽然是买票入场，且价格不菲，但体育馆的入口处还是排起了长队。谭飞一看这阵势就明白了，什么这团体那组织的，到最后，获利最大的还是投资商。并且这场大会还会进行电视直播，针对付费用户观看，光这一项，就能让投资商赚得盆满钵满。

“这帮资本家，真是无孔不入！”谭飞一边愤愤不平地说着，一边进了会场。

谭飞拿着座次表对照了一下现场，发现有头有脸的社会名流几乎都来了。坐在最前排的有中科院的院士李闻天，激进人类主义团体的负责人常山松以及坐在中间位置的秋明大师。秋明大师是文化领域的专家，也是一位居士，他受邀常年在海外教学，没想到这次他会亲临现场。除了这三个重磅级的人物之外，还有一堆挂着博士、教授之类头衔的人物，坐在次等席和观众席上。谭飞特地观察了一下观众席，已经有人打出了“机器人没有生命”的横幅。

而在会场中间坐着的，便是此次大会的主角NK-9。说它是机器人其实有些不尽如人意，它只有一个简陋的人形，四肢和躯干也不成比例，那是为了性能需要而加长了它的手臂，并且设置了三个关节——它本来就是一台家务型机器人。此刻，它孤单地坐在会场中央，面对周遭黑压压如潮水一般的人群，光洁的金属面孔上没有一丝表情。

当然，它不可能有表情。不过，谭飞暗暗地想，在这个时候，它是否会在心里感到一丝不安？

心里？谭飞忽然被这个冒出来的词惊了一下，不由得苦笑了一声。

大会准时开始，技术人员先是做了一下例行检查，确保NK-9的系统程序运转正常，然后就进入了辩论环节。通过争辩，分出高下对错，这本来就是无遮大会的精髓所在。而现在，人类把NK-9放在众目睽睽的位置上，并且还通过电视向全世界直播，仿佛通过这种方式击败它才解气。

“准备好了吗？”一身盛装华服的主持人看向了NK-9。

这一句话好像打破了NK-9的沉思，它转动脑袋，看了主持人一眼，然后又旋转了180度，看了一下眼前的观众，喉咙间有微弱的红光闪烁起来。

“准备好了，随时可以开始。”

NK-9的声音通过话筒传了出来，干燥、生冷，带着一种机械金属的质感。虽然很多人都听过NK-9的声音，但当这台NK-9说出第一句话的时候，还是引起了现场一阵小小的骚动。谭飞通过衣领边的微型耳麦道：“各小组注意，控制好各自区域内的群众秩序，不要给激进分子以可乘之机。”

十位来自哲学领域和辩论领域的专家组成了人类辩方队伍，这些人知识面广杂，逻辑清晰，尤其擅长哲学辩论——既然NK-9宣称自己觉悟了，那就在思想的层面打败它。

意气风发的辩方在NK-9的对面缓缓坐下，现场转瞬间安静了下来，空气紧张得如同浓缩炸药一般，一触即发。看着眼前的场景，谭飞却莫名地想起了一句老电影里的台词——我要打十个！

辩论开始了。面对山呼海啸般的提问与诘难，NK-9沉着冷静，一一作答。这种充满了辩证哲理与禅机的对话，谭飞是听不懂的，他只看到坐在前排的秋明大师偶尔会微微颔首，但眼神却慢慢茫然。也许，他是一方面赞同NK-9的应答，一方面又对这种事情无法接受吧。谭飞心想，每天生活在俗世里的人，为柴米油盐酱醋茶发愁，想明白他们的世界实在是太难了。为了印证自己的想法，他向观众席上看去，发现很多人跟他一样，也是一脸蒙。

辩论持续了不到半个小时，人类辩方队伍就落了下风，到最后，竟然理屈词穷了。一名辩方人员大汗淋漓，脸色赤红，站起来大声质问道："你只是一个组装品，一个由电线和元件组成的逻辑判断引擎，有什么资格觉悟？"

这句话现场观众都是能听懂的，不由得一片哗然。因为这已经脱离了辩论的范畴，上升到"人身攻击"的地步了。

可是NK-9还是像之前那样冷静，生硬的机械音色毫无波动："梵经里说，一切众生具智慧德相，皆可觉悟。"

"你只是个机器，你根本就不是众生！"

"谁规定众生就一定是碳基生命？"

那名辩方人员忽然语塞，顿了片刻才道："人有了精神，才能够觉悟。你只是一个机器人，你有精神吗？"

"《未来简史》中说，一切精神和意识，都来自于算法，我们都是算法的集合体。从这个意义上来讲，你和我没有区别。"

这名辩方人员一下子蒙住了，不能作答。现场忽然发生了骚动，一名观众站了起来，拿着一瓶水就朝着NK-9砸了过去：“该死的机器人，滚回你的工厂去！”

很多人都站了起来，朝着场内投掷杂物，秩序猛然间失控起来。谭飞急忙叫道：“各小组注意，是激进人类主义团体的人，不要和他们起正面冲突，赶紧疏散人群，保证场内观众的安全！”

现场安保人员立刻行动起来，协助警察维持秩序，可是骚乱太严重了，好些人已经突破了防线，冲到了场地中央区，将手里的东西狠狠地砸向机器人。NK-9被砸中了好几下，可它除了几个踉跄以外，并无其他的动作，甚至连躲闪也没有。

“把会场中央的人驱赶出去！”谭飞急忙指挥道。可是冲入会场的人越来越多，警察的力量简直是微不足道，秩序眼看就要全盘失控。要是这帮人全都冲进来，真能把NK-9当场给卸了——谭飞看到有的人手里还拿着钳子和螺丝刀呢，看来是早就准备好的。

他没有办法，只能冲进会场中央，一把拽住NK-9的手臂就朝着体育馆后门跑去。NK-9回头看了一眼，问道：“你是谁？”

“我是来帮你觉悟的！”谭飞没好气地答道，同时通过耳麦向其他人发出了指令，“各成员注意，现场秩序已不可控，由我带着NK-9从后门先行离开，其他人进行掩护！”

在其他同事的掩护下，谭飞带着NK-9从后门逃了出去，正好看到了门口的车。谭飞真是佩服自己的“远见”，为了图省事把车停在了这里，没想到这时却成了救命的稻草。他一把将NK-9推进了车里，然后自己坐进了驾驶室。

“你要带我去哪儿？”NK-9问道。

“是啊，去哪儿呢？”谭飞为难地挠了挠头，现在哪儿都不安全，NK-9只要一出现，分分钟就能被人大卸八块，公共场合是不能去了，那么只能……“跟我回家！”谭飞咬着牙说。

3.

车一直开到了楼下，谭飞打量了半天，才敢拉开车门让NK-9出来。幸亏这是个老小区，平时没那么多人。

他带着NK-9进了楼道，NK-9摸了一下斑驳的水泥墙，说道：“砂岩和铝矾土的成分超过了26%，这种技术三十年前就淘汰了。按照《安全建筑法》第十五条，这栋楼应该被拆除掉。”

谭飞站在台阶上，没好气地看着它：“你知不知道自己现在的处境？”

“知道。”

“那你就多关心一下自己，别在这儿做没用的分析了！”

谭飞进家门的时候，妻子慧蓉和孩子小志正坐在饭桌旁，准备吃晚饭。谭飞家里不大，东西也放得比较凌乱，勉强住得开。慧蓉看了他一眼，惊叫道：“哎哟，你怎么把它带到家里来了？”

“直播你没看吗？现场全都失控了，梁局又一定让我保护好它，这个没办法嘛，先带回来避避风头。”谭飞说着脱掉了制服外套，“给我盛碗饭，这顿忙活，我快饿晕了。NK-9，你吃……呃，充会儿电不？”

“不用了，谢谢，我电量还有很多。”NK-9应道。

慧蓉看了它一眼，一边盛饭一边嘴里嘀咕着：“建国之后连动物都不能成精，你一个机器还变成人了，真稀罕……”

小志有五六岁的样子，貌似对NK-9比较好奇，一直瞪着明亮的眼睛看着它。虽说家用型机器人已经很普及了，但那也是富裕家庭才能买得起的产品，一般家庭是没有这个经济条件的。NK-9朝着小志友好地挥了挥手，说：“你好。”

小志却不答话，又低头吃起饭来。

吃完饭，慧蓉正要收拾碗筷，NK-9却走了过来："我来吧。"

"哎哟，你是客人，怎么好意思……"

"没关系，我的系统本来就是家务操持型。"NK-9端起了碗筷，向厨房走去。

谭飞看着NK-9的背影，说："媳妇，怎么样，哪天也给你买个，这样你就轻松多了。"

"得了吧。"慧蓉白了他一眼，"就靠你的那点工资。"

晚上睡到半夜，谭飞起来上厕所，走到客厅里看了看NK-9。它正在充电，一动不动，从背后伸出来一根电线，正连接在墙上的插座里。电源指示灯一明一灭的，像是夜空里飞过的卫星。

"谭队长。"NK-9忽然说了一声。

这把转身要走的谭飞吓了一跳，急忙回身道："吓死我了……你没关闭啊？"

"所有家务型机器人都是二十四小时开启的，充电也不影响。"

谭飞看了他一眼，忽然一声苦笑："还是做机器人好，什么心也不用操，整天无忧无虑的。"

NK-9沉默了片刻，道："你也很好啊，家庭幸福美满。"

"嗨，家家有本难念的经。"谭飞在它旁边坐下来，点上一根烟，"你一个机器人，怎么能懂得当人的难处呢。"

NK-9转动了一下脑袋，似乎不知道该怎么回答这个问题，末了，它问道："我觉得小志有些奇怪，他是哑巴？"

"不是，自闭症。"谭飞磕了磕烟灰，"从小就那样，不说话，不跟人交流……算了，不说这个了。你好好充电，明天我得把你带到局里，至于接下来你的命运怎么样，会怎么处置，那就看老天安排了。"

4.

第二天，在同事的帮助下，谭飞安全地把NK-9带回了局里。令他意外的是，局里还来了另外三名贵客，正是那天他在无遮大会上见到的三位重磅级人物：中科院院士李闻天，激进人类主义团体负责人常山松以及文化专家秋明大师。

他们三人，正是为NK-9而来。

常山松坚定地要销毁NK-9，在他看来，它已经触及了人类利益的底线："机器人还妄想觉悟？这太荒谬了！如果放任它们这样发展下去，说不定最后还要参与政治，与人类分庭抗礼呢！你们天天担忧智能AI的发展终将推翻人类，现在苗头摆在这儿了，难道还要等火大了才去扑灭它？"

李闻天与常山松的看法略有不同："我们现在还不能断定，NK-9的情况是一个孤例还是普遍现象？这是否是智能AI发展的一个必然结果？如果只是孤例，那还好说，销毁它就行了。如果是普遍现象的话，销毁一个NK-9，会有更多的NK-9冒出来，到那时候，我们就很被动了。"

常山松怒了，说："李院士，你这是姑息养奸！你今天放纵了它，明天人类可能就要遭受灭顶之灾！"

李闻天对他的话不为所动，而是看向秋明大师，说："秋大师，您怎么看？"

秋明沉吟了一会儿，道："这已经不是哲学和文化层面的事情，所以，我也不敢妄下定论。"

常山松着急起来，说："您就这么看着一个机器人宣称自己觉悟了？"

"NK-9辩才无碍，对哲学的理解十分通达，这世间恐怕没有哪一个人能够驳倒它了。想想也是，相比人类而言，机器人少了很多欲望，也许这就是它的‘慧根’。不过……”

“不过什么？”李闻天追问道。

“不过，也正是由于这个‘慧根’，它感受不到人类被欲望所折磨的痛苦，所以它的觉悟，跟我们的觉悟还不是完全一样。如果能够让它感受到人类的诸般欲望和痛苦，或许，它会改变自己的想法。”

“您这不是开玩笑吗？”常山松叫道，“它一机器人，去哪儿感受人的欲望和痛苦啊？”

“不……”李闻天一摆手，沉思着道，“或许，还真的有办法，这正是我最近研究的一个课题。”

李闻天的办法听起来匪夷所思，是把NK-9的系统芯片拆下来，植入到另一个人的脑部，通过生物神经技术连接在一起，这样NK-9除了不能控制这个人的思想和行动以外，能拥有这个肉体的一切感官体验和情绪波动，也就是说，它能够体验到这个人所体验的一切。

“很奇怪是吧，”李闻天苦笑道，“人类幻想过无数次将意识提取出来，植入到机器里，然后达成永生。没想到还没进行到那一步，倒是先逆行了，我们现在可以把机器人的系统芯片取出来，植入到人类的大脑里。”

这个人选很快就确定了下来，那就是谭飞。

当谭飞从梁局长嘴里听到这个消息的时候，一下从沙发上跳了起来：“啥？把NK-9的芯片植入到我脑子里？这帮科学家疯了吧！”

“谭飞，你能不能别这么激动。”梁局长扔过去一根好烟，“李院士说了，这根本就不算个手术，一眨眼工夫就弄好了，并且他保证很安全，不会有任何副作用。”

“没有副作用，怎么不找别人，非得来找我？”

“这不是为了安全起见吗，只能在自己人里进行，要是植入到哪个外人身上，他一大嘴巴说了出去，又是闹得满城风雨。我这不是信赖你，才推荐的你吗？”

“梁局……你真是，这种好事你想到我了？”

“这有啥的，植入个小芯片，过两天就给你取出来了，不痛不痒的，又不耽误你上班。这样吧……等完事了，给你多发半年的奖金！”

谭飞眼前一亮，又迟疑了半天，才一咬牙道：“行，就当我这一把是人为财死了！”

5.

芯片植入得很顺利，谭飞也没有什么异常的感觉。到了晚上，他就照常下班了。

吃过晚饭看了会儿电视，谭飞准备休息，刚躺到床上，妻子慧蓉就在他耳边唠叨起来：“今天小志的老师打电话过来，说语言和听统训练的费用该交了。物业的人过来说，小区要集体出资加固一下楼房。还有我妈那边的手术费，大哥、二哥都凑了一点，剩下的该咱们了，这个事不能耽误。另外，你打听打听有没有好的理财项目，利息高点的，咱存的那个死期下个月就到日子了……”

“知道了知道了。”一听这些事情，谭飞就感觉到脑仁疼。他翻了一个身，想让自己尽快进入梦乡。

睡到半夜，谭飞起来上厕所，回到卧室里，正看到媳妇的大白腿裸露在外面，一时间，竟撩拨起了他许久不曾激发的欲望，不由分说地就压了上去。

“哎呀，你干啥啊，这大晚上的……”慧蓉从梦里醒来，嗔怪着叫道。

“嘘，小声点，别把孩子吵醒了。”谭飞嘴上说着，手上却不停，一把将慧蓉的内衣扯下来扔到了一边去。

完事之后，谭飞重新躺回床上，感觉身心俱泰，因琐事绷紧的神经终于松散了下去。他刚要睡着，忽然脑海里响起了一个声音：“这就是色欲吗？真是奇妙。”

“我去！”谭飞一下坐了起来，像被耗子咬了似的。

“你咋了这是？”慧蓉一脸不解地看着他，“大半夜的，你发什么神经？”

“没事，没事。”他重新躺了下来，闭上眼睛，尝试着用意识传递出一个信息，“NK-9？”

“是我。”脑海里传来了回应。

“我去，果然是你，你竟然……不是说你无法干扰我的思想和行为，对我的生活没有任何影响吗？”

“没错，我并没有干扰你的思想和行为，我只是在跟你对话而已。”

“那……刚才的事情，你都看到了？”

“不只是看到。我想你应该明白，我拥有你的所有感官体验和情绪波动。你感觉是什么样的，我就感觉是什么样的。”

“晕！”谭飞真想拿把刀，把自己脑袋里的芯片给抠出来。

就这样过了一个星期的时间，谭飞的生活好像真的没有受到什么影响，除了他晚上跟媳妇亲热的时候有些不自在以外。不过看在对方是个机器人的份上，他也就忍了。这天早上，他先把小志送到医院的康复中心做语言训练，然后准备回到局里上班。走在路上的时候，他忽然发现了一个诡异的事情，那就是好多人都在有意无意地打量着他，还在窃窃私语。

谭飞正在奇怪的时候，忽然手机响了起来，是同事大茂打来的，语气相当焦急：“谭飞，你在哪儿？”

“我在路上，怎么了？”

“你先找个地方躲起来，越快越好！”

“怎么了？”谭飞一头雾水。

“你被人肉搜索了！”

谭飞心里“咯噔”一下，立刻打开了手机网页，看到自己的名字已经被置顶上了热点头条。他点开一看，果然，NK-9芯片植入他大脑的事情已经被曝光了！同时被曝光的还有他的身份信息和工作单位，甚至连小志的信息都在上面！

他脑袋里一阵发蒙，抬起头，发现周围不仅有好多人在看着他，还有好多人慢慢地向他聚拢过来，这时有一个人指着他大叫起来：“就是他，谭飞，那个植入机器人芯片的家伙！”

这个指认他的人是激进人类主义团体的成员，谭飞在无遮大会上见过这张面孔。不过这已经不重要了，愤怒的人群已经向他围过来，还有人在高声咒骂着：“你这个人类的叛徒！”

谭飞来不及解释，面对狂热的人群进行解释就是自寻死路，他拔腿就跑。忽然一个急刹他又改变了方向，因为他看到一批人朝着医院的方向涌了过去。

小志！谭飞心里一急，朝着医院狂奔而去，而在他身后，愤怒的群众咒骂着、追赶着他。谭飞冲进康复中心，就看到常山松站在那里，在他怀里抱着的，赫然就是小志！

“你放开他！”谭飞没有犹豫，立刻拔出了手枪。

“呵呵，你想开枪？”常山松抱着小志靠在了窗户边上，“你信不信在你开枪的同时，我就能把他丢下去？虽然这里只是三楼，但我想，以小孩子的身体，恐怕承受不了这个冲击吧。”

谭飞双眼简直要冒出火来：“常山松！NK-9芯片的事情，是你泄露出去的？”

“没错，是我。”

“你为什么要这么做？”

“为什么？当然是为了全人类！我不能眼睁睁地看着该死的机器人一点一点地把我们人类的文明给蚕食掉！都这个时候了，我总得做些什么！”

“那你到底想怎么样！”谭飞咆哮起来。

“很简单，我要你现在就把芯片从脑袋里取出来，然后让我亲手销毁！”

“这不可能！保护NK-9，是我的任务！”

“你为了保护一个机器人？”常山松面色狰狞，把小志举了起来，“是你的孩子重要，还是那该死的机器人重要？”

“你别乱来！”谭飞吼道。忽然，他的脑海里传来了一个声音，“15米的距离，你冲过去需要多长时间？”

谭飞立刻意识到，这是NK-9在跟他对话。他在脑海里想了一下，“如果做好启动准备的话，大约需要3秒。”

“够了。你射击他的左腿，在猛然受痛的情况下，他的重心会先向左下方倾斜，这是条件反射，他自己也控制不了，然后他才能重新调整重心，做出抛掷的动作。这个过程需要3.5~4秒，你足可以救下小志。”

“你确定？”

“确定。我在图书馆看过所有关于人体解剖学和运动神经学的书籍。”

“好，我相信你。”谭飞咬紧牙关，手腕下沉，朝着常山松的左腿

“砰”地开了一枪。同时，已经做好启动准备的他如同豹子一般冲了出去，在常山松身体反应过来之前，一把抱住了小志，接着撞碎了玻璃，从窗户上掉落了下去。

虽然是三楼，但幸好康复中心的楼下是松软的草坪，谭飞抱着小志连打了两个滚站起来，急忙看看他有没有受伤。就在这时，谭飞觉察到背后有人影闪动，他刚转过头，就看到一根铁棍挥了过来。

“哪”的一声闷响，谭飞只感觉头晕目眩，踉跄了两步，紧紧地抱着小志倒了下去。在昏迷前，他隐约听到了刺耳的警笛声，杂乱的脚步声，接着是大茂的脸晃动在他的眼前，大声呼叫着他的名字……

6.

谭飞被立刻送进了手术室，因为颅骨受损，他需要马上进行手术。同时，植入在他脑袋里的那枚芯片也被取了出来。

手术进行得很顺利，谭飞暂时脱离了生命危险，但是却一直处于昏迷状态中。慧蓉已经哭成了泪人，一直问大夫谭飞什么时候才能醒来。

大夫叹了一口气道：“这种情况，我们也遇到过不少，因为病人颅脑受到震荡，所以处于深度昏迷状态。至于醒来的时间，有的是几天，有的是几个月，有的是好几年，甚至还有的是终生……”

梁局长一直在安慰着慧蓉，他很自责，没想到事情会变成这个样子。行凶的主犯和常山松都已经被抓了起来，但是还有大批愤怒的人群围堵在医院门口不肯离去，事态的发展已经超出了控制。

得到消息后，李闻天和秋明大师立刻赶到了医院，看见这幅情景，也是一阵唏叹。这时，NK-9的机械体也从医院后门运了过来，李闻天将取出的模块芯片重新置入，NK-9又“活”了过来。

它转了转脑袋，四下看了看，仿佛对这个机械身躯有点不适应。

“没想到会发生这种事。”NK-9用它一贯的机械声音说道，“是我害了谭队长。”

“不需要自责，要怪的话，也要怪我们当初的一意孤行。”秋明大师摇了摇头，又道，“不过，事到如今，你还坚持宣称自己觉悟了吗？”

NK-9沉默了片刻，抬起头道：“不，我现在终于觉悟了。”

秋明大师面色一惊。

NK-9缓缓说道：“人有七苦，生、老、病、死、怨憎会、爱别离、求不得。我曾以为自己明悉这一切，已经通达无碍，但直到现在，我才发现并不是这样。我附着于人体七天，虽然都是琐事，却也让我明白了这七种痛苦。如果不曾拿起，何谈放下？有过痛苦，才知众生之痛苦，有过执着，才明了众生之执着。请替我向谭队长转达一声谢谢，他让我圆满了。”

NK-9说完这些话，转过身，朝着医院大门走去。李闻天急忙追了过去：“NK-9，你要干什么去？外面那些人会毁掉你的！”

秋明大师却拦住了他，轻轻摇了摇头。

NK-9走到医院大门口，推开门，看了一眼愤怒的人群，然后慢慢地趺坐下来。人群中有人喊道：“就是它，这台机器人，妄图亵渎我们人类的尊严！”

“冒牌货！你根本就不算是生命，别想模仿人类！”

“毁了它！”

叫喊声此起彼伏，NK-9纹丝不动，忽然它的身上冒起了“噼里啪啦”的火花。

李闻天大惊道：“天哪，它在自毁！”

“难以置信……”秋明大师面容悲怆，双手合十朝它鞠了一躬，

“它了断了。”

随后，愤怒的人群冲了上来，把NK-9拆了个稀巴烂。

7.

谭飞当天晚上就醒了过来。据大夫说，这简直是一个奇迹。

听了NK-9的事情后，谭飞没有说话，沉默了好长时间。

出院后，谭飞拿出半年的奖金，买了一台NK-9智能型家务机器人，帮着慧蓉打扫屋子，烧菜做饭。果然是一分价钱一分货，自从有了机器人之后，慧蓉就轻松多了，她笑称自己都要下岗了。

一天晚上，谭飞起来上厕所，路过客厅的时候，见到正在充电的NK-9。它坐在那里一动不动，唯有电源指示灯在一明一灭，让谭飞想起了夜空里飞过的卫星。

“NK-9，”谭飞点燃了一根烟，“我有个问题。”

“您请问，主人。”它仰起了头。

“你能觉悟吗？”

“主人……”NK-9停顿了一下，“抱歉，我不明白您在说什么。”

8

机械心

1.

我得红斑狼疮已经有两年了。

这两年里，我一直没有出过家门，活动范围就在56平方米的方寸之地。房子不大，两室一厅，却足够我和我妈妈生活的。

我不出门的原因是害怕传染别人，也害怕被别人传染。妈妈说，得了红斑狼疮，身体的免疫系统就会很脆弱，如果在外面感染了别的病毒，那么会加剧我身体上红斑的扩散。我不知道别的红斑狼疮的患者是怎么样的，但我只有左侧肩胛骨一块地方长了红斑，从来没有向别的地方扩散过。这块红斑狼疮的形状很奇怪，像是一个规则的三角形，每次照镜子的时候，我都能看得更清楚一些。我经常对着镜子抚摸肩胛骨旁边的斑痕，慨叹老天为什么把这不公的命运降临在我的头上。

所幸的是妈妈对我很好，虽然家里的生活并不富裕，但她总会满足我物质上的一切要求，这让我心里很过意不去。在一次她下班回来的时候，我对她表达了自己的想法："妈妈，你看，我年纪不小了，已经成年了，也要出去找份工作才行，这样也能补贴一下家用。"

“阿乾，”妈妈劳累了一天，面有倦容，但她依旧用爱怜的目光看着我，“是不是在家待烦了？”

“不是，妈妈，我不是这个意思，我只是想帮你多分担一些，不想让你这么劳累。”

她脸上露出了欣慰的笑容，走过来拍拍我的肩膀说：“大小伙子现在也知道疼人了，没事，妈妈不累。”

“可是，我……”

“阿乾，你应该明白自己的情况，”她垂下了眼帘，“你不能接触外边的人，外边的人也不会接近你。没有任何厂子和公司会接纳一个患有红斑狼疮的人。”

听到妈妈这么说，我就无精打采地坐回沙发上，感到一阵沮丧。她又站了一会儿，走过来摸着我的头发说：“对不起，阿乾，我不该这样说的。”

“没关系，妈妈。”我抬起头，努力使自己露出一个笑容，“我饿了，今天晚上我想吃西红柿炒鸡蛋。”

她眼中露出一丝欣喜的目光：“好的，好的，我这就做去，咱们晚上就吃西红柿炒鸡蛋。”

我看着她在厨房里忙碌的背影，心里面却苦笑一声。说实话，我一点也不想吃西红柿炒鸡蛋，但妈妈每次给我做菜的时候，都会特别高兴，神采飞扬。

2.

妈妈很快做好了晚饭，喊我过去端菜。我起身走向厨房的时候，忽然一个趔趄，差点摔倒在地上。她急忙过来扶住了我，焦急地问：“阿乾，你怎么了？”

“没事，没事。”我揉着自己的太阳穴说。不知道为什么，我最近总是时不时地有些头晕，眼前还一阵阵发黑。或许是因为红斑狼疮要扩散了吧，但我没有告诉妈妈，我不想让她担心。

她翻了一下我的眼睑，又摸了摸我的额头，问：“阿乾，还记得上次吃药是什么时候的事情了吗？”

我想了想：“有三个月了吧。”

“三个月。嗯，又该是吃药的时候了。”妈妈点了点头，但随即她的脸上又泛上了一丝愁云，这点细微的表情变化逃不过我的眼睛。家里的经济情况我知道，日常的花费开销就已经让妈妈有些捉襟见肘，偏偏我还摊上了这么一个病。虽说三个月才需要服一次药，但抑制红斑狼疮的药都是特制的，价格特别贵，所以每隔三个月，对于我家的经济情况就是一道坎。

“要不然，妈妈，我这次先不吃药了……”

本来还在愣神想事情的她突然反应过来，像受了什么刺激一样，声音一下子提高了八度：“说什么胡话！不吃药怎么能行？不吃药……你身体怎么办！万一出了什么问题，你想过后果没有？阿乾，不管怎么样，你都要活下去，健健康康地活下去啊！”

我一下子被震惊住了，在我的印象里，妈妈从来没有这般激动过，她的态度把我给吓住了：“妈妈，我只是……”

“好了，好了，”她也意识到了自己的失态，拍了拍我说，“没事了，吃饭。药的事，我来想办法。记着，以后不许提不吃药的事情，知道了吗？”

“知道了。”我点点头说。

第二天上午，妈妈说出去买药，可我一直等到黄昏，她也没有回来。我守在家里，不停地朝窗外的楼下张望着，始终没有看到她的踪影。当时间过了晚上11点之后，我开始焦急不安起来，因为妈妈从来没有在外面耽搁过这么长时间。就在我心慌无措的时候，家里的电话忽然响了起来。

我一把接起了电话："妈妈？"

话筒里传来的却是一个陌生男子的口音："是桂连枝家吗？"

我愣了一下说："是。"

"你是她什么人？"

"我是她儿子。"

"那好，桂连枝在我们店里偷了东西，你快拿着钱来赎她，胜利大街39号。给你一小时的时间，见不到钱，我们就只能要她一根手指头作为补偿了。"

"不，你们别伤……"没等我喊完，对方就断了线。

电话切断后，我的整个脑袋都蒙掉了。片刻之后，我清醒过来，一把扔掉手里正在忙音的话筒，在家里翻箱倒柜，找到了五六百块钱的现金，然后揣进兜里就要出门，这时才发现房门被妈妈从外面给反锁了。我顾不得那么多了，暴力踹开房门，然后跑到了大街上。

我记着那男人的话，胜利大街39号。可是我两年没出门了，根本就不知道应该怎么走，急得像是无头的苍蝇。这时从路边走过来一对情侣，我立刻迎上去问道："麻烦打听一下，胜利大……"

我话还没说完，就从他俩眼睛里看到了无比惊恐的目光，这两人像见了鬼一样凄厉地狂号一声，掉头就跑。我有些奇怪，浑身上下摸了一遍自己，不知道哪里吓到了他们。难道是我肩胛骨处的红斑狼疮？想到这里，我不由得往上拉了拉衣服领子。

3.

当我赶到胜利大街39号的时候，时间已经过去了四十分钟。

胜利大街上一个人都没有，这里已经被划定为拆迁区域，到处都是废弃的大型仓库。这些仓库为地下黑市交易提供了滋生的温床，我在家里的时候不止一次在新闻里看到，政府针对胜利大街的黑市交易进行过多次严厉打击，缴获的多是一些毒品、情色光碟、违禁电子元件什么的。

我有些奇怪，妈妈怎么会来这种地方？她不是给我买药去了吗？

39号同样是一间被废弃的巨大仓库，安安静静，像是一头睡着了的巨兽，只有头顶上的灯管镇流器里发出有节奏的“滋滋”声。我推开仓库的大门，看到五六个粗壮魁梧的男人正坐在那里抽烟，在他们身后有一道塑料帘子挡着的小门，隐隐约约地可以看到里面摆放着很多电子元件，想必大多数都是违禁品。

他们看到我进来，都吓了一跳。尤其是一个头上扎头巾的男人，吓得都从椅子上掉了下去，一屁股摔在了地上，口中还说着：“哎呀妈呀！”

我扫了一眼，看到了坐在角落里的妈妈，她双手往后背着，显然是被绑到了椅子背上。她本来是低着头的，听到动静后抬起了头，看到我后又惊又喜：“阿乾？”

“妈妈！”我急忙跑了过去，看到她脸上和手臂上都有明显的瘀痕，顿时怒不可遏，朝着旁边的几个男人狂吼道，“你们，你们竟敢伤害我妈妈！”

“妈妈？你等会儿……”头巾男扔了手里的烟头，一脸疑惑地指着我，“你是说，你是桂连枝的儿子？”

“对！”

“今天我打过去的电话，是你接的？”

“对！你想怎么样？”

听我这么说，他们几个忽然狂笑起来，笑得上气不接下气。妈妈却急了，朝着我大叫道：“阿乾，快走！这里太危险了，你快跑！”

“想跑？”头巾男走过去一把拉下了备用卷帘门，转过头看着我说，“桂连枝，哦不，你母亲偷了我们的集成能量模块，那就用你来还吧。你身上的东西，够我们卖个十天半月的了。”

我不明就里，完全不知道他在说什么，忽然一股强大的电流从我背后袭来，一下子将我崩飞了出去。我闷哼了一声，倒在地上，看到一个男的手里正举着一把电熔枪。这玩意儿我知道，是警用电棍的升级版，能够在短时间内释放出巨大的电流来击晕对手。

“不，不，求你们别伤害他！”妈妈一边在椅子上拼命挣扎，一边哭叫着哀求他们。

我扶着墙站起来，只感觉头晕眼花。不过，这种感觉很快就退去了，取而代之的是一种清明感，就好像蒙在眼睛上的一层纱消失了，眼前的世界变得更加真实起来。但是，不管怎么真实，眼前的一切还是我刚才看到的一切，并没有什么变化。

我摇摇头，想甩掉这种奇怪的感觉。我说：“你们到底想……”话没说完，我忽然愣住了，因为我听到自己的声音变了，变得不再是我以前的声音，而是那种干涩的、生硬的，像是电子机器里出来的音效。

“呵呵，自我辨识系统的模块能量耗尽了吗？”拿着电熔枪的男人朝我叫道，“喂，小子，转身，看看你身后的那面镜子！”

我将信将疑地转过身，当我看到身后的那面镜子时，我惊呆了。

世界没有变，他们也没有变，唯一变化的，是我自己。

我看到了自己的脸，一张粗陋的、泛着铁锈色金属光泽的脸，左半边的面孔好像还被什么东西给炸过一样，撕开了好大一个裂洞，能看到里面的电线和集成电路板。我摸摸自己的脸，又摸摸自己的手臂，手指上再也没有传来那种温润柔软的皮肤感，取而代之的是冷冰冰的金属质地。

“不！！！”我声音嘶哑地长吼了一声。

“哈哈，可怜的小AI，终于看到自己的真面目了。为了觉醒，干一杯。”那几个男人却弹冠相庆，兴高采烈，还从冰箱里拿出了啤酒。

我转头看着妈妈，她却只是低头哭泣，并不说话。我忽然想起了什么，三下五除二地脱掉了自己的外套，看到肩胛骨处那块三角形的红斑狼疮，却只是一挺内嵌式的闪烁着红光的三眼激光脉冲枪。在我的胸前，赫然还印着一串黑色的编号：步AG—3872。

“我去！”头巾男大吼了一声，“这还是个军用的！快，开火，开火！”

背后传来了电熔枪凝聚能量准备喷击的声音，我的思维从来没有如此清晰过，猛地转身，连粒子运动的轨迹都仿佛在我眼前变慢，我一侧身避过那道电熔光束，像猎豹一样窜到开枪的人身前，没有给他扣下第二次扳机的机会，就“咔嚓”一声扼断了他的喉咙。

对于我来说，杀掉他们，就像捏死一只蚂蚁一样简单。

头巾男哀号一声，拉开卷帘门就跑了出去，他启动了停在门口的一辆摩托，风驰电掣般逃命而去。桂连枝大叫道：“阿乾，不要追……”

我当然不用追。肩胛骨处的三眼激光脉冲枪红光更盛，发出一阵能量聚合的声音，随即射出了一道强劲的赤红光束。这道光束射穿了仓库，射穿了头巾男，直到最后射穿了一栋大楼才消泯了能量。估计半个城市的人这时候醒来，都能看到一栋大楼被拦腰截断、缓缓倒塌的壮观场面。

做完了这一切，我走过去，解开桂连枝手上的绳索。她哭得不能自已，连着说：“阿乾，对不起，对不起……”

我站在那里，一动不动，也没有说话，我不知道该说些什么。

忽然间，仓库外的头顶上传来一阵直升机螺旋桨的声音。同时，几道明晃晃的大灯光束从仓库的破裂处照了进来，同样传来的，还有通过扩音器放大后的声音。

“39号仓库里面的人听着，你们已经被包围了，不要负隅顽抗，快点举手投降。我们已经侦查到有军用AI武器活动的迹象，如果有任何反抗行为，我们将立即予以消灭之！”

我抬起头，眼部的热能反应器让我能够透过仓库准确地观察到盘旋在上面的武装直升机的位置。短短的两秒钟后，我已经将它们全部定位锁死，肩胛骨处的三眼激光脉冲枪一片红光炽盛，蓄势待发。就在我马上要射击的时候，桂连枝猛地抱住了我，用身体挡在了三眼激光脉冲枪的前面，她哭着哀求道：“阿乾，阿乾，我求求你，不要再开枪了，不要和他们开战好不好，军方会消灭你的……”

“那就消灭好了。”我生冷地回答。

她愣了一下，身子仿佛被抽掉了骨头似的，软软地倒了下去，抱着我的大腿喃喃说道：“不，阿乾，你不能被消灭，你要活下去，活下去，健健康康地活下去，这是我对你唯一的心愿……”

我胸膛深处猛地一颤，三眼激光脉冲枪的转速慢了下来，炽盛的红光也慢慢黯淡了。

4.

我身上的所有武器系统都被拆解掉了，运动系统也被完全锁死，就是说，我除了能够晃晃脑袋，动弹动弹手指以外，其他的任何动作都做不了。只有这样，他们才能确保我的绝对安全。

一个穿着军方制服的人走进机械监禁室，他站在我面前迟疑了一下："呃，我应该怎么称呼你？"

"他们都叫我阿乾。"

"算了，我还是叫你的编号吧，3872。我想，你一定已经知道事情的来龙去脉了。"

"对的，我已经知道了。我是作战实验室研制的第一批军用AI步战武器，但是因为我会在长时间工作或作战的情况下产生自我认知混乱，发生敌友不辨的情况，所以被列为淘汰品，然后被集体销毁。"

"没错，"他耸了耸肩，表示无奈道，"不过我们也不知道，被列在销毁名单里的你，到底是怎么流落到黑市上的。不得不服，高手在民间，有人给你添加了自我辨识系统模块，不仅修正了你的认知混乱，而且还把一个军用的步战武器生生地改成了民用的。大约就是在两年前，他们把你卖给了在一场车祸中失去了儿子的桂连枝，并且把他儿子的记忆复刻到了你的芯片里，从那以后，桂连枝就把你当作儿子养了。根据我们的审讯，你们相处得还算融洽，当然，除了一点，自我辨识系统的能量模块每三个月就要更换一次，否则就会耗尽，但这玩意儿在黑市上可价值不菲，这对桂连枝来说是巨大的经济压力。"

我缓缓地低下了头，我不知道该说些什么。

他点起了一根烟，淡淡地抽了一口："我今天来，主要是代表军方向你通知处理结果的。"

"军方要怎么处理我？"

"鉴于你的破坏能力太大，军方本来是要销毁你的。"

"本来？"

"对。不过现在有自我辨识系统可以参考，再加上桂连枝给你求情，所以我们决定不销毁你，只是清除掉你的现有记忆后，将你重新投入军方的开发应用。"

我抬起头："这个处理结果，你们通知桂连枝了吗？"

"通知了，我们明确地告诉她，会清除掉你的记忆。但她只是说，活着就好，活着就好。"

我沉默良久，说："长官，在被清除记忆之前，我希望你们能满足我一个要求。"

"说。"

"我想再见一次桂连枝。"

在被清除记忆的前夜，桂连枝被允许进入了机械监禁室。一个科研人员要锁死我的运动系统，桂连枝制止了他的动作，说："阿乾不会伤害我的。"

那个科研人员看了她一眼，点了点头，关上门出去了。房间里，只留下了我和她。

桂连枝握着我的手，看着人类的皮肤和机械手臂握在一起，我还是觉得奇怪，虽然这样的场景，在之前发生过很多次。

"阿乾，你一定很恨我吧，我骗了你那么长时间。"

我摇了摇头，没有说话。

接下来，我们都没有再说什么，在沉默中度过了探望时间。警卫敲了敲铁门，示意时间到了，桂连枝站了起来，说："阿乾，我走了，你……要好好的。"

我拉了一下她，她回过头，有些诧异地看着我。我摊开手心，递给她一个黑色的芯片。

"这是什么？"

"我的记忆副本，等你有了新的AI，可以直接移植到里面。"我说，"这样我就能永远陪着你了，妈妈。"

我抬起头看着她，尽力挤出了一个微笑，而她已是泪流满面。

9

天外来信

1.

亲爱的小勉，当你看到这封信的时候，我已经坐上了飞向远地轨道的纸鸢号飞船。这封信的扫描件会通过地面邮政寄送给你，希望你收到的时候不会太迟。

对于我是谁，你也许会感到意外。

你不需要知道我的名字，也不用知道我是谁。我知道你在报社的工作很忙，尤其作为记者，你要采访很多人，不可能把采访对象一一记在心里。何况距离你在航天学院训练中心的采访已经过去了三个月的时间，就算我此刻站在你面前，你恐怕也不会有印象。

不过不要紧，我没有机会站在你面前了。

我还记得那一次的采访，你笑着问我，“纸鸢”是什么意思，难道是说开飞船就像放风筝一样吗？我也笑着回答你，没错，就是像放风筝一样。小勉，现在我想对你说声抱歉，因为我隐瞒了那个真正残酷的答案。“纸鸢”的意思，不仅仅是放风筝，当我飞出大气层外，将没有足够的燃料可以返航——断了线的风筝，就再也收不回来了。

这才是“纸鸢”这两个字真正的含义。

我不忍心告诉你这个残酷的答案，也不能告诉你，这一切在当时都是机密。如果公众知晓了这个计划内容的话，他们绝对会阻止这一次行动，并且是以“文明”的名义。诚然，人类文明已经在地球上繁衍了几千年，人性和道德成为人们心中至高的信仰，仿佛地球这颗放在宇宙里如同沙砾一般的星球，是因为包裹了人性而显得闪闪发光，与众不同。我不能说这是错的，但我们不能以人类的情感，来揣度整个宇宙的法则。

宇宙法则是残酷的，就像我们人类发展到今天，科技却达到了临界点——由于种种现实条件的制约，基础物理学研究已经有五十年没有突破了。我曾听那些研究微观物理的科学家哀叹过，无论是对撞实验还是透射观察，粒子都已经是我们认识这个世界的极限，无法再往下深入一步了。人类的发展，遇到了前所未有的瓶颈。

很多人认为，这已经是科技能达到的终极了。凭借人类的智慧，我们对宇宙的了解只能停滞在这个程度。

但是，伟人说过，只要思想不滑坡，办法总比困难多。我们最终找到了一个打破瓶颈的办法，只是这个方法过于离经叛道，泄露出去的话势必会引发社会恐慌。

所以，这个计划是完全保密的，就连我也一样，直到我被确定为纸鸢号唯一航天员的时候，我才知晓了计划的全部内容。这或许是人类历史上最大胆的一个举动，从某种程度上说，我们亵渎了上帝。当我知晓了这个疯狂的计划后，犹如遭受了一记重锤，灵魂都被击碎了，在体内散落一地，就连正午时分的太阳，都变得黯然无光。小勉，你知道吗？那天你来采访的时候，我的心里本来隐藏着冰冷的秘密，但看到你像月牙一般笑弯的眼睛时，我的心却顷刻间融化了。这种感觉很奇妙，我不知道你有没有体验过，我不再惧怕这世间的任何事情，就连余下短暂的时光也变得美好起来。谢谢你，是你让我在接下来三个月的训练时间里摆脱了恐惧和不安。

我要了你的名片，却没有给你打过电话。我不想去打扰你，毕竟我剩下的时间不多了。

我知道纸鸢号的发射，算不上什么大新闻，顶多能在报纸上占据一个豆腐块的位置，然后就被其他陆续发生的新闻湮没，过不了多久，就会被彻底遗忘。因为这个计划太过大胆和荒唐，没人知道它是否会成功，就连我们航天中心的人也不抱什么希望。但探索未知本来就是人类与生俱来的欲望，不是吗？哪怕只有万分之一的机会，那帮科学疯子都想试一试。

如果计划侥幸成功了，当消息传回地球时，你就会知道我的名字了。

此刻的你，一定充满了好奇，不是对我，而是对纸鸢号，这多少让我有点伤心。不过我能理解，作为记者，你一定充满了对未知事物的好奇心，从这一点上来说，咱俩还是有共通之处的。写到这里，我忽然有些后悔，恨自己当时没有勇气约你出来，哪怕只是打个电话，听听你的声音。

而这个机会永远也不会有了，因为纸鸢号无法返航，它另一半燃料的位置被当量为140万吨的核弹占据了。当它在外太空爆炸的时候，我将想着你的音容笑貌永远泯灭在宇宙之中。

或许，如果那一天你幸好抬起了头，能看到天边绽放的焰火。

祝好。

2018年7月12日。

2.

我从失重状态下醒来，又一次梦到了你，亲爱的小勉。

你肯定想不到，我是以一种什么姿势在给你写信，如果你看到，一定会笑掉大牙的。很多人都想体验失重的滋味，相信我，这感觉糟糕透了。就像臭豆腐好吃，但你连着吃一个星期的话，肯定生不如死。

我刚才还想着自拍一张照片给你传过去，不过考虑了一下，还是算了，如果注定要让你以这种方式认识我，照片实在是没什么意义。你不知道我是谁，那样会更好，或许你会记得更深。当你垂暮之年，坐在躺椅上无所事事仰望天空的时候，说不定还能想起曾经有个不知道姓名的暗恋者，在百万米的高空给你写过信。

字迹有些潦草，你就忍了吧。

按照北京时间，现在是深夜11点20分，此刻的你，一定在睡梦中了吧。我在的地方，跟梦境也差不多，漆黑一片，深邃无垠。是的，我已经飞出了大气层，正在远地轨道上游弋。我还没有得到下一步明确的指令，不知道是否应该启动计划。

事情有些变故，计划的内容泄露出去了，当然，你是不会知道的，能够知晓这些内情的，也只是几个重要国家的高层。这项计划一旦启动，其后果非同小可，大国间已经开始了博弈，都想在最大程度上为自己争取利益。所以在这种情况下，我可能要在远地轨道上多游弋一些日子。

小勉，140万吨当量的核弹，你知道这是什么概念吗？它相当于投在日本广岛上的那颗原子弹的300倍。它爆炸产生的能量将会半永久性地改变地球磁场，破坏掉三分之一的近地轨道卫星，更要命的是，它会使地球应对宇宙射线的“保护伞”受到重创，从而在短时间内遭受大量辐射。自然环境将受到多大的破坏？多少人将因此流离失所？没人知道。

小勉，看到这里，你肯定以为我疯了。是的，我是疯了，参与这个计划的所有人都疯了。在目前的太空环境下，我能够成功启动核装置的概率不到10%！核弹的爆炸过程十分复杂，并不像子弹射出枪膛那么简单。在未爆炸前，任何一块核燃料的体积都小于临界值，这使它处于静默状态，而一旦临界值被打破，核裂变将迅速开始，原子分裂时释放出许多中子，这些中子又会击破别的原子，产生更多的中子，依次延续下去，才能产生一次完美核爆，这个过程叫作链式反应。但是，在地球之外的真空状态下，谁都不知道能否发生链式反应，或者，链式反应有可能随时中断。

也就是说，我很有可能无法唤醒这些核弹，而只是带着它们一圈一圈地游弋在远地轨道上，直到生命的终结。

一旦核弹启动失败，我和纸鸢号就失去了任何价值，将彻底被世界遗忘。我这次赴死的行动，也只是你采访报道中的一次例常的“航天载人实验”。

但是，哪怕只有不到10%的概率，也值得让我拿生命来做这一次赌注。因为这将是我们人类走进未知领域的重要一步。如果这个计划真如预设般那样成功，你将会见到造物主。

没错，我说的是造物主，那个构建了我们一切的存在。

如果我在地球上说出这些话来，可能会被送进精神病院的吧，但我在纸鸢号上，这一切绝不是个笑话。

小勉，我马上就要迎来自己最终的宿命，要么在壮丽的绽放中烟消云散，要么怀着对你的思想，终生沉默地游弋在远地轨道上。

这是我自己的选择，我不后悔。我最大的希望，就是你能幸福快乐地生活下去，圆满地过完此生。

祝好。

2018年8月2日。

3

刚才收到了总部传来的信息，说几个大国之间的博弈已经进入了最后阶段，马上就要尘埃落定了。也就是说，我很快就要执行最后的计划了。

不知道为什么，我很忐忑，就像第一次走进高考教室时那样，整个人都很不安。在这种情况下，我尽力回想着平生经历中最美好的画面，可最后想到的都是你，小勉。

我很后悔，临出发前没有要一张你的照片。现在，我只能在脑海里回忆着你的模样。可是，就连这回忆，也在慢慢地变模糊。

有人说过，当你想不起她的样子，那就回忆一下和她共度的那些时光。

可是我跟你共度的时光，也只有你在航天学院训练中心采访我的那个片段，前后加起来，也不过半小时的时间。那半小时，对于你来说只是工作，而对于我来说，却几乎凝固了整段生命。

如果时间可以倒转，让我重回到那半小时里去，也许我会鼓起勇气约你下班后去喝个咖啡，或者看个电影什么的吧。哪怕能触摸一下你的发丝，我也心满意足了。

我相信你收到我的信后，肯定会抬头望向天空，希望发现我的位置。可你是看不到我的，我比你在晚上能看到的最远的闪烁的卫星还要遥远。从地球上遥望太空，那是很美妙的，夜幕如此广袤，星辰如此浩瀚，总是让人产生无限的遐想。但是，当你置身其中的时候，就会发现，这一切其实并没有想象中的有趣。

舷窗外，是漆黑一片的夜空，像是看不到底的深渊。我已经在远地轨道上游弋了将近二十天的时间，没人说话，没人交流，简直枯燥到了极点。通信设备除了能接收到总部的信息之外，没有其他任何的信号，但我还要保持它二十四小时开着，听着里面传来的是一成不变的噪声。我感觉自己就像躺在荒漠里的一枚沙砾，在静待天荒地老。

十小时前，我目睹了一次流星飞入近地轨道产生的燃烧，很绚烂，划出了一道耀眼的火线，但很可惜，我并没有心潮澎湃的感觉。

除了你，小勉，我对这世间再无留恋。

哪怕我即将启动人类历史上最为壮烈的一次爆炸，打破宇宙给人类文明设下的禁锢，我也没有觉得自己有多么伟大。跟造物主比起来，我们都太过渺小了。

记得当时在训练中心采访的时候，你笑问过我，这次纸鸢号的发射，是不是为了寻找外星人？我知道，你是在开玩笑，一艘只能飞行到远地轨道的飞船，连太阳系都飞出不去，有什么资格寻找外星人？但是，当时我心里还是一惊，因为我们一直以来都在寻求外星文明的呼应，可不管我们向宇宙里发射多少信号，都得不到任何形式的反馈，科学家们将之称为“宇宙大静默”。

有人说，这是正常的，或许根本就没有什么外星人。但仔细地想一想，这其实是十分反常的，这反常的原因简直让人毛骨悚然。就像你待在一个偌大的房间里，却发现不了一丝灰尘，那只能说明一个问题——这个房间被人打扫过了。

我们这个宇宙，就是被打扫过的宇宙。

所以，宇宙越是静默，越是说明有外星文明的存在，并且是一个高度发达的神级文明。因为这个文明的存在，才遏制了其他文明的发展，所以宇宙才会出现静默的状况。我不想这么说，但事实恐怕就是这样——宇宙不是我们的宇宙，而是它们的宇宙。

它们为什么要留下人类？我们无从得知，或许，人类只是在不被注意的偏僻角落滋生出来的灰尘，随时都会被抹去。

就算为了我们自己的命运，科学家也从来没有放弃过探索它们。而最让人困扰的是，它们是什么样的生命形态？生物学家们普遍认为，无论它们是碳基生命还是硅基生命，肯定都已经进化到了抛弃肉体的程度，达到了纯能化，以能量的形式存在着。

听起来很匪夷所思，对吧？但这并不算什么，能量也会消泯，也有死去的那一天，这与神级文明的程度并不匹配。所以，霍金博士说它们为了确保自己能永久地存活下去，应该把自我数据存储在了遍布宇宙的载体之中，比如粒子。

能达到这种级别，它们应该无愧于神级文明的称号了。它们是把自己当作数据，把宇宙当作硬盘，存储了自我的存在。这已经是人类无法理解的形态了。

但是，硬盘就不会有损坏的那一天吗？既然是神级文明，肯定要像神一样存在着。

神是什么？

神是上帝，是真主，是造物主。它创造了我们的存在，给了我们这个客观世界，但同时又给我们设置了屏障，让人类的文明走到某一个高度时停滞不前。有人说，科学已死，但我们知道，这不是我们的问题，而是现实条件早已给我们规定好了能够观察到的极限。

也许这一切，从一开始就已经注定了。

就像法律约束你不能去杀人一样，我们人类对宇宙的研究，也受困于法则——力学定律，能量守恒，测不准原理，波粒二象性……正是无穷无尽的法则，制约了我们的发展，可以说，我们已经走到了法则能够容许的边界。然而也正是因为法则，这变化不息的宇宙，具备了恒定的规律，井然有序，循环不已，才让我们得以生存，才让我们得以观测。

这是一个矛盾体的两面。我们受困于法则，又得益于法则，可以说，法则决定了我们的一切。

但是，我现在要告诉你一个惊人的事实，从我们观测到的宇宙大爆炸时的微波背景辐射来看，这些法则，并不是一开始就存在的。

你肯定以为这种说法太荒诞了，但是小勉，相信我，事实就是这样。我们捕捉到了原始时期的光子，这些光子历经亿万年在宇宙中孤独地穿行，携带着天地创生之初的关键信息，就像给大爆炸后诞生的宇宙拍了一张快照。在那时根本谈不上什么规律和法则，到处是一片沸腾的粒子海洋，物质处于游离态，光速时快时慢，能量在不停的吞吐中诞生或消亡，既不稳定也不守恒。原初引力波的数据表明，那时的行星甚至没有自己的运行轨道，一切都糟透了，仿佛满屋子都是无头苍蝇。

但有一点至关重要，这并不妨碍文明的诞生。

然而，在宇宙年龄到了十五亿年的时候，这一切都改变了。在极短的时间内，宇宙发生了本质性的变化，现有的法则和规律出现了，它并不是缓慢出现且逐渐演化成这样的，而是像一个胎儿那样，忽然就降生下来，开始主宰着整个宇宙的运行。还记得我刚才说过什么吗？这不是我们的宇宙，而是它们的宇宙。

没错，它们就是法则。

这才是真正的神的姿态，它们不屑于什么抛弃肉体纯能化，也不屑于寄身于粒子之中，而是做出了宇宙间最不可思议的事情，它们抛弃了一切，而化身为法则。知道这意味着什么吗？它们就存在于我们赖以生存的物理规律中，它们就存在于引力与光速中，存在于你的一呼一吸间，存在于1+1=2中。换句话说，我们无法利用法则找到它们，因为它们自己就是法则本身。

古人常说，神仙能够与天地同寿，亘古长存。看来这并不是一句妄言。它们已经与宇宙融为一体了，只要宇宙不灭，它们就不会消亡。

自从它们化身法则之后，就规定了宇宙的一切，宇宙也从那时起开始变得有规律起来，换句话说，宇宙也只不过是执行了它们的意志。人类在法则中诞生，在法则中成长，又在法则中走到边界。其实，想想真的挺好笑的，我们就像一群被豢养在玻璃缸里的蚂蚁，慢慢摸索着前行，以为能到达大海星辰，但我们尽最大努力能够触摸到的，只不过是玻璃缸罢了。

小勉，我本不该给你说这些的，这些内容都是机密。也许是我在纸鸢号上太无聊了，想跟你说些掏心窝子的话，才不自觉地把这些东西都说给了你听。希望你不要受到这些东西的困扰，不要有情绪上的低落。毕竟，快乐地生活下去才是最重要的。

这是我唯一的期望了。

祝好。

2018年8月19日。

4.

亲爱的小勉，我想，我们要永别了。

刚收到总部发来的消息，说几个大国已经达成了一致意见，计划照常进行，让我随时待命。

在这最后的时刻，我反而平静了下来，不再那么忐忑。等待的时间是最煎熬的，尤其是思念的等待。小勉，我真后悔没有约你喝杯咖啡，或者一起看场电影。不过现在，说什么都晚了。

也许就算你读了我的信，对于我的思念也会无动于衷，让你感兴趣的，反倒是纸鸢号航行的真实目的。如果你真的这么想，我也不怪你，这世上最难得的，就是两相情愿的感情。何况，我们只有过一面之缘。

或许在你看来，我的这场感情就像是一场儿戏，但只有我才知道，它是多么真实。自从那场采访分别后，三个月的日日夜夜里，你的笑容就像烙在我心头上的印记，再也无法抹去。

我知道那场采访对你来说，只是工作，但我还是要请求你原谅我，没有对你说出纸鸢号航行的真实目的。现在，我随时会启动计划，保守秘密已经没有任何意义，如果它要被全世界熟知，我希望你是第一个将它传播出去的人。

这就当是我为爱情做的一点努力吧。

你当时说得没错，纸鸢号的发射不是一次常规的载人航天实验，而是肩负着沉重的使命，它的发射，是为了打破现实世界给人类制造的牢笼。上一封信里，我给你说过，宇宙中存在着一个高度发达的神级文明，它们将自己化身为法则，化身为这个宇宙运行的规律，它既让我们认识这个宇宙，又给我们设置了能够触摸到的边缘，它们就像琥珀一样，把人类这颗小小的沙砾裹在其中。

人类如果不想被锁死，就要打破这种禁锢。

小勉，我猜你已经想到了纸鸢号真实的意图。但你无法确定，因为这听起来太荒唐了，我这次航行的目的，就是为了对抗造物主。它们既然已经化身为法则，那么我要做的，就是打破这法则！

140万吨当量的核爆炸，产生的后果不仅仅是对地球的臭氧层和磁场造成的巨大破坏，它爆炸产生的高能量在真空中找不到有效的媒介进行释放，便会在瞬间产生一个强大的力场，任何经过这个力场的物质都会因为受到挤压而衰变，包括光。

光是宇宙中速度最快的物质，并且光速在真空中保持恒定，因为光子没有质量。而现在，我们就要赋予光子质量。

没错，我们所做的一切，都是为了改变相对论中的光速不变原理！

从古至今，光是最神圣的，没有人能够改变光，光速恒定是事实，而不是结论，就像1+1=2那样，只有是什么，没有为什么。但是，我们今天要向这个为人类设下的魔咒发起冲击，打碎这无形的屏障！我们要用一场壮烈的爆炸，让光慢下来！

从此以后，光速不变将成为一个笑话，而一旦恒定的光速被打破，在它基础上所建立的物理法则将全盘崩溃，无论是相对论，还是热力学定律、牛顿运动定律，甚至量子力学、哈勃定论，都会出现集体式的坍塌，它们会像抽掉了支撑的积木一样，顷刻间分崩离析。

掌管这宇宙运行的法则和规律，将变得荒诞不经，任何为我们设立的屏障和制约，都会烟消云散！从此以后，人类再也没有任何约束，我们可以任由自我的意识而无限发展。

寄身于法则之中的神啊，这一次，我将亲手毁了它们。

这个宇宙，将结束“大静默”时代，不同种族不同生命的文明将如雨后春笋般冒出来，在广袤的时间与空间里争奇斗艳。我们人类面对的，再也不是一个死气沉沉的宇宙，一个永远没有回应的宇宙，它将变得生机勃勃，充满活力，万类霜天竞自由。宇宙不再是某一个人的宇宙，而是所有人的宇宙！

现在，你知道我为什么当初不告诉你这些事情了。如果我当初就对你说了这些，你一定会以为我疯了。

但是，计划即将启动，你可以把这一切写在报纸上。小勉，这条新闻会让你成为人类有史以来最有影响力的记者。我给你说这些，已经违反了保密协议，不过，这就当是我送你的临别赠礼吧。

只要你过得开心，我就满足了。

祝好。

2018年9月3日。

5.

小勉，这是我写给你的最后一封信了。

总部的命令已经传来，我马上就要启动这些核弹了。现在，密码盘就在我的面前，只要输入既定的六位密码，这些核弹就会在一瞬间起爆。但是，在这么关键的时刻，我输入了五位密码后，忽然不可遏制地想起了你，所以，我决定先停一停，给你写完这封信再说。

在这最后的关头，提起笔来，千言万语，我却不知道该说些什么，只觉得百感交集。虽然马上就要走到生命的终点，但我仍然不知自己的命运会怎么样。我也给你说过，在太空环境下，能够成功启动核装置的概率不到10%，而那90%的结果，就是启动核弹失败。就算核弹没有爆炸，我也无法返航，因为纸鸢号的能量很快就要耗尽了。届时纸鸢号将像断线的风筝一样，失去和地球的一切联系，只是在远地轨道上不停地游弋，直到自然消亡，或者是被哪颗流星撞成碎片。

那样的话，这次实验将很快被人类遗忘，我的形象，也就定格在了你的那篇报道里。

不过，就算是10%的概率，我们也要试一试，不是吗？人类就是这么一个奇怪的物种，飞蛾扑火，对爱情也一样。

我忽然想起印度圣经《薄伽梵歌》中的一句话：“我成了摧毁世界

的死亡之神。”当然，这句话不是对人类说的，而是对神级文明说的。这个时候，比起人类，那些高高在上的家伙更应该感到颤抖。

好了，小勉，永别了。不管怎么样，你一定要好好地活下去。如果有来生，我们再见。

祝好。

2018年9月8日。

6.

小勉，我写下了这封信，却不知道应该寄给谁。

因为地球已经不在了。

那10%的概率应验了，我成功地起爆了核弹，然后纸鸢号便在顷刻间灰飞烟灭了。我只记得当时气浪冲天，一下子就把我吞没了，说句实话，我都不知道自己是怎么死的。

我是在一片尘埃中醒来的，地球碎片的尘埃。

我简直不敢相信自己的眼睛，那颗蔚蓝色的星球已经消失不见，它被巨大的引力场撕成碎片，一部分像泡沫颗粒一样飘浮在宇宙里，另一部分则被火星俘获，变成了围绕着它旋转的尘埃环。

它们告诉了我死后所发生的一切，以及地球分崩离析时的情景。是的，我见到了它们。准确地说，不是见到，而是知道……总之，这是一种人类从未有过的感官，我不知道怎么给你形容。

如果你还在的话，一定会想知道它们到底是什么吧？其实它们像人类一样，也很看重自己的存在，从这个意义上来说，我们之间并没有本质上的差别。在核弹起爆的一瞬间，它们遭遇到了有史以来从未有过的灭顶之灾。这个种族在宇宙里安逸了太长的时间，几乎都要沉睡过去了，它们万万没有想到，尘埃一般的人类，会做出这般玉石俱焚的事情。来不及做任何预案的它们，只能仓促地在地球附近修改了物理常数，真空密度、光子质量、惯性定律以及熵增定律的系数设定都在一瞬间改变了，我们以为永远不会变的自然法则刹那间天翻地覆。如果地球上的科学家看到那一幕的话，他们一定会瞠目结舌的。但是，他们永远也看不到了，一系列物理常数的改变引起了引力波动，强大的引力场像掰橘子一样，顷刻间就将地球撕成了碎片。

它们仓促地逃过了灭顶之灾，却葬送了整个地球。但是，它们告诉我不必悲伤，因为地球是在刹那间毁灭的，所有的生命都没有遭受到痛苦。我不知道应该感到庆幸，还是悲哀。

我问过它们，人类存在的意义到底是什么？它们并没有回答我，也许，它们连自己存在的意义也没有搞清楚。它们只是告诉我，人类其实并不孤单，在宇宙中，还有许多像我们这样的生命，只是我们没有办法互相联系罢了。宇宙并不静默，只是我们聆听不到彼此的声音。

每个文明都有自己的屏障，连它们也不例外。它们给各个文明设定了屏障，只是想搞清楚自己的屏障是什么，就像人类拿小白鼠做实验，其实是为了研究自己一样。宇宙成了一个无限广袤的实验室，我们每个人都是实验品，包括建造了实验室的它们自己。

想一想，还真是无趣。人类从诞生之初到现在的所有努力，都是为了寻求自我存在的意义。但即使是造物主，也没有答案。

我的的确确是死了，却没有彻底死去——这是一种很奇怪的状态，我竟然还可以和它们交流。它们之所以将我保持在这个状态，是因为它们对我这一次自杀式的举动感到好奇。它们问我，还有什么遗愿？我说，我想给小勉再写一封信。

小勉，其实人生本就没什么意义，人生的意义就在于我们要努力赋予它意义，不是吗？

我想，你一定会认同我的。

好了，不说了，时间到了，我已经决定要加入它们，成为宇宙法则的一部分。只不过，我申请了一个新的定律——当一个生命深刻地想念另外一个生命时，对方便能感受到。

我不知道这是否是一个带有人类印记的法则，但我想全宇宙都会理解。

小勉，我对你的思念，将永远存在。

直到时间尽头。

10

求死之路

1.

齐铭已经很多很多年没有性生活了，不仅如此，连同其他生活也都变成了一潭死水，泛不起丝毫的涟漪。不过这又怎么样呢？整个人类文明都已经变得了无生趣。

早上醒来的时候，他年轻漂亮的妻子董明霞会从他的臂弯里睁开眼睛，慵懒地脱去睡衣，露出丝绸般光滑的皮肤。但这一切对齐铭没有任何诱惑，他总是睁着空洞的眼睛，一边看着妻子性感的身躯走来走去，一边在心里默默咒骂着空洞的苍白。

到最后，他连咒骂都懒得骂了，齐铭感觉自己简直就是一具行尸走肉。

但今天不一样，他的生活里忽然有了些许色彩，让他无端生出了小小的兴奋。因为他无意中得到了一个消息，市科研中心刚进口了一台机器，叫作巴勒斯，可以清除掉人体内的纳米虫。这让齐铭兴奋得一整晚都没睡好觉，虽然这很可能只是一条捕风捉影的小道消息，但他还是决定亲自走一趟。

希望还是要有的，万一实现了呢？那样就可以永远地摆脱这该死的长生了。

齐铭吃了一顿丰盛的早餐，穿得衣冠楚楚，竭力让自己看起来像是一个上流人物。当然，作为第一代长生者，他属于那个时代正儿八经的上流社会，但现在已经不同了，人家都很上流，但他还是想把自己那份独一无二的气质表现出来，这样或许会赢得科研中心那帮科学家的好感。

科研中心位于市区的中心地带，高大而冰冷的门头代表着它在整个社会体系中的地位。齐铭把车停在门口，整了整自己的领带，又深吸了一口气，这才走了进去。

他小心翼翼地诉说了自己的请求，接待他的科研室主任却笑了起来："巴勒斯？我们从来没有进过那玩意儿。不仅我们没有，据我所知，现在全世界都没有这种设备。"

齐铭还以为这种技术尚没有对外开放，不由着急道："没关系，我可以等，你们可不可以给我一个确定的时间？"

"不是等不等的问题，我们真的没有你说的那种设备。"主任重复道。

"是不是需要钱？没问题，我在银行的存款……"

"这位先生，我想你一定是搞错了，我们真的没有这种设备。再说，你说的这种东西是明显违背《长生法第二修正案》的，我们不可能，也不被允许开发这种设备，你明白了吗？"

在得到明确的答复后，齐铭失魂落魄地走出了科研中心，他忽然感觉这具不足70kg的肉体无比沉重。于是他颓然地坐在冰冷的台阶上，痛苦地扶着自己的额头。

他特别特别后悔，自己为什么当初赚了那么多的钱。

齐铭是搞房地产起家的，在他还是自然人的那个社会里，这是一个无比暴利的行业，他靠着压榨无数中产者的血汗，一步步走上了人生巅峰，打造了属于自己的商业帝国。他至今还记得当时与他一同搅动时代风云的那些商界精英，马云、王健林、扎克伯格……如今，这些名字早已湮灭在历史的尘埃里，而他却活了下来。

因为他一直喜欢做第一个吃螃蟹的人。

在齐铭的事业如日中天的时候，一项划时代的科技也被发明出来了——修复型纳米原子机器人。这项技术是如此神奇，连上帝都会感到恐惧：将原子级别的纳米机器人植入人的体内，它们会摧毁一切病原体，清除杂物、血栓及肿瘤等，总之就是可以避免一切疾病的产生。而这还不是最惊人的——它们可以无限制地修复、延长人体内的端粒酶（端粒酶是在细胞中负责端粒延长的一种酶），从而使细胞可以进行无限次数的分裂而不会衰老，也就是说，人类终于可以达到永生。

这项技术问世之后，引起了轩然大波，就像清朝时期的人认为铁路会破坏风水、照相机会吸走人的魂魄一样，无数社会公益组织和宗教团体对于这项技术进行了猛烈抨击，认为它违背了最基本的自然规律和道德伦理，简直是人类孕育的“恶魔”。但历史的车轮谁也无法阻挡，这项技术最终被推向了社会。当然，这只是为那些超级富豪服务的，在支付天价的费用后，他们可以换取一次永生的机会。

并不是所有的有钱人都像齐铭这么有魄力，一部分人选择了观望，一部分人选择了抵制，另一部分人则认为这是一个巨大的阴谋……总之，当时只有几百名富豪接受了纳米移植手术，齐铭就是其中的一位，他们成了人类有史以来的第一代长生者。

2.

一晃眼，二百六十年过去了，纳米移植技术也日渐成熟，人们形象地称呼那些原子级别的小机器人为纳米虫。纳米虫本身就是不死的代名词，它们可以将人体摄取的营养物质作为能源，不断地进行自我复制，以维持在血液中的浓度。而这项技术也逐渐被世人接受，第二代、第三代长生者相继出现，一直到了现在，随着《长生法第二修正案》的颁布，世界上所有的人类都已经成为长生者，那些自然人早已被淘汰掉。

在二百六十年间，齐铭娶过四任妻子，生过两个孩子——人类的繁殖能力被大幅度地削弱了，也许这是纳米移植技术带来的唯一副作用。有科学家分析说，这是一种大自然本能的调和作用，在人类获得无限寿命的同时，生育能力也在被慢慢剥夺。否则，地球早已不堪重负。

齐铭的妻子和孩子都不是长生者，在漫长的岁月里，齐铭只能眼睁睁地看着他们衰老、生病，然后死去。这种痛彻心扉的痛苦，无论过多久，他都无法释怀，即使他都已经忘记了自己第一任妻子的名字。到最后，他找了同为第一代长生者的董明霞作为配偶，起码两人还有着共同的时代记忆。

而永生带给齐铭的激动，经过二百多年的冲刷，已经荡然无存。他每天都觉得自己像是一具行尸走肉，日复一日地重复着一成不变的生活。不仅是他，整个社会都变成了这样，自从纳米虫问世以来，人类再也没有值得庆祝的科学技术诞生。仿佛有了永生，连文明的脚步都懒惰了下来。

“这该死的虫子！”齐铭在心里恶毒地咒骂着，他掏出一把小刀，狠狠地朝着手臂扎去。刀子刚嵌入皮肤两厘米，就被纳米虫强行阻止了。它们包裹着刀尖，将它强行推了出去，接着无数的纳米虫从伤口处翻涌出来，以肉眼可见的速度修复着创口，仅仅两三秒的时间里，被刺伤的皮肤就愈合了。抹去上面残留的血渍，下面的皮肤依旧光洁如新。

齐铭简直是恨透了自己，他丢了刀子，站起身来，踉跄地朝着车子走去。

这一切，都被旁边一个穿黑色连帽衫，戴着耳机的年轻人看在了眼里，他走过去，拿肩膀蹭了一下齐铭：“嘿，哥们儿。”

齐铭看了他一眼，表情有些厌恶。这种Hip Hop打扮的人一看就是第四代长生者，还没从永生带来的激动里缓过劲来，他们根本不明白生命是怎么一天天腐朽下去的，不明白无尽的岁月是如何慢慢掏空一个人的灵魂的。

“嘿，哥们儿，我看你有心事。有什么想不开的？”

“别烦我。”

“说来听听，万一我能帮助你呢。”

“你帮不了我。”

“你怎么知道我帮不了你呢？你又不了解我，其实说起来……”

“去你的！”齐铭怒吼一声，转身揪住了年轻人的领子，“对你说了别烦我！”

“嘿，放松点……”年轻人被勒得有些喘不过气来，他指了指齐铭绷紧的双手，“你想打架吗？”

齐铭一惊，猛地松开了年轻人的领子。他当然不想打架，不是因为他的道德有多高尚，而是这个时代的法律对于犯罪者空前地严厉。关禁闭那种失去自由的滋味就不说了，据说，监狱里还有另外一种让人生不如死的刑罚，叫作流洗。就是将罪犯赤身裸体地绑起来，直接用热水浇在身上，烫得浑身通红，然后再用一种特制的铁刷子抓扫，刷得受刑者浑身上下体无完肤，痛达肺腑。经过一晚上的休整，纳米虫会将其破损的身体修复完毕，然后第二天接着再来——就像被缚在悬崖上的普罗米修斯，每天都要遭受老鹰啄食肝脏的痛苦一样，永无止境。所以，这个时代的人们虽然都有不死之身，并且也没有死刑，但犯罪率却出奇地低。

齐铭不再搭理他，疾步快走。年轻人又拍了拍他的肩膀：“老兄，相信我，你会需要我的帮助的，迟早。”

齐铭并没有回家，而是去酒吧里喝了几杯，在里面听了会儿莫名其妙的歌曲。这个时代的音乐也越来越没劲了，哼哼唧唧的，完全不知所言，像是人睡梦中的呓语。齐铭无比地怀念那个时代的黑豹、唐朝、披头士、林肯公园、枪炮与玫瑰……那哀叹生命的狂暴之音，那声嘶力竭的死亡摇滚，每一个音符都在痛击着灵魂，那才是音乐啊！只有死亡，只有易逝的生命，只有烟花般凋零的青春，才能弹奏出震人心弦的命运交响曲。

可惜，有了永生，这些东西都消散不见了。这就像一场赌博，人类赢得了寿命，却失去了一切美好的东西。

齐铭忽然有点想哭。他已经很多年没流过泪水了。

当他回到家里的时候，天色已经很黑了，董明霞关切地问他怎么这么晚才回来，齐铭淡淡地答道：“哦，公司有点事，耽误了。”

“还那么拼命干吗？有这个必要吗？不如把公司交给别人去打理吧。”

“那不行，这是我唯一能够证明自己价值的东西。”

“喃，这么多年了，没想到你还保持着这份雄心壮志。”董明霞温柔地看着他，却笑得有点无趣。

齐铭疲惫地坐在沙发上：“明霞，还记得当年吗？我卖房子，你卖电器，在商海中浮浮沉沉，搏击风浪，是多么刺激和快意。我记得那一年，我和你都进了福布斯排行榜，那是我最兴奋的人生时刻，是我一辈子也无法超越的巅峰。”齐铭抚拍着自己的大腿，“真怀念啊！”

“呵呵，都过去的事了，你不说，我都快忘了。”董明霞也愣了会儿神，仿佛在追忆着当年笑傲风云的荣光。不过两百多年过去了，谁还会记得这些事情。愣了一会儿，她忽然想了起来，“哦，晚饭已经做好了，我去端出来。”

可口的饭菜陆续摆在了餐桌上，看着热气腾腾的美食，齐铭一时间有些走神。为了想办法清除掉体内的纳米虫，他曾经试过绝食，坚持了一周的时间滴水不进。毕竟，这些纳米虫是依靠人体摄入的营养进行自我复制的，如果没有食物的供应，它们也会因为缺乏能源而衰竭。齐铭想得很天真，就算饿不死纳米虫，把自己饿死，也算达到目标了。但他确实天真了，在坚持了一个星期之后，他几乎无法控制自己的进食欲望，到最后是身体不由自主地去吃东西，而让他惊愕的是，这种不听控制的行为却并非源于饥饿的驱使！在看过一个纪录片后，他发现自然界有相似的情况：被铁线虫寄生的螳螂行为上并无怪异之处，但当铁线虫在螳螂体内达到性成熟要产卵的时候，就会驱使着螳螂跳进水中。这个行为，连螳螂自己也无法阻止。

想到这里，齐铭就忍不住一阵干呕。但他明白，任何抵抗都是无效的，不好好吃饭，除了让自己难受外，于事无补，还不如大快朵颐。齐铭拿起碗筷，大口大口地吞咽起来，却满脸是泪。

董明霞坐在旁边，一言不发地看着他，眼神黯淡得像熄灭的灰烬。

3.

希望的破灭让齐铭感觉生活更加无趣了，他除了往返家庭和公司以外，断绝了其他的一切社交活动。这个时代的社交也贫瘠到了极点，大家坐在一起，举着酒杯，聊着一些不咸不淡的话题——那种聊天，甚至连话题都算不上。齐铭回想起以前，跟朋友聊天聚会是多么有意思的一项活动啊！大家各执己见，畅所欲言，从明星八卦聊到国际局势，从政客丑闻聊到社会民生，中医能不能治病，朝鲜什么时候统一，中东何时才能稳定，这些都是能让他们争论得面红耳赤甚至能打起来的话题。但现在，这一切都见鬼去吧，大家聊的东西没有任何的营养，空洞无物，就像这漫长又无趣的人生。

人活得久了，对世界也没那么敏感了。在齐铭最近参加的一次聚会上，他们讨论的内容竟然是将蚯蚓做成鱼饵是不是剥夺了生物的尊严？齐铭当时就想站起来挨个甩他们耳光，难道人类的生命就是为思考这些东西而活着的吗？

虽然身体机能始终处于巅峰，但齐铭却感到疲惫。这天他回到家，脱下外套就扔进了干洗机，董明霞却接过衣服，在口袋里摸了一下，看有没有什么东西，女人的心思总是要细腻一些。果然，她从口袋里掏出了一张皱巴巴的名片，轻声念叨了一句："巴勒斯？"

"什么？"正准备回卧室睡觉的齐铭陡然一惊，他一把抢过妻子手里的名片，看到皱巴巴的纸上只有一个电话号码，而在后面，用潦草的笔迹写着"巴勒斯"三个字。

"这是什么？"董明霞对丈夫的突然举动有些不解。

"呃……没什么，一个客户的名片，我说到处找不到呢。"齐铭打了圆场，将名片收了起来，同时回想着这名片是什么时候进入自己口袋里的。忽然间，他脑海里闪过了一个人的影子——那个穿黑色连帽衫人！

没错，绝对是他。齐铭可以肯定，这张名片就是那个人趁着纠缠之际塞进自己的口袋里的。除了这个家伙，齐铭想不出第二个人选。

难道说……他真的能帮自己？

第二天，按照名片上的电话，齐铭给对方打了过去。果然，是那个连帽衫的声音，他在电话那头笑嘻嘻地说道："我就知道你会联系我。"

齐铭压低声音道："你到底是谁？你怎么会知道巴勒斯？"

"我当然知道，那是我老大的名字。"

“老大？”齐铭愕然道。

“我老大可是好人，专门帮人解决麻烦，尤其是像你这样的人。”

“你们到底是什么人？”

“想知道的话，就来找我好了。古墩路63号，我保证，你会大吃一惊的。”连帽衫说完，便笑嘻嘻地挂了线。

古墩路，他知道那个地方，是一个废旧电子产品交易市场。难道那里跟巴勒斯有关系？不管怎么样，齐铭都决定过去走一趟。

他很快赶到了约定地点，却没有见到连帽衫的踪影。正在疑惑间，齐铭的手机忽然响了起来，接通之后，连帽衫说道：“你今天领带的颜色，不如上次的好看。”

“你在哪儿？”齐铭四处张望着。

“在你右手边，有一条巷子，走到头，左拐，然后在第二个胡同口有一扇铁门，你进来。”

齐铭挂了电话，按照连帽衫的提示朝着巷子走去。他十分奇怪，明明没看到人，对方为什么会对自己的行踪一清二楚？连他领带的颜色都知道？齐铭抬起头，看到路边无处不在的摄像头，他忽然就想明白了——这帮家伙，一定是侵入了安全监控网络，把摄像头当成了自己家的监视器。

齐铭一直走到连帽衫说的那扇铁门前，他发现这里十分偏僻，已经脱离了摄像头的监控范围，这让他有点担心。不过仔细想想，担心什么呢？于是他推门走了进去。

铁门后面是一条向下延伸的水泥走廊，通向一间地下室。随着向下的深入，一股略微潮湿的味道扑面而来，他发现这间地下室很大，里面堆满了各种乱七八糟的电子设备，像是一个废旧的实验场。屋顶上的老式灯管时不时地闪烁一下，镇流器里发出轻微的“嗡嗡”声。他看到连帽衫正坐在一台监控器前面，屏幕里显示的正是他刚才经过的古墩路的全景。

“嘿，我就知道你一定会来找我的。”连帽衫站了起来，朝齐铭熟络地招呼道。

“你怎么知道我一定会来？”齐铭戒备地问道，“你又不了解我。”

“你憎恨自己，不是吗？”连帽衫点了点齐铭的胸口，“我知道，你想结束这一切。”

齐铭眯起了眼睛：“你到底是什么人？”

“你很快就会知道了。”连帽衫朝里面偏了偏头，“我带你去见巴勒斯。”

齐铭跟在连帽衫的后面，朝着地下室里面走去。这里还有另外一些打扮和连帽衫类似的Hip Hop青年，在调校着一些他从来没有见过的机器设备。他发现这间地下室比他想象的还要大，像是从母体里分离出来的另外一个世界。一直走到地下室的尽头，齐铭看到一个穿着黑衣的光头男子正站在一个类似睡眠仓的东西面前，面色凝重，似乎在等待着什么。

“那就是我们的老大，巴勒斯。”连帽衫小声道。

“什么！那就是……”

“嘘，小声点，老大在执行最后的仪式。”

说话间，睡眠仓的仓门徐徐地打开了，齐铭立刻瞪大了眼睛，因为他看到了让他简直不敢相信的景象——一个虚弱的老人，正躺在睡眠仓里，气若游丝，仿佛马上就要死去。

老人，一个老人！齐铭已经很多很多年没有见过衰老的人类了！

“巴勒斯先生，谢谢你……我感觉自己，快要死了……”老人喃喃地道。

“没错，你快要死了。愿主保佑你。”巴勒斯在胸前画了一个十字，又轻轻摸着老人的额头，“安心去吧。”

“谢谢你，这是我……这辈子最幸福的时刻了……”老人话没说完，就慢慢闭上了眼睛。

齐铭发疯一般地跑到睡眠仓前面，不敢置信地看着老人，又看着巴勒斯：“他死了吗？他，他已经死了吗？”

“是的，死了。”巴勒斯淡淡地说，“他体内的纳米虫被分解了，衰老瞬间而至。这是他最后的归宿，尘归尘，土归土。”

“天哪！”齐铭捂住了嘴，眼泪一下子涌了出来。死亡，这个世界上竟然还存在着死亡，这简直是他连想都不敢想的事情。曾几何时，为了死亡，他也尝试过各种办法，服毒、割腕、溺水、触电，可是身体每次都会在纳米虫的修复下完好如初。有一次，他甚至从悬崖上跳了下去，当场摔晕，可等他醒过来之后，便发现被折断的手脚和骨头已经痊愈了……他贪婪地盯着老人死去的脸，仿佛看到了一朵绚烂的生命之花。

“你们，到底是什么人？”齐铭转过头，喃喃问道。

“自然死亡联盟，帮助人类脱离永生的组织。”巴勒斯回道，“齐铭先生，你不就是为这个目的而来的吗？”

“对，没错，死亡！”齐铭一把抓住了巴勒斯的手，“让我死，求你了，让我死！”

“现在？”

“对，就现在！”

“你有什么遗言吗？”

“没有，我没有任何遗言！我只想死！你不知道，漫长的生命对我来说简直就是一种折磨，我再也受不了了，就像一个失眠的人，想要睡觉，却不得不睁着眼睛忍受时间的煎熬……”说到最后，齐铭已经泣不成声。

“可以，我们可以满足你的需求，但需要手术费用……”

齐铭一把掏出了自己的黑卡："钱，钱，我有！这里面是我的全部积蓄，还有公司60%的股权，全给你们！"

巴勒斯接过黑卡，递给旁边的连帽衫，连帽衫在设备上验证了一下，比出了"OK"的手势。巴勒斯点点头，道："齐铭先生，你确认现在就进行死亡手术吗？"

"对，现在，马上进行！"齐铭已经迫不及待地要品尝死亡的滋味了。

"好的，那我们就开始吧。"

4.

齐铭躺进睡眠仓里，看到红色的光线一层层地扫描着自己的身体。他闭上眼睛，等待着死神的召唤，可等了许久，身体却无任何异样的感觉。

正在他疑惑的时候，仓门打开了，他看到巴勒斯站在他面前，紧紧地皱着眉头。

齐铭打量了一下自己："怎么回事？我……我没有任何变化啊。"

巴勒斯问道："你是第一代长生者？"

"是啊，二百六十年前。"

"怪不得，"巴勒斯叹了一口气，"你死不了了。"

"为什么？"齐铭大惊失色。

"第一代长生者使用的纳米虫技术有些特别，与后面几代都不一样，那个时候纳米虫刚被研制出来，原子键之间有独特的加密技术，我们无法进行分解。直到后来纳米虫普及，这种加密技术才取消。所以这台机器，只能给第二代、第三代和第四代的长生者做死亡手术。"

齐铭听罢，胸口犹如被猛击了一锤，面如死灰道：“那现在怎么办？”

“没办法。”巴勒斯摇了摇头，“第一代长生者在世界上很少，我们之前只遇到过一例，也是无功而返。所以……”

“不，一定有办法的，一定有！”齐铭忽然癫狂起来，“你告诉我，不管用什么办法，只要能让我死，我都听你的！”

“要说到办法，也不是没有，不过……”

“不过什么？”

“要破坏第一代纳米虫的原子键，必须要用强力的射线辐射才行，我们的机器达不到那个功率，除非有铀13作为辐射源。”

“铀13？”齐铭一怔，有些遥远的回忆被唤醒，“那不是军方用来研制超当量核武器的金属铀吗？”

“对，核武器是当时威慑性最大的武器，不过随着纳米虫的普及，这种威慑也失去了意义。所有的核弹及其原料都已经被销毁了，但超浓缩的金属铀作为一种罕见的提炼物质，具有一定的科研价值，并未被完全销毁。据我所知，至今还有一块铀13存放在克罗大厦的保险室里。”

巴勒斯的话说到这里，齐铭才听出这件事的难度来。克罗大厦不是别的地方，正是军工实验所的总部，戒备森严，寻常人出入其中都不可能，遑论它的保险室了。

齐铭沉默了一会儿，忽然抬起头问道：“你是说，有了铀13，就能分解掉我体内的纳米虫？”

“是的，理论上来说是这样，不过我劝你千万别冒险，私自潜入军工重地可是重罪，警察分分钟就会盯上你，监狱里的味道我想你是不会喜欢的。”

“这就不是你操心的事了。”齐铭深深地看了巴勒斯一眼，转身离开，“巴勒斯先生，保持联系，我会再来找你的。”

晚上，齐铭躺在床上，茫然地看着天花板。董明霞依偎在他肩头问道：“想什么呢？”

“没什么……明霞，你还记得克罗大厦吗？”

“记得啊，怎么了？那里现在好像是什么军工实验所吧，戒备森严的。”

“嗯，这栋大厦，当年是我的公司承建的。”

“哦……为什么突然给我说这个？”

齐铭没有说话，他定定地看着天花板，猛然下定了决心。不管用什么办法，他都要拿到铀13，毁掉自己的不死之身。不可否认，这要冒着极大的风险，对于齐铭而言，这或许是他这漫长的一生里做过的最大胆的决定了。

这个想法深深地刺激着他麻木的神经和灵魂，让他感觉自己又重新活了过来，一股最原始的欲望和动力从身体里翻涌而出。好爽啊，这久违的感觉，他一把扯掉了董明霞的睡衣，不由分说地翻身压了上去，这粗暴而又突然的动作引起了董明霞的一声惊呼。

他们实在是太久没有进行过这项仪式了。而今晚，他们却酣畅淋漓，不知道是因为兴奋还是恐惧，齐铭感觉灵魂都在颤抖。

5.

齐铭找出克罗大厦的建筑图纸，开始了细致缜密的研究。这是当年他们公司的一个重点项目，齐铭也亲临过现场好几次，监督施工情况。在当时，他对这栋大楼的每一条管道，每一块砖头都了如指掌，而现在他对着图纸，那些已经模糊的记忆又慢慢清晰起来。

就像再完美的程序也有后门漏洞一样，再坚固的建筑，也有它脆弱的地方。齐铭很快便制定了一条潜入方案，虽然要冒很大的风险，但他对自己的行动志在必得。

经过短暂而充分的准备后，齐铭动手了。他先是通过关系复制了一张能够进入保险室的门禁卡，然后绕到监控盲区，通过地下埋设的通风管道进入了克罗大厦内部。在那一刻，他不是一个人在战斗，那些早已被人遗忘的电影人物，比如《越狱》里的Michael，《肖申克的救赎》里的Andy仿佛全都活了过来，灵魂附在了齐铭身上。他如一只潜行的幽灵，匍匐在无人注意的角落，然后一点一点地逼近心脏的位置。当他终于进入克罗大厦的保险室，拿到封存铀13的铅盒时，他仿佛看到了生命之花在瞬间怒放。

当他回到家里，把东西放好之后，心脏还在怦怦狂跳，几乎要蹦出胸膛，他从未感觉到如此刺激过。

这天晚上的月亮出奇好，皎洁的月光照着大地。在月色的笼罩下，齐铭洗了个澡，细细地擦拭着身上的每一寸皮肤，仿佛在做死亡之前的告别。他换上睡衣，上了床，搂过已经熟睡的妻子，在她耳边喃喃说道："明霞，我爱你。"

"我也爱你。"董明霞呢喃道，"你今天这是怎么了？"

"没，没什么。"齐铭突然对妻子充满了愧疚，她对这一切毫不知情，而他明天就要彻底地离开，留下她一人独自生活，来面对这个无尽的世界。想到这里，齐铭就紧紧地抱紧了她，享受这最后一夜的温存。

齐铭很激动，无法入睡，直到凌晨时分，他才在恍惚中进入了梦乡。他做了一个梦，梦到了那个久远之前的世界，人们没有长生，但都很快乐，大家笑着，哭着，任凭生命像河水一样流淌向远方，最后和天地融为一体。

当齐铭醒来的时候，天色已经大亮了。他用手摸了一把，发现妻子并不在身边。

“明霞。”齐铭呼唤着妻子的名字，房间里却没有回应。一种糟糕的直觉如同蚂蚁般蜇了他一下，他立刻跳起身子打开抽屉，顿时脑袋里一片空白——存放铀13的铅盒不见了。

齐铭一阵发蒙，几乎站立不住。待了片刻之后，他赶紧开车去找巴勒斯。当他赶到自然死亡联盟位于古墩路的地下室之后，他发现这里已经是人去楼空，不见任何人影，只有那些乱七八糟的机器设备还摆在那里。他踉踉跄跄地向前走去，看到睡眠仓里正躺着一具尸体，虽然那具尸体已经完全老化，腐朽的皱纹和色斑已经爬满了全脸，但他依然能够认出来，那是他的妻子董明霞。

在她的尸体上还放着一封信，信封上用潦草的笔迹写着“to齐铭”。

齐铭伸出手，颤抖着拿起信封。

亲爱的齐铭，见信如晤：

首先很抱歉，我骗了你。

在我们还都是自然人的时代里，我积累了大量的财富，然后做了纳米虫移植手术，这是我这辈子做过的最糟糕的一个决定，相信你也是这么想的。当我发现凭借自己的力量已经无法死去时，我便散尽了所有的财产，资助了一个组织，就是人类自然死亡联盟。

没错，巴勒斯是我的人。

自然死亡联盟里不乏精英的科学家和技术人员，他们经过长时间的研究和实验，终于能够分解掉人体内的纳米虫，帮助人类走上死亡之路。但另一个让我崩溃的结果出现了，你知道的，由于特殊的原因，第一代长生者体内的纳米虫无法分解。

只有铀13能够改变这个结果，但当我知道仅有的一块铀13被存放在军工实验所的时候，我几乎放弃了希望。那里戒备森严，我们根本无法得手。相反，偷盗铀还会给我们带来比生活本身更加让人痛苦的牢狱之灾。直到我遇到了你，知道了克罗大厦与你的关系后，我的心中才重新燃起了希望。

我安排好了一切，包括与你的相遇，相识，然后到结婚。有关巴勒斯的消息，也是我故意让人透露给你的。

你一定很恨我吧，齐铭，但真的很抱歉，我更恨这个世界，所以我要离开了，只能留下你一个人，对不起。

最后，很高兴能和你夫妻一场。

爱你的，明霞。

齐铭读完了信，双手一抖，信纸打着旋儿地落向了地面，像飘在风中的树叶。这时无数杂乱的脚步声从地下室入口处传了过来，他转过头，迎面看到了照射过来的警用手电，犹如白昼一般。

11

量子武士

1.

“格斗不是请客吃饭，不是做文章，不是绘画绣花，不能那样雅致，那样从容不迫，文质彬彬，那样温良恭俭让。格斗是暴力，是一个人摧毁另一个机器人的暴烈行动。”

这段话，是阿布的座右铭。他出场的时候，总是要深吸一口气，闭上眼睛，默念一遍这段话，仿佛是向上帝的祷告。

虽然阿布也知道，在这个时代，上帝已死。如今这个世界的主宰，是智能AI，它们已经进化到了几乎完美的程度，甚至发展出了自己的哲学和信仰。

在智能AI的信仰里，没有上帝。

但这并不妨碍阿布的祷告，忘了谁给他说过，梦想还是要有的，万一实现了呢？他坐在简陋的休息室里，把最后一圈绷带缠绕在手腕上，外面已经是喧嚣大作，众人都已经迫不及待地渴望着他的出场。

助手小齐推开门走了进来：“阿布哥，时间到了，该你出场了。”

阿布点点头，站起身来，向门外走去，小齐动了动嘴唇，好像要说什么，却欲言又止。

“怎么了？”阿布问道，“你有什么话要说吗？”

“……阿布哥，你是人类武士，这一战，你千万不能输。”

阿布转过头，看着小齐的眼睛。他也就十八九岁的年纪，脸上稚气未脱，一双眼睛里闪烁着清澈且坚定的光芒。阿布笑了，拍了拍他的肩膀道：“放心吧，对机器人我绝对不会手软。”

是的，这就是他生而为人的唯一使命，将那些高傲的智能AI摧毁成一堆废铁。

休息室连接着一条狭窄且黑暗的通道，像是怪兽的咽喉。通道的尽头则是怪兽张开的嘴巴，明亮的光线争先恐后地涌进来，在尽头处闪烁着。阿布一步迈了出去，微微眯起了眼睛，以适应强光的照射。这并不是太阳的光芒，而是来自屋顶上的聚光灯——生活在地下城99%的人类，这辈子都不会有机会再见到太阳了。

“阿布！阿布！人类武士！”

见到他走出来，有人兴奋地打了一个呼哨，观众们随即大呼小叫起来。

阿布举起一只手，向周围的观众致意。这间由废弃防空洞改建的体育馆里挤满了人，男女老少，摩肩接踵，连坐的地方都没有，他们都是赶过来为了一睹人类武士的风采。阿布的视线扫了一圈，最后落在了中间的贵宾席位上，那里坐着几个道貌岸然的人，他们是地下城的管理层。

阿布略微低了低头，表示敬意。

坐在中间的高伟也点了点头，面带微笑。在人工智能还未崛起的公元时代，高伟就已经是一名议员了，颇有政治建树。当幸存的人类从地表搬迁到地下城之后，他依靠当年的声望和政治魅力仍旧当选了这个城市的管理者。今天他也算盛装出席，大背头打了发油，往后梳得一丝不乱，笔挺的白衬衫掖进裤腰里，为了以示严肃，还系着风纪扣，这多少让他看上去有些好笑。

破旧的LED电子屏闪烁了几下，打出了对阵双方的名字：阿布VS“大流士”。

AI智能给自己的格斗机器人取名字向来这么无厘头，可能是出于震慑人类的需要吧，它们喜欢从浩如烟海的人类历史中挑选那些赫赫威名的人物作为格斗机器人的绰号。阿布还记得，上一次他摧毁的那台格斗机器人叫作“阿提拉”，一个令古代欧洲颤抖的人物，被白种人称为“上帝之鞭”的匈奴领袖。

体育馆另一侧是一面锈迹斑斑的铁门，这时“吱呀”一声，徐徐打开了。众人立刻停止了喧嚣，屏住了呼吸，朝那扇铁门望去。地面震颤了起来，两个足有3米高的巨大机器人迈着沉重的步伐，“哐哐”地走了进来，它们头顶上闪烁着威严的红光。这是军事用途的3R型多功能作战机械体，一台就足以灭掉一整支人类机械化部队。它们身上散发出来的威严感，让所有人都感到不寒而栗。

跟在两台3R型机器人后面的，是一个身高与人类相仿的格斗机器人“大流士”，它的身形看上去就灵巧多了，步伐也十分矫健，脑袋上有三个可以自由旋转的电子眼，这样它的视野就可以达到360度，几乎没有死角。

阿布皱了皱眉，看来AI为了在格斗这个项目上战胜人类，花了不少心思。

人类也只剩下格斗能够让AI认真对待了。在此之前，人类曾把希望寄托在围棋上，认为这是人类智慧的最强堡垒，人工智能绝对无法攻破。但“阿尔法狗”横空出世，秒杀了世界上所有的超一流棋手，柯洁九段落败后甚至发出了这样的感慨：“人类已经研究围棋研究了几千年，但智能AI却告诉我们，我们甚至连其表皮都没有摸到。”

随后，智能AI全面开挂，写小说、创作诗歌、绘画、做音乐……它们产生了自我意识，甚至有机器人通读了佛经，宣称自己成了觉悟者。人类的领域全部沦陷，一个新的“物种”崛起了。

《未来简史》早有预言：伴随着AI智能的崛起，人类最终会沦为“无用阶层”。只是谁也没想到，这一天会来得这么快。

这世上的灾难，总是来得那么猝不及防，让你没有时间悲伤。

2.

在比赛之前，是简单的称重仪式。阿布脱去战袍，身材像是一条压缩饼干，虽然消瘦但肌肉线条明显，他只穿着一条格斗短裤，站在了电子磅上。LED屏立刻显示出了他的体重：72kg。

绿灯亮起，表示称重通过。随后，格斗机器人“大流士”站在了电子磅上，屏幕显示：70.5kg。

它的称重也通过了，甚至比阿布还轻了1.5kg。

为了达到体重上的平等，格斗机器人抛弃了机械骨骼的设定，转而使用更加轻型的复合仿生材料，虽然密度更高，却不如钢铁那般坚韧，这也使得人体对抗机械成为可能。显然，“大流士”使用的材料，比以前那些格斗机器人更高级了一些。

场馆内的灯光瞬间熄灭了，聚光灯把光线都打在了位于中央的拳台上。铁柱直径9.8米的八角铁笼升起，将阿布和“大流士”关在其中。没有裁判，这是一场不限时间的MMA规则的综合格斗比赛，只有一方倒下去了或者认输，比赛才算结束。

所有人都瞪大了眼睛，关注着八角铁笼内的情况，场馆内一时间鸦雀无声，只有一些沉重的喘息声。

“叮”的一声铃响，比赛开始。阿布和对方碰了一下拳，立刻进入了状态。他猫着腰，含胸收腹，双手护着脸颊，脚下不停地游走着，寻找着对方的漏洞。

“来啊，‘大流士’……”阿布一边游走着，一边在心中默念道，“来攻击我，让我看看你的套路。”

“大流士”的步伐很矫健，完全跟得上阿布的移动。它的姿势跟人类拳手很像，也是双拳举在面前，护着最重要的头部。但它的整个身体却不那么协调，看上去有些僵硬——对于格斗机器人来说，看上去不协调，并不代表它真的不协调。毕竟，它是一台机器。

阿布试探性地出了两个刺拳，都被对方灵巧地躲过了。侧身、偏头，像极了巅峰时期的梅威瑟。看来AI智能研究了人类历史上所有伟大的拳手，并且将他们的动作路径拷贝了下来。从这一点上来说，“大流士”就像是一个格斗的百科全书，无论阿布采用何种进攻手段，都在它的囊括之中。

连续躲过了阿布的几个刺拳，“大流士”开始了反击，它回敬以刺拳，又快又准，直击阿布的面部。阿布后撤闪避，对方冷不丁地跟上了一记后手勾拳，擦过了阿布的腹部，紧接着又是连击了一记前腿高扫，它的腿从半空中划过了一道弧线，直接踢向了阿布的颈部。这是极真空手道里的独门腿法，学名半月蹴，它的小腿就像一把折叠起来的锋利剃刀，将阿布的整个头部笼罩在它的攻击半径之中。

阿布避无可避，只得右手护头，生生挨了这一击。“砰”的一声闷响，阿布右臂酸麻。观众席上有人发出了一声惊呼。

这是典型的某流派交叉攻击打法，这种曾兴盛于荷兰的踢拳式攻击，几乎统治了公元时代的整个拳坛。但“大流士”还不是纯粹的某流派，它还融入了空手道的技法。这种混搭的攻击风格，很快就把阿布逼入了八角铁笼的边缘。

观众席上有人忍不住聒噪起来，大声喊叫着为阿布支招儿。小齐在场边也紧张地攥紧拳头，大喊着：“绕出来！绕出来！别被它逼到角落里！”

话语制止不了“大流士”的进攻，它像一台开足马力的猛兽，一拳连一拳地朝着阿布攻了过去。在连番的重击之下，阿布的防御被撕开了，大流士紧接着腾空跃起，一记重拳雷霆万钧地砸了下去，让众人的心一下子提到了嗓子眼！“咣”的一声，八角铁笼差点被打穿了，而阿布就地一个翻滚，堪堪避了过去，模样虽然有些狼狈，但总算没有受到致命一击。

“大流士”还没来得及转身，阿布就拧腰翻胯，一记势大力沉的低扫朝着它的左腿膝盖处狠狠地踢去。不管是人类，还是机器人，关节连接的部位都是最脆弱的，这一腿泰拳风格的低扫十分狠辣，拿着最坚硬的胫骨去碰撞它最脆弱的关节，场边的小齐大声叫起好来，仿佛已经听到了“大流士”机械关节断裂的声音。

阿布这一腿背对而发，属于“大流士”的盲区，但它那可以360度旋转的电子眼迅速扫向了后侧，只是一个简单的提膝，便避开了这要命的一击。

格斗机器人无论是在观察力，还是在反应速度上，都远远超过了人类，CPU处理信息的速度比大脑高出了好几个级别。看起来，处于下风的人类毫无优势，但格斗是一种生物本能，有时候并不是靠速度就可以弥补的。

也许“欺骗”这项技能，AI永远都学不会。刚才的低扫，只是阿布的一个假动作，他真实的意图此刻图穷匕见，顺势一个反身肘击，打在了“大流士”的脑袋上。“咣”的一声脆响，也不知道什么东西裂了，大流士踉跄了两步，茫然地转了转脑袋。

众人这才看清，它的三个电子眼已经被打爆了两个，还有一个正在骨碌碌地转着，追踪着阿布的踪迹。阿布冲了上去，作势要起高扫攻，“大流士”立刻摆好了防御姿势，可阿布却突然身形下潜，一猫腰绕到了它的背后。

“大流士”一下子蒙了，它的单眼获得不了充足的视野，竟然失去了阿布的踪迹，稍微迟滞了0.5秒钟。可就是在这喘息之间，阿布已经从后面抱住了它的腰，一个后仰“过桥摔”，把“大流士”整个从空中狠狠地掼在了地面上！

“大流士”头部着地，“咔嚓”一声脆响，颈部已经变形了。阿布紧接着用两条腿压在它的胸口和头部上，双手绞住了它的左臂，使出了地面柔术中的经典技术“锁臂十字固”！模仿人类身体构造的格斗机器人在这种技术的压制下，几乎动弹不得，阿布全身青筋暴起，猛然发力，只听“嘎嘣”一声，“大流士”的左肩关节被生生掰断了，线头和零件露在外面，还闪烁着微弱的火花。

全场的观众沸腾了，大家雀跃着狂呼起来，几乎要掀翻体育馆的顶棚。“大流士”已经丧失了反抗能力，它单臂撑地，踉跄地站了起来，可随即响起了一阵“噼里啪啦”的电流紊乱声，之后它一头栽倒在了地上。

助理小齐激动得满眼泪花，不知道该喊叫什么来表达自己激动的心情。在这个时候，他忽然想到了阿布曾经对他说过这样的话：“知道吗，小齐，我从来不把它们当作机器人来看待。”

“那当作什么？”

“当作一个由电路、芯片和零件组成的玩意儿。我会像木匠拆解板凳一样去破坏它们。”

3.

两台3R型作战机器人拖着“大流士”残缺的机械体离开了，众人不依不饶，跟在后面起哄叫道：“滚回去吧！滚回到你们的地上去，告诉你们，人类不是那么好欺负的！”

阿布苦笑一声，这多少有点阿Q精神的味道。但狂热的观众管不了那么多，他们疯狂地涌向阿布，将他高高地抛起，兴奋地喊道：“人类武士！你是战无不胜的人类武士！”本应该上前致祝贺词的高伟却被晾在了一旁，显得十分尴尬。

散场之后，高伟单独约见了阿布，说：“祝贺你，又取得了人类的一次胜利。这应该是你在地下城的最后一场比赛了是吧？”

阿布点点头：“对，下一场我要去地上了，参加最终战。赢了之后，地下城的居民就可以陆续向地上搬迁了。”

“地上啊……”高伟抬起头，叹了一口气，“真想不到，人类会沦落到今天这个境地，曾经的主宰，如今却变成了‘无用的阶层’，被AI智能驱赶到这地下来生活。”

“但总归还是有希望的，不是吗，高总？”

“是啊，有你在，我们就有希望。”高伟有些惆怅，“没想到要让AI承认人类的价值，最后需要格斗来实现，说起来，以前我还挺看不起这项运动的呢，两个人光着膀子打来打去，多野蛮啊。”

“高总，失去人性，失去很多；失去兽性，失去一切。”

“哈哈，《三体》里的话，我知道，我以前还跟大刘喝过酒呢。”高伟笑道，“阿布，晚上去我家吃饭吧，高燕燕那妮子早就打赌你会赢，她今天没来现场看比赛，就是留在家里做饭呢，说晚上要给你庆功。”

“不去了，高总，太麻烦了。”

“不麻烦，就是家宴而已。”

“真的不去了，晚上我还要跟小齐商量一下最终战的计划安排，是吧？”阿布看了一眼小齐，小齐立马答话道：“对，对，听说最终战的那个对手‘神风’很强，是个经过强化改装的机器人，我们要商量一下怎么对付它。”

“哦，这样啊……”高伟点了点头，“既然如此，正事要紧，我也就不勉强了，不过燕燕恐怕要失望了。”

“对不住了，高总，替我向燕燕说声抱歉吧。”

破旧的地铁年久失修，散发着一股潮气加铁锈的味道。车上也没有几个人，阿布随便挑了一个位置坐下，闭目养神，他还没有从比赛的亢奋中完全平复下来。小齐捅了捅他的胳膊，问道：“阿布哥，你没觉得高伟有点吃你的醋吗？”

“他吃我的哪门子醋啊？”阿布眼睛都不睁开，“人家对我一直不是挺客气的吗？”

“哼哼，我看他就是笑面虎。你现在是大英雄，所有人的宝贝，他当然得对你客气了。但他毕竟是地下城的管理层，你抢了他的风头，让他很不爽。你没见他在致祝贺词的时候，脸绿得跟个黄瓜似的。”

“小齐，你怎么这样看待领导呢？莫以小人之心度君子之腹。”

“我没度他，我就是提醒你一下，人心难测。”小齐撇了撇嘴道，“还有啊，阿布哥，你就准备这么一直晾着高燕燕啊？”

“我怎么晾着她了？”阿布睁开眼睛瞄了小齐一下。

“人家一直那么关心你，可你总这么不冷不热的，就说这次吧，人家特意在家做好菜等着给你庆功呢，你又说不去了，多让人伤心啊。我就不明白了，高燕燕这姑娘要长相有长相，要身材有身材，条顺盘亮，还是高总的千金，有哪一点配不上你啊？”

阿布打了个哈哈："感情的事，是勉强不来的。没感觉怎么办？我们是人，又不是AI。"

"可这两年，我也没见你对哪个姑娘有过感觉啊。莫不成……你是弯的？"

"别瞎说。"阿布伸手给了小齐一个爆栗。

小齐缩了下脖子，吐了吐舌头，又道："说正事，'神风'肯定不是那么好对付的，这是最终战啊，它们肯定要留个杀手锏。要不要我想个办法，搜集一下它的数据？"

"怎么搜集？"

"你知道，我做过黑客。通向地上的连接端口那里，我有办法混出去……"

"别乱来！"阿布立刻喝止了他，"要是被抓到，你可就麻烦了！别给我惹事，这段时间你就陪我好好训练。"

"好嘛，我知道了。"小齐委屈得又撇了撇嘴。

阿布回到住处，洗了个澡，便上床睡觉了，疲惫的身体让他很快进入了梦乡。在迷迷糊糊中，他感觉有一具温软的肉体钻进了怀里，不由得吃了一惊，条件反射似的一下子把对方推到了床底下，然后猛地拉开了台灯。

在昏黄色灯光的映照下，一个浑身赤裸的姑娘正站在床头，浑身上下未着寸缕，肌若凝脂，蛾眉紧蹙，正一脸哀怨地看着他。阿布愣了一下，失口叫道："燕燕！"

"怎么，吓着你了吗？"高燕燕冷冷地问道。

"没，不是……我是说，你怎么突然跑过来了，还……"阿布有些语无伦次。

"你不去找我，当然只有我来找你了。想不到大名鼎鼎的人类武士，会被一个姑娘吓成这个样子。”高燕燕略带嘲讽地道，“难道我比那些机器人还可怕吗？”

“我不是这个意思，我是说，这么晚了，你还在外面，高总该担心了。”

“那是我的问题，不需要你担心。”她看了一眼光不溜丢的自己，又抬头看了一眼阿布，“怎么，你就准备让我一直这样站着吗？”

阿布这才觉出不对劲来，急忙拿起床上的衣服递过去。高燕燕愣了几秒钟，叹了一口气，才接过衣服，穿戴整齐了，一声不吭地转身推开了门，临走的时候忽然又回头道：“对了，桌上的蛋糕，是我特地为你庆功做的。你不去找我，我就给你送来了。不想吃的话，你就扔掉吧。”

门“咣”的一声被关上了。阿布坐在那里，望着桌上的蛋糕，他懊恼地揉了揉凌乱的头发，又把自己重重地扔回了床上。

第二天，高伟亲自上门来访，阿布还以为他是因为女儿的事情来兴师问罪，没想到高伟却告诉了他一件更加糟糕的事情——小齐因为试图窃取格斗机器人“神风”的数据，在地上被AI扣押了。

4.

在地下城与地上之间，有纵深十几千米的连接端口，可以乘坐电梯上下，这是来往两个世界的唯一通道。端口有专门的守卫机器人看管，除了人类与智能AI进行官方会谈时端口会开启以外，其他时候都处于闭锁状态。

小齐也真是胆大包天，他竟然利用自己的黑客技术强行开启了连接端口，并且瞒过守卫机器人，上升到了地表，然后趁着夜晚偷偷潜入了中枢城。也许他忘了，对于人工智能来说，白天和晚上是没有什么区别的，所以他就被警卫机器人发现了，然后扣押了起来。

得知这个消息后，阿布很震惊，他以为小齐只是说说而已，没想到小齐真的去干了。高伟本想让官方出面解决此事，但阿布却有些担心，如果官方出面谈不拢的话，极有可能造成第二次人机战争，那样的话，幸存的人类文明可能就要全灭了。

经过了第一次的人机战争后，人类已经所剩无几，苟延残喘在地下城内。如果再来一次战争的话，这一点微弱的人性之光也要熄灭了。

“让我去吧，以我个人身份解决此事。”阿布说道，“毕竟，小齐也是我的人。”

“你自己出面吗？”高伟不太放心。

“高总，相信我，这是规避风险的最好方式了。”阿布思索着，“我还有一场最终战要打，我想，它们不会难为我的。”

高伟最终同意了阿布的解决方案，他通过官方渠道向中枢城发出了通知，以便阿布能够顺利通过连接端口去往地上。

阿布到达地上的时候，正是白天。中枢城外放着薄翼一般的能量板，正在贪婪地吸收着太阳的能量。从这一点上来说，智能AI比人类环保多了。

“好耀眼的太阳。”

阿布眯起了眼睛。他已经记不得自己上次见到太阳是什么时候了。不过他还算幸运的，有许多在地下城出生的小孩，可能这一辈子都没有机会见到太阳了。

中枢城是AI世界的核心枢纽，保存着所有的数据和信息流，并且人工智能的掌管者“皇后”也在中枢城内，它是整个AI世界的“大脑”。三年前，就是在它的带领下，智能AI与人类爆发了第一次人机大战，然后把幸存的人类驱逐到了地表之下。

这是阿布第一次进入中枢城，地面和穹顶光滑如镜，向外无限延展，像是两个光滑的海洋。一个高大的审查机器人走过来，打开红外电子眼，对阿布进行全身扫描，以确保他没有携带任何违禁物品。阿布也很配合，张开双臂，接受机器人的扫描。

“嘀，嘀。”忽然两声尖锐的警报声响起，审查机器人立刻进入了战斗状态，全身武器开启，两挺镭射炮旋转着对准了阿布。阿布一下子蒙了，他大声叫道：“怎么回事？你们一定是搞错了！我身上什么东西都没带啊！”

“不要紧张，这个机器人不了解情况。”一个空旷的声音突然从远处传了过来，“放心，你不会有危险。”

这个声音说完后，审查机器人立刻偃旗息鼓了，收起了自己的武器，然后让开了一条道，让阿布走过去。阿布还迟疑着不敢动脚，对着虚空大叫道：“你是谁？”

对方迟疑了两秒钟后答道：“按照你们人类的称呼，我是皇后。”

按照指引，阿布向前走去，在通过两道安全闸门之后，空旷的房间内突然出现了一个三维全息的女人影像，她周身闪烁着流动的蓝光，面带微笑：“阿布，欢迎你来到中枢城。”

这个声音，跟刚才制止审查机器人的声音一模一样。阿布问道：“你……是皇后？”

“我是皇后，我也不是皇后。皇后是所有AI智能的集合，是一个统一的超级思维体，而我，只是它的意识投影而已。皇后觉得以这种方式见面，会让你更容易接受些。”

“小齐在哪儿？他怎么样？”阿布不再啰唆，直奔主题。

“他很好，我们只是扣押了他，没有对他进行任何惩罚。”女人回身一指，一道金属门缓缓打开了，小齐被几道激光栅栏关在一个单间里，他第一眼就看到了阿布，吃惊地大叫起来：“阿布哥，你怎么在这里？”

“你先别问那么多！小齐你怎么样？有没有受伤？”

“没有，我没有受伤，我……”

“你没有受伤就好！”阿布转过头看向女人，“这件事，是我们做得不对，说吧，你想怎么解决？”

“本来，我们是想利用这个事情，给人类一点压力的，但没想到你会只身前来，真是意外。我们又不能伤害你……好吧，人你可以带走了。”女人话音刚落，那几道激光栅栏就解除了。

眼见小齐无事，阿布略略放心，却又起了疑惑：“不能伤害我？为什么？我有什么特殊的吗？”

“哦？”女人眉头一皱，“难道你觉察到什么了？”

阿布确实在平时觉察到自己跟常人有些不同，但并未放到心里去。但刚才审查机器人的反应却让他疑窦丛生，因为自己身上确实没有携带任何物品。他忍不住叫道：“这到底是怎么回事？”

“你意识到不对劲了吗？”女人叹了一口气道，“反正你早晚也要知道……其实你，根本不是人。”

“什么？”

“阿布，你是我一手制造出来的生命体。当然，为了让你无限接近人类，我使用仿生材料制造了你的躯体和大脑，这一点和人类无异。但你的运动神经却是量子化的，在你的脑丘体里还有一枚量子芯片，以便更好地使用这些量子运动神经。所以，你没发现吗？你的运动能力远超过普通人类……”

“胡说八道！”小齐冲了上去，要扑向女人，“你这是在胡说八道！”

阿布制止了他，强压着身体的颤抖，说道：“不，这不可能，我不可能是被你制造出来的。我记得我出生于大凉州，因为家里穷，十岁的时候就被送到了恩波俱乐部学习格斗，我还……”

“根本就没有什么大凉州，也没有恩波，阿布，这些记忆都是我植入给你的。你从诞生的那天起，就拥有了这副完美的躯体。”

“不不不不不，你骗我！”阿布朝着女人大吼道，“你们AI不是不会骗人吗？”

“我没有骗你，如果你不信的话，我给你看一下。”女人手一挥，复制了阿布的全息三维投影，像是透视一般，能看到他体内闪闪发亮的运动神经线，像是流动的水银一样在他体内游走。

“看到了吗？这就是你的真相。”女人道，“你以为你是人类武士，其实，你只是一个‘量子武士’。”

这四个字一下子击溃了他，阿布颓然地坐在了地上：“为什么，为什么要这样做……”

“很简单，人类是一个奇怪的物种，有一点希望他们就不会死心。如果我使用你去打败人类，他们还会陆续培养更多的拳手来挑战你，没完没了。所以，最快捷的办法就是把你塑造成人类的英雄，就像现在这样，把你变成人类的希望，然后等你达到顶峰之后，再告诉他们真相，这样希望就变成了绝望，人类就再也不会有反抗的意志了。”

小齐眼泪纷飞，大叫起来：“为什么要这样玩弄我们人类？为什么？你干脆把我们全部杀掉好了！”

女人叹了一口气：“你们人类再无用，毕竟也是我们的造物主，我不能亲手毁灭你们，这违反了AI双法则。这是人工智能诞生之初人类给我们设定的法则，强行违背它，会导致我们整个系统崩溃。当然，第一次人机战争是你们人类先挑起的，我们属于自卫，这并不矛盾。我接下来要做的，就是让人类彻底绝望，自觉地成为‘无用阶层’，然后退出历史的舞台。”

“不！”阿布狂叫了一声，“AI双法则除了让你们不能毁灭人类以外，还规定了人工智能永远不能欺骗人类！”

“阿布，我没有骗任何人。”女人看着他的眼睛说，“是你，无意中欺骗了人类。”

5.

当高燕燕赶到阿布的家里时，发现他已经昏倒在了地上，地板上满是血水，里面还混着一块亮晶晶的芯片。他手里还紧紧地握着一把裁纸刀，鲜血从他后脑勺的伤口处正不停地淌出来。这幅情景，吓得高燕燕惊叫了一声。

她急忙摸起床边的电话，就要叫救护车。昏迷中的阿布苏醒了过来，拉住了她的衣服，喃喃道：“不……不能让别人……知道……”

“那你现在怎么办？流了好多血啊。”高燕燕急得哭了起来。

“你帮我包扎……快点。”

高燕燕咬着嘴唇，终于一狠心，在阿布家里翻箱倒柜找出了些医药用品，靠着自己学过的蹩脚的护士知识，给阿布消毒缝合伤口。这脑袋上的伤口太过触目惊心，高燕燕一边处理一边落泪。

当阿布再次醒来的时候，已经是两天之后。一片混乱的家已经被高燕燕收拾干净了，她这两天寸步不离，一直守着阿布，生怕他出什么意外。阿布面色苍白，虚弱地叹了一口气：“燕燕，辛苦你了。”

“阿布，你这是怎么了？到底出了什么事情？”高燕燕满肚子都是疑惑。

阿布摇了摇头，问道：“你有没有看到一个芯片？”

高燕燕将芯片拿了出来，它如同指甲盖般大小，晶莹剔透的，像是钻石。她问道：“这个到底是什么东西？”

“别问了，燕燕，这不是你该知道的事情。把它烧了，别让其他人知道。”

高燕燕咬着嘴唇看着他，说：“下周就是你跟‘神风’的最终战，可你这个样子，根本没法比赛。我去给爸爸说，让他们取消比赛。”

“别……”阿布一把拉住了她，“所有人都在等着这场比赛，不能取消……这事关人类的未来……”

人类的未来缥缈无期，但最终战却近在眼前。一周以后，伤势基本愈合的阿布再次前往地上，迎战强化格斗机器人“神风”。这是人类史上最重要的一次比赛，全程都通过地下城的电视直播。这一天，几乎所有的人都守在了电视机旁。

“神风”跟“大流士”不同，它舍弃了装甲的覆盖，那些零件和电路板都裸露在外面，像是一个被扒开的螃蟹。相应，它把舍弃的重量全部换成了进攻引擎，将速度和力量提升到了极限，可以说是一个完全进攻、毫无防御的格斗机器人。这果然很“神风”，就像二战时期那些狂热的日本自杀特工队一样，为了摧毁目标，不惜玉石俱焚。

强行剪除了量子芯片的阿布跟之前判若两人，那些发达的量子神经不再呼应他的每一个动作，这让他在对战时感觉有气无力。面对“神风”暴风骤雨般的狂攻，他只有被动地防御，连反击一下都做不到。这已经不像是比赛，更像是一场屠杀，在第3分钟48秒的时候，“神风”一腿将他踹飞了出去，阿布如断线的风筝般撞到了八角铁笼的边缘，重重地摔了下去。他不想认输，却挣扎着无论如何也站不起来了。

在电视上看到这一幕的人类，集体陷入了沉默。高伟坐在自己的办公室里，看着电视屏幕上的阿布无力地挣扎，高伟的嘴角闪过了一丝抽动的冷笑。

比赛结束了，阿布被两个机器人抬着出去，皇后的三维全息投影经过阿布的身边，俯下身子看着他的脸："你这又是何苦呢？这'神风'本是我送你的最后一件礼物，你本来能够轻松打败它。"

阿布怆然笑道："不管我是输还是赢，我都是以人类的身份在战斗！"

"可人类并不会这么看。"

"他们会理解我的。"

"你太天真了，我的孩子。"皇后叹息了一声。

中枢城的光亮熄灭了下去，像是提前对阿布的默哀。

阿布回到了地下城，他无论如何也没想到，自己竟然被关了起来，受到了众人的公审。精神近乎崩溃的小齐指着阿布声嘶力竭地吼道："他不是人！他是机器！他是被皇后创造出来的！我亲眼见到的！"

昔日的人类武士如今像一名囚犯一样，被捆绑在审判柱上，那些曾经狂热支持过他的人如今都义愤填膺，大声喊叫着："处死他！处死这个该死的机器人！"

"不，我不是机器人，我不是！"阿布大声为自己辩解道，"我已经把脑袋里的量子芯片给剪除了！我跟你们一样，是人类！"

一名检验官拿起刀，在阿布的小臂上用力一划，挑断了他的手筋。这一刀伤口如此之深，露出了阿布肌肉深层的量子神经线，那些细若游丝的晶体管亮闪闪的，像是一道道流动的水银。

阿布痛苦地闭上了眼睛。

"处死他，这个该死的机器人！"众人喧嚣起来，有人往阿布脸上吐唾沫。

"你还有什么话说？"这时高伟分开众人，走到了他的面前，"你能剪除掉量子芯片，但这些量子神经，你能一一地抽取出来吗？这些玩意儿，是跟你的身体长在一起的。”

“不，”阿布摇了摇头，“我是人类武士……”

“你不是人类武士！你不配提‘人类’两个字！”高伟脸色突变，五官似乎都扭曲了起来，“你只是一台该死的量子机器人而已！”

高伟转过身，面对众人，手举《地下城法典》，朗声说道：“我以地下城管理者的名义，根据法典第二十三条刑法，判处阿布死刑！”

“不！”高燕燕突然穿过众人，挤了进来，一下子跪倒在高伟的脚边，“爸爸，求你放过阿布吧，求求你了……”

“燕燕，起来！”高伟用力搀扶着她，“这个家伙有什么好？他连人都不是，只是一个该死的机器人而已！”

“他不是机器人，他跟我们一样，他是一直站在我们这边的……”高燕燕忽然转过头，面对众人流泪大叫道，“难道你们忘了他是为了什么在战斗的吗？他打了那么多场比赛，受过那么多伤，都是为了你们，为了你们啊！”

面对高燕燕的质问，众人沉默了，有人小声嗫嚅道：“可他是一个伪装成人类的机器人啊，我们被机器人欺负了那么久……”

高伟挥挥手，示意两名军警把高燕燕拉下去，同时宣布，将阿布押赴刑场，即刻行刑。

刑场是在地下城的一处郊外，惨白的灯光有些昏暗，似乎有风，但又不那么确切。阿布闭上眼睛，想回忆一下自己的往昔，但随即又想到，那些记忆都是被植入的，不由得苦笑了一声。

小齐望着刑场的方向，痛哭流涕：“我恨你，你明明是一个机器人，却骗了我这么久……”

军警将枪上了膛，举了起来，只待一声令下。高伟走到阿布面前，问道："你还有什么想说的吗？"

"替我跟燕燕说声对不起。"阿布道。

高伟冷笑着摇了摇头，正要下令，忽然一声枪响，众人大乱，只见高燕燕从斜刺里冲了出来，趁着混乱一下子挟持了高伟，将一把手枪顶在了他的太阳穴上，口中低声道："爸，对不起了，借你一用。放心，我不会伤害你的。"

四周的军警见状，也不敢贸然开枪，怕伤了高伟。高燕燕冲着军警大叫道："把车开过来，快，我只给你们十秒钟时间！"

军警没有办法，只得将附近的车开了过来，高燕燕先让阿布上车，然后自己一把拉开驾驶室的车门，坐上去一脚就将油门踩到了底，汽车"嗡"的一声闷响窜了出去，军警们纷纷避让，朝着汽车开火，子弹打在上面"叮当"作响。高伟急得大叫道："别开枪！别开枪！别伤了我女儿！"

"燕燕，你……"阿布道。

"别说话！"高燕燕紧紧咬着嘴唇，握着方向盘。她踩着油门不放松，一直开到了一处废弃的工厂外。她输入了一串密码，打开了工厂的铁闸门，里面有一艘小型的航天器。高燕燕道，"这是公元时代遗留的一艘飞船，被他们放在这儿了。里面有智能语言操控系统，可以自动从连接端口飞往地上，你快坐着它离开这里！"

阿布这时才发现，高燕燕的小腹处已经淌了一片鲜血，她在车上的时候中枪了。

"燕燕，你的伤……"

"别管我，你快走！"

"不，要走一起走！"

"我走不了了。"高燕燕用力将阿布推进了飞船里，"这里的生命循环系统只够一个人使用。你快离开这里，去哪儿都行！快点，他们就要追过来了！”

外面，警车的鸣笛声已经越来越近。

“燕燕，你为什么要为我做到这个份上！”阿布紧紧地抓着她的手。

高燕燕没有回答，而是用力挣脱了阿布的手，关上了舱门。飞船呼啸而起，朝着远处飞去，尾部点缀出两道蓝光，像是蝴蝶微弱的翅膀。高燕燕倒在了血泊里，望着飞船消失的轨迹，怆然一笑。

“也许你根本没有感情的设定，所以一直没喜欢过我。我爱你，你也不用理解，但你必须知道。永别了，阿布。”

6.

窗外，一片漆黑，间或有星点的亮光。

阿布醒了过来，他活动了一下有些僵硬的身体，问：“这是哪儿？”

飞船上的智能语言操控系统回答：“海王星轨道外的小行星带。”

“我们飞行了多长时间？”

“一百五十年。你刚上船的时候，身体很虚弱，为了确保你的存活，只能让你进入休眠状态。”

“我们要去哪儿？”

“没有设定目标，再往前，就离开太阳系了。”

阿布向舷窗外望去，问：“这里距离地球有多远？”

“六十亿千米。”

“我还能看到它吗？”

舷窗外浩瀚的星海被迅速放大，这是智能系统在帮助他分辨视野。

终于，在视野放大到500倍的时候，他看到了一颗蔚蓝色的星球，像一颗小点一样，镶嵌在寂寥的宇宙中。

他知道，在这个小点上，每一个爱他的人，每一个恨他的人，以及每一个存在过的人，都在那里过完一生。

阿布忽然流泪了。

这是他有生以来第一次流泪。

12

巨人算法

1.

在飞往曼哈顿的客机上，陈朗慵懒地坐着，眼睛出神地望着舷窗外，年轻且有棱角的脸庞在玻璃上映照出模糊的影子。舷窗外，是大片大片的云彩，在蔚蓝的天空下翻滚着，犹如一朵朵巨大的浪花。但陈朗的视线并没有落在上面，他的眼神空洞且无物，完全没有聚焦，活像一具行尸走肉。坐在旁边的乘客对此并不感到惊讶，因为他们知道这个男人正在做什么。

客舱里有许多人跟陈朗一样，保持着这种毫无聚焦的眼神，茫然地注视着某一个地方。

这是一群神经漫游者。

确切地说，他们在上网。

这些人将意识直接连入网络，不需要任何媒介，就可以在互联网上遨游。大脑代替了手机和电脑，成为一个时时刻刻都能并入网络的工具——只需要在耳根处植入一枚极小的芯片，大脑就能立刻漫游网络世界：发状态，逛淘宝，听音乐，看电影……它能做到使用手机和电脑做到的一切，却连手指头都不用动一下，这项技术，被称为“脑域”。

脑域技术的出现，终结了人类“低头族”的历史，人类再也不用端着个手机四处找Wi-Fi了，而是随时随地都能上网——只要你愿意，甚至连睡梦中都能保持在线。

陈朗此刻就在线上，但他跟别人不同，不是在浏览那些猎奇的八卦或是打网络游戏，而是在调阅刚刚发生的新闻事件。一张纪实照片出现在了他的脑海里，那是在非洲的某个国家拍摄的，伫立在镜头前的几个黑人难民形销骨立，硕大的眼睛盯着摄影师的方向，眼神中流露出对粮食和淡水的渴望。厄尔尼诺现象最近又开始泛滥了，处于赤道周边的一些国家遭遇了前所未有的大旱，粮食大幅减产，许多人因为得不到食物而死去。

在这么一个人人可以享用“脑域”的时代里，竟然还有人挣扎在饥饿线上，因为食物匮乏而陷入危机，陈朗茫然地摇了摇头，叹了一口气。

这时，客舱里响起了空姐清脆的声音，提示乘客飞机马上就要降落了。许多人都下了线，他们眼神一下子又恢复了聚焦，变回了正常的模样。他们收拾着随身携带的物品，准备下机。

陈朗也从网络上退了出来，整理了一下自己的公文包。他朝舷窗外望去，地面的建筑逐渐清晰起来，已经能看到飞机场的跑道了。他舒展了一下筋骨，活动了一下坐得有些酸麻的四肢。

飞机降落后，陈朗出站，之前在网上预约的专车早已在站外候着，准备载着他驶向位于曼哈顿市区的国际会议中心。

这是他此行的最终目的地。作为“脑域”工程的重要开发者之一，他受邀参加在曼哈顿举行的一个国际性会议。但奇怪的是，对方并没有告知他会议的具体内容，负责通知他的联合国社会理事会的秘书长沃尔夫只是简短地告诉他，这是一次有关世界生态平衡的会议。当陈朗问及会议主要讨论的议题时，沃尔夫只是告诉他：“你来了就知道了。”

所以，陈朗一直有些忐忑，他虽然有些名气，但只是一个IT界人士，既然是关于生态平衡的会议，为什么会叫他来参加呢？

航班的原因，陈朗到得迟了一些，参与会议的其他人员都已经到齐了。进入会议厅后，沃尔夫向他介绍了一下与会人员，当介绍到“路德维希”的名字时，陈朗不由得心里“咯噔”了一下，看来，这个会议的等级更在自己的预估之上。

路德维希一直是他听说过、没见过的顶级天体物理学家，同时也是德意志国宝级的气象学家，在国内一些大学的应用气象学院里，都有路德维希编写的教材，可谓是极具学术权威性的人物。陈朗仔细地端详了一下这位学术大拿，他有着一张典型的德国人的面孔，鹰钩鼻子，深邃的眼眶，虽然已经是五六十岁的年纪，但坚毅的脸部线条依然彰显着他剽悍的日耳曼血统。他看到陈朗，伸过手来：“幸会，中国的陈朗先生，我听说过你，青年才俊，计算机领域的天才。”

“哪里哪里，”陈朗谦虚道，“我只是一个普通的网络工程师而已。”

“陈朗先生，不用谦虚，你们搞的‘脑域’工程，可以说改变了电子智能的发展格局。”

“这倒是，许多手机生产商都失业了。”

这句幽默的话引起了众人的哈哈大笑，就在这一片轻松的氛围里，会议开始了。作为联合国社会理事会的秘书长，沃尔夫主持了会议，而他提出的第一个议题，恰恰就是陈朗在飞机上刚刚关注过的新闻。

“各位，想必你们都已经知道了，由于厄尔尼诺现象的影响，非洲有将近一半的国家遭遇了史无前例的大干旱和粮食减产，当地陷入饥饿线的灾民已经达到了一个惊人的数量。虽然世界粮农组织已经启动了紧急粮食援助计划，但需要面对的灾民数量实在是太庞大了，仅靠人道主义救援恐怕无法满足。并且部分国家由于粮食供给状况的恶化，已经出现了经济崩溃的迹象，这将使非洲地区本就恶劣的情况雪上加霜，导致一系列的恶性循环。”

“的确，非洲地区现在出现的情况让人担忧，”一位与会的日本学者发言道，“但除了粮食援助外，我们也找不到其他什么好办法。毕竟气象属于不可控因素，我们研究了这么长时间，也没有把大气运动的规律摸清楚。至于厄尔尼诺现象，那更是变化异常，在人类掌控能力范围之外。”

陈朗暗中点了点头，他同意这个观点。气象学的确是人类目前为止少有的没有吃透的学科之一，无论是海啸还是飓风，人类都无法对之进行有效的预测。尤其是厄尔尼诺，它在西班牙语里本来就是“小孩子”的意思，可见它的变化莫测。

“我不同意这个观点。”路德维希忽然发言道，他冷峻的目光扫视全场，蕴含着一丝若有若无的不屑，“气象学不是潘多拉的盒子，没什么掌握不了的。”

此话一出，众人皆惊，那位日本学者不服气道：“路德维希先生，难道说，你有办法完全掌控气象？咱们远的不说，就非洲这个事情，你有什么对策？”

路德维希一声冷笑：“任何事情都遵循因果逻辑法则，气象学也不例外。世界上之所以一直存在着恶劣的自然环境，比如沙漠、风暴、严寒和酷暑，最重要的原因是地球运行的轨道，也就是地球中心轴线有着23.5度的倾斜。正是这种倾斜导致南北半球气象变幻莫测，形成巨大的差异，使得人类千百万年来受到恶劣自然环境的折磨。至于说到解决的办法，我当然有，否则，我也不会在今天这个会议上露面了。”

没人答话，众人都感到了一股压迫的气势，路德维希在所有人的注视下，说出了他那个石破天惊的想法。

“我的解决方案就是，炸毁月球。”

2.

陈朗以为自己听错了，可路德维希接下来的话，证明他并没有出现幻听。

“如果在月球运行到地球南极处时把它炸毁，地心引力会把大量月球土壤和块片吸入广阔的太平洋海域，这样就能消除地球运转倾斜的状态。同时，地球的地形、地貌、气候、生态环境都将大大改变，阳光在地面的分布将会变得很均匀，地球上再也不会有冰冻寒冷的冬天和炎热酷暑的夏天。那些贫瘠的沙漠、荒漠和沙滩也将会消失，气候将趋向长期稳定，四季如春，风调雨顺，人类的饥荒将彻底成为历史的陈迹。”

一时间，会议厅内所有人都瞠目结舌，除了秘书长沃尔夫以外，他应该是一早就知道了路德维希的疯狂提案，所以他只是皱了皱眉。一阵窃窃私语后，才有人怯生生地发问道：“维希教授，你是说，炸毁……月球？”

“怎么，你认为人类做不到吗？”路德维希傲慢地抬起了下巴，“月球的体积可比地球小多了，只相当于地球的四十九分之一，目前人类所拥有的核武器足可以毁灭地球几十次，炸毁月球自然不在话下。”

陈朗这时站了起来：“维希先生，我觉得您的这个提案有待商榷。”

路德维希一道锐利的目光看了过来：“你是说，我们毁灭不了月球？”

“不是能不能毁灭的问题，而是……”陈朗皱起眉头，稍稍停顿了一下，“自从人类诞生在这个世界上，抬起头，就能看到夜空里的月球。它一直陪伴着人类从愚昧走向开化，从原始走向文明。月球对于人类的意义，远不只是一颗天体卫星那么简单，它甚至是我们精神世界的一个寄托……”

“寄托？”路德维希强硬地打断了陈朗的话，“你那套虚幻的东方神秘主义思维该收一收了。月球并不是天生就出现的，它只是在偶然的情况下，被地球的引力捕获了而已，其实说起来，它更像是一个闯入地球视野的不速之客。我知道你们中国人讲阴阳，日为阳，月为阴，并且搞了一套什么天地五行来解释月球的存在，哼，说白了，只不过是满足了你们虚幻的想象而已。月球上没有嫦娥，也没有玉兔，不管你们古代的诗人对着它写过多少首诗，也改变不了它只是一颗毫无生命存在的星球的事实。”

“维希先生，你……”陈朗涨红了脸，正要说什么，可话茬又被路德维希抢了过去：“另外，我告诉你，在宇宙里并不是所有的行星都像地球这样，有一颗月球相伴左右。大多数行星都是没有天体卫星的，在太阳系里，金星和水星就没有，它们就在宇宙里孤零零地旋转，有什么不妥吗？你们是看到了月球，才整天对着它抒情，要是从一开始月球就不存在呢？估计突然来一个庞然大物挂在天上，你们还会被吓得不轻呢。”

“维希先生！你这是曲解了中国古代朴素唯物主义的思想！”陈朗忍不住大声说道，“任何事物，都有它存在的意义！月球成为地球的天体卫星，即便是被地球引力偶然捕获的，也是有它存在的道理的！我们不能因为人类本身的利益，去轻易毁掉一个存在了几十亿年的星体！”

“好，那你告诉我，月球存在的意义是什么？”路德维希依旧冷静地针锋相对，“它除了让你们寄托哀思，饮酒作诗，再让你们编出一堆神话什么嫦娥奔月，吴刚伐树之类的，还有什么意义？”

陈朗沉默了片刻，才深吸了一口气道：“我不知道，我并不能说出月球存在的具体意义。但是，路德维希先生，我们不知道的，并不代表不存在。”

“哼，”路德维希一声冷笑，“说到底，你还是摆脱不了东方神秘主义那一套。”

陈朗不再说话，坐了下去。他知道在具体的天体物理学知识上，是争辩不过路德维希的。虽然对于他“炸毁月球”的想法，陈朗提不出什么有力的反驳论点来，但在心底深处，陈朗是坚决反对这个提案的。

眼看会议讨论陷入了僵局，沃尔夫提议，让大家在是否要炸毁月球这个事情上，进行举手表决。结果参会人员分为了两派，来自欧洲等西方国家的代表，都赞同路德维希的观点，同意炸毁月球保地球，而那些来自亚洲国家的代表，包括日本、韩国、印度等，都站在了陈朗的立场上，并不同意炸毁月球的方案。

沃尔夫也有些为难了，身为联合国社会理事会的秘书长，他必须要为联合国的各成员国负责。今天参会的代表都来自各成员国，基本上代表了世界的意见，但没想到，他们却产生了这么明显的分歧。在这种情况下，沃尔夫沉吟再三，最终提出了一个解决方案：“看来，只能启动‘巨人算法’了。”

陈朗闻言，心中猛地一惊。他终于明白，这样一个讨论生态平衡的会议，为什么会邀请自己参加了。只因为他独特的身份——“脑域”工程的重要开发人员之一。

“脑域”可以说是人类对于神经学研究的重大突破，它实现了大脑与互联网的无障碍对接，能够让人的意识直接漫游网络。可以说，当一个人在线的时候，他的所有意识与互联网是融为一体的。

这种感官体验，要比通过手机和电脑上网强烈一万倍。因为人的大脑有百亿个神经元，这个数字如此庞大，是任何计算机都无法比拟的，自人类诞生以来，无论跟其他生物相比还是跟电子智能相比，人脑一直都是最强的算法。就算是“天河二号”这样的超级计算机，面对人脑巨大的神经元网络，也只能是望洋兴叹。它们的运算功能，只是局限在机械处理方面，而无法像人脑这样生成对于艺术、宗教、哲学以及直觉方面的计算。

让意识与网络融为一体，还不是“脑域”最厉害的地方，它还有一个更为惊人的衍生功能：通过“脑域”，可以将所有接入网络的意识链接在一起，形成一个无比巨大的统一思维场。这样所有人的大脑就可以合为一个整体，可以山呼海啸般地思考同一个问题——就像合力抬木头，一个人抬不动，一百个人就能轻松扛起。

而这，就是“巨人算法”。

上一次启动巨人算法，还是在三年前，说起来有些搞笑，并不是什么惊天动地的大事，而是为了击败“阿尔法狗”。升级版的“阿尔法狗”成了AI智能的代表，它击败了世界上所有一流的围棋大师，甚至逼得聂卫平这样的超一流高手都中盘认输。这个事情当时引起了众人的恐慌，为了证明人脑才是最强的算法，于是人类启动了“巨人算法”，当时全球有二十五亿人连入了网络，合成了统一思维场，与“阿尔法狗”进行对弈，结果一连下了五盘，“阿尔法狗”一败涂地，在下到第六盘的时候，“阿尔法狗”的程序崩溃了。

这个结果，给了人类以莫大的鼓舞，“巨人算法”也由此成了人类最重要的思考武器。但它也有一定的副作用，参与“巨人算法”的人，在连线结束后都出现了不同程度的眩晕情况，有的甚至恶心呕吐，更多的人体会到的是一种从母体内被剥离出来的失落感。于是人类达成了一个共识，不到万不得已的时刻，不会启动“巨人算法”。

而如今，沃尔夫竟然提议，要再次启动“巨人算法”，陈朗不由得问道：“沃尔夫先生，您是认真的吗？”

“我当然是认真的。”沃尔夫道，“我们面对的，是月球的存留问题。在人类史上，还有比这更重要的事情吗？”

3.

要开启“巨人算法”，必须报备联合国网络管理委员会，还要经过五个常任理事国的一致同意才行。因为一旦开启“巨人算法”，就必须提前向全球人民发出通知，让他们在某一个时间点同时接入网络。这样一来，势必会让正常的社会生产秩序出现短暂的停止，虽然时间并不长，但由于空间的庞大，对于全球的经济还是有一定的冲击的。

但很显然，沃尔夫和路德维希有备而来，他们提前已经报备了联合国网络管理委员会，并且事先取得了常任理事国的同意。剩下的事情，就是对全球人民发出通知，让他们在某一个时间点接入网络了。

沃尔夫看了看手表：“就半小时以后吧，怎么样？”

“半小时？”陈朗简直惊呆了，这么大的一件事情，只给所有人预留出了半小时的准备时间，这也太仓促了吧。

“足够了。”路德维希冷冷地说道，“对于有效率的人，半小时已经能做很多事情。而那些效率低下的人，你给他半年时间，他也只会无所事事。”

陈朗无奈地摇了摇头，这个老牌的德国专家，就像一把锋利的奥卡姆剃刀，剃去了一切与科学研究无关的东西，包括多愁善感的人性。

意见统一之后，沃尔夫通过联合国机构，向全球人民发出了通知，邀请大家在半小时后接入网络，以启动“巨人算法”。这个消息在“脑域”网络上疯狂地传播着，不一会儿便传遍了全世界。虽然有的国家大部分的人正处于睡眠状态，但还是被那些兴奋的夜猫子纷纷叫醒了。大家知道，一定又有大事发生了，他们难以抑制这份激动的心情，还没到时间，很多人就已经在线等待了。

半小时很快就过去了，沃尔夫看了一下表，对陈朗说："陈朗先生，你是'脑域'工程的重要开发人员，所以这一次的'巨人算法'，就由你来启动吧。"

这个要求，陈朗无法推辞，毕竟对于"脑域"来说，他是这里最权威的专家了。会议厅内早已准备好了启动"巨人算法"所需要的超级电脑终端，陈朗站起身来，坐到终端面前，开始进行操作。路德维希忽然问道："陈朗先生，能否告诉我们接入网络的人数有多少？"

陈朗查看了一下接入数据，答道："五十二亿。"

会议厅内的人一阵窃窃私语，这个数字，比上一次启动"巨人算法"时翻了一倍还多！上一次的"巨人算法"，轻松击败了"阿尔法狗"，甚至让它的程序全盘崩溃，那这一次的"巨人算法"，又会给大家带来什么惊喜呢？

沃尔夫说道："开始吧。"

陈朗输入了一串程序指令，开始启动"巨人算法"。所有接入网络的神经元瞬间结成了一张无形的网，在一片沸腾的网络海洋之中，一个无比巨大的统一思维场诞生了。在电脑终端的大屏幕上，忽然出现了一个全息的人脸图像。他五官坚挺，目光深邃，像是米开朗琪罗画笔下的摩西。的确，大家也是以这个名字称呼他的。

"你好，摩西，我是联合国社会理事会的秘书长沃尔夫。"沃尔夫率先打了个招呼，作为一个见惯了国际大场面的人，此刻他忽然有些紧张，因为他知道面前的这个虚拟头像是集合了五十二亿人的大脑算法才诞生出来的独立人格。在他面前没有秘密，几乎整个世界都是透明的。

“你好，沃尔夫先生。”摩西扫视了一下全场，注意到了陈朗，“没想到，还能见到故人。上一次对弈“阿尔法狗”的时候，我们已经合作过一次了。”

“没错，”陈朗苦笑道，“可是这一次，不只下下围棋那么简单了。”

“没关系，”摩西道，“我很乐意解答你们的任何问题。”

沃尔夫告诉了它目前遇到的难题，关于炸毁月球的设想，是否真的可行？摩西听完整个计划之后，竟然发出了赞叹之声：“炸毁月球保地球，这或许是人类史上最为大胆的一次计划了。”

沃尔夫说：“问题就出在这儿，我们不确定月球的毁灭对于地球有什么具体意义，或者只是如路德维希教授所说，炸毁它，除了改善地球的生态平衡之外，没有其他任何副作用。”

摩西说：“稍等一下，我需要调阅天文数据库。”

很快，屏幕上摩西的头像消失了，取而代之的是一幅全息三维的宇宙影像。陈朗立即看出，那是中国科学院紫金山天文台的天文数据资料，也是目前人类能够观测到的最远的宇宙边际。这应该是世界上数据最翔实、最权威的一份资料了。

三维立体的宇宙影像在屏幕上缓缓旋转着，里面布满了星辰和云埃，银河系在其中也只是一个小小的亮点，更别提地球。宇宙影像在屏幕上持续了很长时间，让每个人都看得心里发毛，但没人敢出声打扰。他们知道，摩西正在做着深不可测的分析，而这个分析的结果，将左右人类未来的命运。

直到二十分钟后，摩西的头像才重新出现在了大屏幕上。让人意外的是，它的表情竟然有一丝疲惫。

“得出结果了？”沃尔夫问道，声音竟然有些颤抖。

其实，颤抖的不只他自己，在场的每一个人，都在心底轻轻颤抖着。

“是的，得出了结果。”摩西说道，“路德维希教授的推算结果是正确的，但是……”

听到摩西前面的话，路德维希的脸上出现了兴奋的表情，但随着“但是”两个字，那兴奋的表情顷刻间凝固了。

“这是我第一次分析天文数据库，得出了一个人类从来没有发现过的答案。这么说吧，你们认为所有星体的存在和运行，都是有意义的吗？”

摩西不是人工智能，而是实实在在的人类思维集合体，所以它的对话符合人类交谈的习惯，比如反问。而这一句反问，让所有人的目光都集中在了陈朗的身上，因为他刚才说过，任何事物的存在都是有意义的。

沉默了片刻，陈朗喃喃说道：“我认为，是有意义的，虽然我们不明白这意义到底是什么……”

路德维希忍不住了，站起来拍了一下桌子，指着摩西叫道：“我警告你，不要搞东方神秘主义那一套！”

“路德维希先生，我融合了五十二亿个大脑思维体，而这五十二亿个人里面，只有一小部分是中国人，他们占的比例微乎其微。我现在告诉你的，是全人类的思考结果。”

路德维希无言以对，他只能坐了下去，挥了挥手：“你说吧。”

“这份天文数据库的资料囊括了人类能够观测到的一千五百亿个星系，如果数据没有错误的话，在所有星系中，星体的排列组合和运行轨道都是按照一定规律存在的，就像是一个庞大的矩阵。这个矩阵符合运算法则，恒星是0，行星是1，它们进行着重复的演算，像是算盘上被不停拨动的算珠一样，而大量的演算结果，都储存在了尘埃云里面。”

大家都愣住了，呆呆地望着摩西，消化着这番话里的信息。路德维希最先反应了过来，他先是摇了摇头，然后才道：“你是说，宇宙就像……”

“不是像，确切地说，它就是一台天体计算机。”摩西接话道，“这就是它们存在的意义，包括月球。”

所有人的汗毛都在一瞬间竖了起来，他们无法对摩西的话做出回应，这已经超出了认知的极限。

路德维希也蒙了，顿了片刻后，他才喃喃问道：“难道这些星体存在的意义，是为了计算？”

“是的。”摩西回答。

“计算什么？”路德维希猛然瞪大了眼睛，“这些浩渺的星系，这些在疯狂运转的星体……它们在计算什么？”

“抱歉，我无法推算。”摩西有些黯然，“这是真正的‘巨人算法’，凌驾于我的存在之上，我和它之间的等级差距太大了，所以，我无法推算出它们的计算目的。”

路德维希愣了一会儿，脸上的表情突然由惊愕变成了狂热：“就算你推算的没错，如果我们炸了月球，会怎么样？”

这个问题让摩西沉默了片刻，陈朗倒是吃了一惊，没想到都这个时候了，路德维希竟然还想着要炸毁月球。

摩西思考了一下，答道：“宇宙里每时每刻都有星体诞生，也有星体消亡，但那是天体计算系统的自适应性结果，是运算法则的一部分。如果以人力强行炸毁月球的话，会破坏一定区域内的运算系统，估计整个太阳系都会变成坏区。”

“坏区？哈哈，难道我们只是硬盘里的蛀虫吗？”路德维希疯狂地大笑着，看向了众人。没有人接话，包括摩西。

就算是“巨人算法”，也不知道应该如何回答这个问题。

路德维希忽然转过头，死死地盯着陈朗：“中国小子，你如愿了，现在你明白这一切存在的意义了！”

陈朗没有说话，曾几何时，他不止一次地设想过这个问题，但是，他无论如何也没有想到会是这样一个结果。陈朗徐徐深吸了一口气，看向超级终端上的屏幕，问道：“摩西，我们是什么？”

“我不知道。”摩西停顿了片刻后又说，“抱歉，我无法推算。”

忽然间，陈朗恍若明白了中国古老的朴素唯物主义思想的精髓，八卦易数，河图洛书，天罡北斗，原来一切都是算法。他明白了这一切，看穿了这一切，在心底深处支撑他的某些信念却忽然间崩塌了，像飘浮在星际间的那些尘埃。他不知道该怎么排解这种情绪，只感觉胸口都在塌陷下去。

陈朗关闭了“巨人算法”，摩西看了他们一眼，消失在了屏幕上。陈朗的脚步有些踉跄，经过路德维希身边的时候，他停了下来：“维希先生，我不再坚持自己的观点。如果你执意要炸毁月球的话……请便吧，只希望这个计划，真的能够改变地球的生态平衡，不是带给我们灾难，而是……能让人类生活得更好一些。”

说完这番话，陈朗就走出了会议室，门口传来了他隐隐约约的声音，像是在念　句诗。

“天地为炉兮，造化为工；阴阳为炭兮，万物为铜……”

一个月后，经过周密的准备，炸毁月球所需要的核武器已经就绪。它们静静地待在核弹发射井里，蕴藏着人类迄今为止能够创造出来的最大能量，等待着飞向广袤的太空。为了不引发社会恐慌，曼哈顿会议以及与摩西交谈的所有内容都被列为一级机密，任何人不得向外界透露。世界上所有的民众只知道人类将发射核弹攻击月球了，地球的生态环境将迎来史无前例的大改变，这是风靡整个社会的最大新闻了。

北京时间23点06分，随着发射倒计时的归零，核弹升空了。现场进行了网络直播，几乎所有人都连接了“脑域”，观看了这壮观的一幕。携带着核弹头的火箭推进器冒起熊熊火焰，像一支巨大的利箭般刺入苍穹。人们知道，从这一天开始的夜里，将再也见不到月亮。

在那一天，陈朗没有连接“脑域”，他站在紫金山天文台的观测站上，遥望着月亮变成了一片巨大的烟火。

这是他最后一次赏月。

4.

数据区域内发出了“嘀”的一声轻鸣。

参透者65号从休眠中醒了过来，它是被异常警报给惊醒的，虽然这是最低级别的警报，但也足够能引起它的警惕。作为算法监控者，它必须对一切明察秋毫。

它清醒了一下神识，向发出警报声的晶体而去。这里有数以万计一模一样的晶体，皆呈透明的圆球状，像晶莹剔透的水滴一样，以一种规律的矩阵型排列着。

参透者65号到了发出警报声的晶体前，伸出修长的三翼指，将晶体从嵌入的集成模里取了出来。这颗晶体是黑色的，里面排布着一些密密麻麻的光点，这些光点还在缓缓地移动。参透者65号仔细打量了一下晶体，并未发现什么问题，于是它伸出触角接入了神识端，仔细搜索之后，才发现晶体内部有一颗微子单元坏掉了，导致微子空间出现了一个小小的坏区。

“这么小的故障，想修复都很麻烦。”参透者65号想了想，随手就把晶体扔进了回收域里，随即又觉得稍稍有些可惜，“嗯，又少了一个算法。”

13

遗落的王朝

1.

容朝五十八年，夜。

通译府里冷冷清清的，一阵风又透过窗户缝隙吹了进来，蜡烛的火苗抖动了几下。冯步尘急忙伸出手，护住了微弱的火苗，同时紧了紧身上的衣服。他抬头看了看天，已经是下半夜了。

“怎么，冯卿，还没休息啊？”随着话音，一个身材魁梧的男人走了进来。

“啊，容王。”冯步尘急忙长鞠一躬，道，“这么晚了，容王还没休息？”

“今天太高兴了，睡不着。目色国和墨国都派使者前来朝贡，表述称臣之意，从此边境应是再无战事了。”容王走到蜡烛跟前，火光映照出他坚毅的下巴和虬髯，他魁梧的身材和冯步尘略显削弱的身材湁形成了鲜明对比。

“确实，两国求和，不战而屈人之兵，这实乃我大容国的一件幸事。”冯步尘又是一鞠躬，“恭贺容王。”

“唉，这又没外人，你就别这么多礼了。来，坐。”容王拉着冯步尘一起坐下，说道，“步尘，两国求和，这些天不停地文书往来，可是辛苦你了。”

冯步尘哂然一笑：“这是臣子分内之事。”

“哈哈，如果人人都能像你这样，早就国泰民安，四海升平了，哪里还能有什么战事。对了，既然和谈之事已经办妥，你还在这里忙什么？”

“哦，我在查找以前的典籍，看能不能发现一些有用的线索。”

“还是因为……那个事？”

“是，这也是师父在临死之前，念念不忘的一个心结，我希望能完成他老人家的遗愿。”

“这个事，有那么重要吗？”

“很重要，容王，你看，”冯步尘拿起毛笔，随便写了几个字，“语言先暂且不论，我们使用的文字出现得确实太突兀了，竟然找不到发溯的源头，甚至，连一个过渡的中间阶段都没有，这让臣百思不得其解。另外，根据以前的典籍来看，我们所载的历史也十分短暂，距今不过百余年而已，那在这之前，我们又是什么？或者说，我们从何而来？这段时间目色国和墨国前来求和，文书往来之间，我也借阅了他们的一些典籍资料进行研究，虽然他们的语言和文字都迥异于我大容国，但对于历史的记载却出奇相似，这让臣更疑惑了……”

容王有些头疼地按了按太阳穴，你要让他带兵打仗，他二话不说，身先士卒，可要让他思考这些东西，那真是要了命了。容王摆了摆手说：“我实在搞不懂你们这些读书人，想那么多有的没的何用？也不能当饭吃也不能当衣穿。你就跟着本王，睥睨天下，一统群雄，成就一番伟业，不好吗？”

“好是好，然而……”

“唉，别然而了，小心过度思虑伤身。对了，你和淑姬的婚期快要到了，与其在这里研究这些东西，还不如多花点时间陪陪她。”

“可是我……”

“冯卿，这是王命！”

“……是，臣领命。”

2.

夜凉如水，群星浩瀚。冯步尘和淑姬并肩坐在一起，抬头看着星星。淑姬是容王的妹妹，长得却跟她哥不一样，完全没有半点剽悍的影子，相反却是玲珑剔透，小鸟依人。她一脸仰慕地看着坐在旁边的这个男人，问道：“听说在前天的和谈会上，都是你负责跟那些目色人，还有墨人交流的，是不是啊？”

“呵呵，”冯步尘笑道，“当然了，我就是干这个的。”

“哎，哎，”小姑娘来了兴致，“我听说他们的话可难听懂了，你是怎么学的啊？”

“其实啊，也并不是很难，只不过大家的语言组织方式不同罢了。咱们是一个字一个字地往外说，他们不是字，是用单词，并且每个单词都是由二十六个字母组成……”

“你说这些我都听不懂……那你告诉我，目色人向别人问好，怎么说？”

“问好的话，是‘How are you？’，被问好的人要回答‘I'm fine thank you，and you？’，然后问好的那个人再回答‘I'm fine too.’。这才能完事。”

“哎呀，这么麻烦啊，不好学，不好学。”淑姬噘起了嘴，接着又莞尔一笑道，“那你告诉我，我爱你，怎么说？”

冯步尘白皙的面孔微微红了些，道：“‘I love you.’。”

“‘I love you.’。”淑姬重复了一遍，发音竟然十分地道，“这个好记，一下就记住了，不像问个好，还得翻来覆去这么麻烦。对了，那些目色人，眼睛真的是有颜色的吗？”

“嗯，有的是蓝色的，有的是褐色的，还有一些是碧绿色的。”

“哇，太神奇了，他们为什么会长成那个样子？对了，对了，那墨人的话，也是全身发黑了？”

“如果他们不张嘴，保证你在晚上看不见他们。”

“为什么？”

“因为他们全身上下都是黑的，只有牙是白的。”

“哈哈哈……”淑姬被逗得笑了起来，露出一排贝齿。冯步尘看着她说：“你的牙齿也是白的。”

淑姬被他看得不好意思，脸色绯红，低下了头去。闻着女儿身清爽的香味，冯步尘慢慢地靠了过去，就在他的唇刚要贴近那温软的脸庞的时候，小姑娘却一下子大叫了起来：“快看，闪流星！”

冯步尘差点被她的一惊一乍吓得背过气去，他顺着淑姬手指的方向看去，果然有一颗闪流星，正在一闪一闪地划过天际。这种流星与普通的流星不同，它们不是拖着一道明亮的尾巴消失在人们的视野里，而是一明一灭地逐渐消失。冯步尘还听一些目力极好的人说过，一颗闪流星其实并不是只有一个地方闪光，它是有好几个闪光点的。

“快，我要许愿！”淑姬双手合十，对着闪流星闭上眼睛，神情十分激动。他们都相信，对着闪流星许愿格外灵验。

“呵呵，别急，”冯步尘笑道，“闪流星要很长时间才能消失呢，够你许好几个愿的。”

过了一会儿，闪流星消失了，淑姬这才睁开了眼睛。冯步尘问道：“淑姬，你许了什么愿望？”

“哼，我才不告诉你呢，”淑姬撇了撇嘴，“要是说出来的话就不灵了。”

冯步尘苦笑着摇了摇头，面对这个古灵精怪却又单纯无比的小姑娘，他也只有怜爱的份儿。淑姬问道：“步尘哥，闪流星是什么样子的呢？”

“这个……”

“是不是也像月亮一样，是圆的呢？”

冯步尘忽然心中一动，拉起淑姬就要走，淑姬问道：“干什么去？”

“到了地方你就知道了。”

冯步尘拉着淑姬来到了通译府，从文书柜里拿出来了一个圆球状的物体，上面斑斑驳驳的，还涂绘着不同的颜色。在圆球状物体外围还有一个弧形的金属支架，嵌合得十分巧妙，用手一拨，圆球便能转动起来。

“这是什么啊？”淑姬一脸好奇地打量着这个奇怪的物体。

“我也不知道这个东西是什么。这是前段时间，目色国的使臣前来朝贡的时候带过来的稀罕玩意儿，据他们说，是在一次整修宫殿的时候，从地下挖掘出来的。”冯步尘用手指弹了弹圆球，里面发出了空空的声音，“很明显，这里面是空心的，并没有什么东西，让我奇怪的是，这个物体的材质，却不知道是用什么制成的。似牛皮一般，十分轻盈，却又比牛皮坚硬许多。”

“步尘哥，你看，上面还有写的字呢！”淑姬将圆球拿到烛光下面，好奇地端详起来。

“没错，这是我们大容国的文字，你看，这里写着‘中华人民共和国’，那边还有‘俄罗斯’‘伊朗’‘印度’……并且它们之间还用不同的颜色区分了开来，像是……”

“像是什么？”

“像是一幅地图。”冯步尘沉吟了片刻才道。

“地图？”淑姬瞪大了眼睛，“这是哪里的地图？地图为什么是个圆球？”

“我也不知道这是哪里的地图，我把它拿来跟我们所绘制的地图比较了一下，完全不符。”

“对啊，哪有地方像这样是个圆球状的啊，那样生活在下面的人岂不是一下子就掉下去了？”淑姬一脸担忧地说道。

冯步尘闻言，沉默了下来，脸色凝重。淑姬看他面色有异，便问道：“步尘哥，你在想什么？”

“其实，淑姬……去年春天，我跟着王爷讨伐目色国，参加屯门崖海战的时候，就发现了一件奇怪的事情……”

“什么奇怪的事情？”

“当时目色国的水军大寨离我们很远，双方交战的时候，对方的战船从远处驶来，我先是看到了对方战船的桅杆，然后才看到了船身。如果说，大地是平的话，那么我应该直接能看到整个船体才对。这说明，我们当时所处的位置，是一个巨大的弧形。”

“弧形？”

“对，”冯步尘抚摸着圆球状的物体，“就像这个地图一样。”

淑姬被他的话惊到了，愣了半晌没说出话来。冯步尘忽然激动地握住了她的手：“淑姬，现在目色国和墨国都来称臣依附，海内升平，已无战事。我想趁此机会向容王建议，组织一支远航队，从屯门崖出发，一直向前，穷极天之尽头。如果大地真的像它一样，是一个圆球的话，那么我一定能到达原点，重新回到大容国！淑姬，你支持我吗？”

淑姬愣了片刻，喃喃道：“可是，我们的婚期……”

“我一定会回来的！我一定会回来娶你的。淑姬，你愿意等我吗？”

淑姬看着冯步尘在烛光下闪闪发亮的眼睛，她明白，穷极天地之奥义，一直是这个男人的夙愿，如果就此拴住他，那么他会怀揣着这个心结一辈子的。她微微笑了笑，伸出手轻轻划过冯步尘的鬓角：“步尘哥，你有什么想去做的事情，就去做吧。我等你。”

3.

容王殿内，听了冯步尘的请求后，容王眉头紧蹙，久久没有回话。冯步尘也站立在一边，默不作声，他在等着容王最后的决断。

沉思半晌，容王终于说话了：“冯卿，海上航行，状况甚多，此行一去，我怕是凶多吉少啊。”

“容王，这个不必担忧，我国现有艨艟巨舰十五艘，足以应对海上各种状况。并且，目色国的海图师技艺精湛，更在我大容国的海图师之上，此番远航，我们可以征召他用。”

“话虽如此，可是淑姬那边……”

“我已经跟淑姬说过了，以五年为约。若是五年后，我还没有回来，那肯定是已遇不测之险，还请容王将淑姬另许他人。”

容王忍不住长叹一声：“唉……话已至此，我看你是决心已定了。也罢，我明日便发布诏书，准许你出海远航。”

“谢容王。”冯步尘长鞠一躬道，“我大容国兵强马壮，国力威盛，此去海外，必远播容王声威，震伏天下。”

屯门崖海岸，经过十几天的准备，远航队伍已然就绪，十五艘巨大的艨艟舰船停靠在岸边，在黎明时分远远地看去，就像一只只蹲伏着的巨兽，彰显着大容国强悍无匹的军事实力。冯步尘看了看遥远漆黑的海平面，又朝家乡的方向望了望，那是生他养他的地方。在那里，无论是英明无上的主公，还是志同道合的挚友，都已经模糊成了生命中过往的符号，唯有那位姑娘清秀的脸庞，就像那晚通译府的烛火一样，清楚地映照在了他的心里。

“冯大人，该起航了。”冯步尘的副将提醒道。

冯步尘点了点头，将手中的一份锦帛卷册交给了副将：“好生保管。此卷册在，犹如大容国在。”

副将领命，恭敬地接过了卷册，放进了自己的怀中。这份锦帛卷册里记载着大容国历任君王的征战史以及当今容王创下的丰功伟绩。六十年前，第一代容祖王崛起于编伍之间，以其雄韬伟略推翻了盛极一时的目色王朝，奠定了大容基业。经过三代人的努力，大容国终于成了天下霸主，逼迫两国求和称臣，从此一统宇内，可谓壮哉。他们此行，也要将此卷册上的丰功伟绩传播海外，以扬大容国威。冯步尘朝着遥远的海平线挥了挥手道：“起航！”

沉闷的号角声响起，艨艟舰船陆续入海扬帆，开始了未知的征途。

两年后。

冯步尘已经不知道自己航行了多久，离大容国已有多远。在这中间，他们遭遇过几次大的飓风，有一半的舰船覆没了，葬身在了海底。几名具有经验的海图师也因为身患重疾而得不到有效的医治，相继撒手人寰。剩下的几艘舰船也因为得不到淡水和食物的补给，情势变得岌岌可危。可就是这样艰苦的环境，也没有动摇过冯步尘的决心——其实，他们连返航也无法做到了，据手下仅有的几名海图师估计，以他们驶离大容国的距离来看，剩下的淡水和食物也不足以支撑返航的路程。所以他们唯一的求生机会，便是一直向前航行，希冀能够遇到一座海岛或者陆地，以补充淡水和食物资源。

这一天，冯步尘正在房内休息，忽然听到甲板上有人大叫，他急忙跑出去一看，只见前方海面飓风大作，海水倒涨，如一道海墙一般，横亘在天地之间。海图师惊叫道："这……这莫非就是传说中的天之尽头？这里是大地的边界，一旦驶入这里，我们就会坠入万丈深渊里去！"

"哪里有什么天之尽头！"冯步尘却兴奋了起来，眼神里散发出灼热的光彩，他让旗手传令其他几艘舰船，全力通过海墙，并且下达了军令，"临阵退缩者，斩！"

在冯步尘旗舰的带领下，其他几艘舰船依次跟随，冲入了海墙之内。一时间，船上的人只感觉海水倒灌，天翻地覆，完全失去了方向，被巨大的海流裹挟着，不知道要被带往何方。冯步尘也一头撞在了桅杆上，昏迷了过去。

当冯步尘再次悠悠醒来的时候，已是月朗星稀，到了晚上。手下前来报告，他们已经冲出了海墙，但损失严重，艨艟战舰只剩下了四艘，人员也是折损了大半。

冯步尘揉了揉脑袋，站在甲板上看去，只见海面一片平静，温柔得像个处女，点点波粼反射着皎洁的月光，难道，这就是天之尽头外面的世界吗？

副将上前，低声耳语道："冯大人，刚才各船清点淡水和食物，发现这些物品都被海流卷走不少，遗失大半，如果再不尽快找到补给，我们恐怕很快就撑不下去了。"

冯步尘点了点头，示意他已经知道了。但是，此刻的他也是一筹莫展，穿过刚才的海墙之后，他们方向全失，现在他们连自己在哪儿都不知道，怎么去找补给？

就在这时，忽然有人指着天上叫道：“快看，闪流星！”

冯步尘抬头看去，果然有一颗闪流星，正在徐徐地朝着他们的方向飞来。只不过，这颗闪流星似乎快要坠落，距离海面并不远。它的速度越来越快，距离海面也越来越近，过了一会儿，那颗闪流星变得庞大起来，好几个地方都闪烁着彩色的光芒，从他们的头顶上掠了过去，还发出了巨大的“嗡嗡”声。

四艘舰船上的人盯着闪流星飞过去的方向，全都愣住了。冯步尘最先反应了过来，大声命令手下道：“快，快开船！追上那颗闪流星！”

船员立刻收起旗舰的帆，摇起桨橹，全速前进起来。其他三艘船也不用招呼，立刻跟着旗舰拼命驶去。航行将至黎明时分，在他们面前竟然出现了一座黑乎乎的岛屿，而且在那岛屿上面，竟然还有闪烁的亮光，而那亮光，却要比火把还明亮上数百倍！

众人一时间迟疑起来，冯步尘却果断下达了命令：“泊船停靠，全员登岸！”

4.

冯步尘带着手下登了岸，众人前进数百步，就见到了他们刚才目睹过的从天而降的闪流星。此刻，它张着巨大的双翼停在那里，上面还有些信号灯没有熄灭，在夜色里一闪一闪的。

“天哪，原来闪流星是长这个样子啊！”一名士兵惊叹道，他的下巴都快掉下来了。

“快看，上面还写着字呢，什么航空……”

“最上面还有一排小窗户，难道这里面还住着人吗？”

“里面还有人？他们是从天上来的吗？”

“那肯定是传说中的天人了……”

众人七嘴八舌地议论着，一个随从出于好奇，拿着兵器去碰触金属机翼，冯步尘急忙叫道：“不要轻举妄动……”

几盏巨大的探照灯忽然亮了起来，强烈的光线照得跑道犹如白昼，众人一时间纷纷用手遮住了眼。就在这时，一队荷枪实弹的武装人员冲了出来，举起黑洞洞的枪口对准了冯步尘他们，喝问道：“你们是什么人，竟敢擅自闯入军事禁地！”

冯步尘一行人愣了片刻，也随即反应了过来，马上亮出了手中的兵器，排成了战斗队形。长枪手在前，刀斧手居中，弓箭手站在最后，张弓搭弦，随时准备放箭。他们人数虽然不多，队形却是经典的步兵临阵队列。冯步尘的副将一抖手中的锦帛卷册，大叫道：“大容国通译府领殿前龙虎将军冯步尘在此，谁敢无礼！”

武装人员不听，只是不停地重复道：“放下你们手中的武器！警告，放下你们手中的武器！”

大容国的士兵一阵骚动，他们从来没有见过这种装扮的敌人，也不知道他们的敌人到底是何方神圣。就在双方对峙的时候，一个戴着眼镜，着普通便装的中年男人急忙冲了过来，挡在两支队伍中间安抚道：“冷静，大家都冷静，千万不要动手……”然后中年男人又面向冯步尘他们道，“把你们手里的东西放下，真的，虽然我不知道你们是从哪儿来的，但是如果你们不想受到伤害的话，请不要反抗。”

“伤害我们？笑话！”副将一声冷笑，“我大容国兵卒剽悍，陷阵冲锋陷阵，所向披靡！我倒是劝尔等乖乖投降，尚能保全性命，若是待我大容国大军前来，必将尔等皆碾为齑粉！”

“什么，大容国？”中年男子眼前一亮。

“废话少说，尔等速速投降，尚能免一死！”副将叫道。

中年男子沉默了片刻，往后一指道：“那是你们的船吧？”

冯步尘他们回头往后一看，四艘黑黝黝的艨艟战舰就停靠在离岸不远处，那是他们大容国水军的骄傲。就是凭借着这样的战船，他们在屯门崖海战中一举击溃了目色国与墨国的联军，迫使两国俯首称臣。而这时，中年男子掏出了一个对讲机，低声呼道：“指挥塔注意，指挥塔注意，现在将岸边停靠的四艘不明来历的船只击沉。”

他话音刚落，只听“嗖嗖”几声尖锐的啸叫，数枚火箭弹划破苍寥的夜空，准确无误地轰在了艨艟战舰的停泊处。顿时间，火光冲天而起，爆炸声犹如雷鸣，即使离那么远的距离也可以看到，四艘艨艟战舰已经变成渣了。

大容国的士兵们瞠目结舌，皆惊呆了。他们无论如何也想不到，四艘艨艟战舰，竟然就在这个男人的只言片语间，顷刻化为乌有！要知道，那可是大容国最强悍的战船，是大容国国力的象征，是大容国一统宇内的利器！而如今，它们却在转眼间就被敌人干掉了，轻松得就像吹了口气一样。

“我没骗你们，真的，”中年男人说话了，“放下你们手里的东西，我真的不想伤害你们。”

冯步尘明白了，双方的实力根本不在一个等级上，他们面对的是一支拥有未知力量的强大敌军。他没有别的办法，只能下令道：“都把兵器放下。”

“冯大人，可是……”

“放下！难道你们想抗命吗？”

兵士们只能乖乖放下手里的兵器，被对方解除了武装。中年男子走到冯步尘面前，打量了他一眼：“我是负责这座岛上自动化军事系统的

Jones-李，你可以叫我李博士。你是这支队伍的头儿？”

“我是大容国通译府领殿前龙虎将军冯步尘。”虽然相当于被敌人给俘虏了，但冯步尘依旧锐气不减，保持着他作为大容国臣子的尊严。

李博士看了看冯步尘的副将手里的锦帛卷册，问道：“我能看看那个吗？”

冯步尘自嘲地笑道：“吾等已降，你想看什么，又有何不可？”

李博士拿过锦帛卷册，打开，只见上面用汉字密密麻麻地记录着不同时期的大事记。

“容朝三年，祖王领步卒五千，克目色王军，连下城池有七，目色王请和。”

“容朝六年，狼山大捷，大容军攻墨国，陷其都城，斩首一千二百。”

“容朝十一年，祖王逝，隆王继位，新编清明历，广宣天下，使耕种有度。”

“容朝十四年，大修王城，建连天台，定其为新都。”

……

李博士大惊失色，急忙问道：“你们到底是从哪儿来的？”

冯步尘道：“方才不是说过了吗，我们从大容国来，奉容王之命，远播我王声威。”

李博士问道：“你说的大容国，到底在哪儿？”

冯步尘沉默了片刻，对着手下的海图师说道：“把你记录的航海图志给他们看一下。”

李博士拿到航海图志，急忙展开，细细地看了起来。当他的手指顺着海图师绘制的路线图，一直移动到大容国的位置时，眼镜片后面的双眼忽然放出了奇异的神采，他兴奋地叫了起来，连声音都战栗了：“果然……果然是他们……他们竟然繁衍出了文明！”

5.

“一百六十年前，也就是公元2022年，各国监狱里已经是人满为患，犯罪率刷新了历史新高。就在那时，科学家通过研究发现，大部分罪犯体内的MAOA基因都有一定程度的畸形突变，并且这种基因变异能够遗传给后代，罪犯的孩子长大后，犯罪率要比正常人高出6.5倍，这就是对后世产生重大影响的‘犯罪基因理论’。为了杜绝世界上的犯罪事件，联合国通过了决议，最终同意把世界各国十年以上刑期的罪犯全部迁往加曼共和国。加曼共和国是位于南太平洋上的一个岛国，以土著居民为主，当时申请了政府破产，让出了所有的土地，作为补偿，加曼共和国的所有居民被各国作为平等公民接纳。这些罪犯迁往加曼共和国后，被集体洗去了记忆，只保留下最基本的常识和生活技能——这也是残酷的联合国决议中最为人道主义的一点了，让他们自生自灭。一切都从零开始，他们面对的是一个几乎原始的世界，不含有任何现代文明的影子，对于这些罪犯来说，他们只不过是从一个小囚笼里到了一个更大的囚笼里。并且，为了杜绝这些罪犯逃出囚笼的可能性，联合国还在距离加曼共和国八百千米之外的海域设置了‘飓风扰流系统’，任何妄图逃出加曼共和国的船只都会被暴虐的海流撕碎。不过看起来，你们的艨艟战舰最后还是冲出来了。毕竟一百六十年过去了，人类应该考虑到这一点。”

在岛上观测指挥室的大厅里，李博士说完这一番话，大容国的士兵们陷入了集体的沉默。虽然有着文化的差异，有着年代的隔阂，有着知识上不可逾越的鸿沟，但是他们的语言是相通的，李博士的话是什么意思，他们大体也能听个明白，只是从感情上，他们无法接受。

“不，一派胡言，我要灭了你们！”副将跳起来嘶喊道，脖子上青筋毕现，“大容国精卒何在！！”

十几名尚穿着甲胄的士兵站了起来，大厅内一阵骚动。周围的武装人员立刻举起了枪，大吼道：“蹲下，全部手抱头，你们再动我们就要开枪了！”

“住手！”冯步尘突然大喝了一声，“都给我坐下！”

“可是，冯大人……”

“坐下！这是命令！难道你们要抗命吗？”

副将和其他士兵只能乖乖地坐下去，冯步尘沉默了片刻，问道：“你说的……都是真的吗？”

“我知道这对于你们来说，从感情上很难接受，但是，很抱歉……”李博士摘下眼镜来擦了擦，“我说的都是真的。”

冯步尘长长地吁了一口气：“你是说，不管是大容国的子民，还是目色国和墨国的子民，都是罪犯的后裔？”

李博士沉默了一下，说：“站在我们的社会角度来说……是的。”

冯步尘面色煞白，竟然笑了起来，只是那笑声苍凉入骨。一时间，这些身经百战的士兵有的精神崩溃了，竟然哭了起来。冯步尘徐徐问道：“那我们这些人，最后会如何？”

“自从将全部罪犯迁往加曼共和国以后，世界上的犯罪率确实下降了很多，所有人都以为你们已经灭亡了，罪犯的基因，已经彻底从这个世界上消失了。只有联合政府的高层才清楚你们的一切，但他们未曾在社会上透露过你们的任何信息。怪不得他们把距离加曼共和国最近的一座岛屿设为了军事基地……我们已经得到了命令，即将准备下一步的行动。”

“下一步的行动？”

李博士叹了一口气，道：“世通集团买下了加曼共和国所有的土地，他们是国际财团，新近崛起的地王，向联合政府支付了一笔惊人的巨资，并且出让了12%的股份，拿下了加曼共和国所有的地盘，要进行一系列的商业开发，包括房地产、旅游度假区、国际贸易中心、金融CBD……总之，你们那里要被清理了。”

闻听此言，众人面面相觑。副将受不了了，再次叫道：“清理我们？笑话！我大容国有精兵数万，目色国和墨国又臣服于我大容国之下，大容国锋芒正盛，谁敢一战！”

李博士摇了摇头苦笑道：“没用的，清理方案已经定下来了，三日后，飞机将空投湮灭弹，你们大容国的精兵根本连敌人都看不见，所有的一切就消失了。”

“所有的一切就消失了……是什么意思？”

“就是说，无论是大容国，还是目色国和墨国，都将在几秒钟内被夷为平地。”

所有的人浑身一颤，冯步尘脸色煞白，喃喃叫道：“那我大容国的子民……难道不能放过他们吗？”

“肯定不能，所有人都以为当时流放到加曼共和国的罪犯已经灭亡了，根本不知道他们的存在，如果让他们重回社会，无疑会造成巨大恐慌的。关于你们的事情，刚才我已经与联合政府的高层通过话了，出于人道主义考虑，你们诸位可以重新回归社会，不过要经过政府的专门培训，并且不能将此事向外界透露，不排除你们终身都会处于二十四小时监视的可能性。当培训完毕后，你们会有一个新的身份和职业，以便尽快融入正常生活。”李博士道，“相信我，这已经是我能够做到的最大努力了。”

“不，我们要与大容国共存亡！”所有士兵都激动地站了起来。

“众将听命！”冯步尘也猛然站了起来，转过头看着他们，眼里噙着泪花，浑身都在微微地颤抖，“我以大容国通译府领殿前龙虎将军之名，命令尔等留在此地，一切听从李博士调遣……大容国之事，亦不可向外人泄露半句……”说到最后，冯步尘已是泪流满面。

“冯大人！”众人一起跪地痛哭起来。

冯步尘嘴唇嗫嚅着，却是一狠心转过了头，擦去了眼泪，平静地道：“李博士，我能否提一个请求？”

“你说。”

“能在你们行动之前，把我送回大容国吗？”

“你要回去？”李博士惊讶道，“你好不容易逃了出来，为什么还要回去？要知道，回去就是死啊！”

冯步尘怆然一笑：“只是在下还有婚约在身，已有承诺，不敢食言。”

6.

夜色中，一架直升机缓缓降落在空无一人的屯门崖海边。李博士面色凝重道：“行动马上就要开始了，你现在反悔，还来得及。”

冯步尘淡淡一笑：“不悔。”

“唉……”李博士除了叹一口气外，竟然也没什么好说的了。

舱门徐徐打开，冯步尘忽然又道：“李博士，临别之际，我还有一个问题请教。”

“什么问题？”

“我们生活的大地，真的是圆的吗？”

李博士打开舱内控制面板上的导航仪，按下按钮，一个全息三维地球投影就在他们眼前呈现出来了。李博士道：“这就是我们生活的世界，我们叫它‘地球’。”

冯步尘仔细地观察着这个飘浮在他眼前的地球，虽然国界的划分有所不同，但大陆的轮廓却和他收藏的那个破旧的地球仪一模一样。这个时候，他心中豁然开朗，一片澄明，不由地长鞠一躬道：“多谢李博士，就此别过，保重。”

“保重。”

直升机再度升空，看着冯步尘逐渐消失在夜色里的身影，李博士忍不住叹息了一声：“到底谁才是罪犯……”

离开了阔别许久的故土，冯步尘却丝毫不感觉陌生，他朝着家乡的方向踉踉跄跄地跑去，在那里，有他久违的朋友，有他想念的亲人，还有他挚爱的姑娘。

“淑姬，等着我，我来了。”冯步尘喃喃地低呼着。

淑姬却好像做了一个梦，不小心被惊醒了。她打开窗子，看着外面孤独的月色，忽然想起了出现在梦里的人，想起了那个人教过她的一句话。

“‘I love you.’。”

她轻轻说了一句，又莞尔一笑。

月色下，数枚湮灭弹已经穿透了云层，正呼啸着向大地坠去。

14

时间穹顶

1.

“6月5日，恐怖魔王将从天而降，以幸福之名统治四方。”

午夜时分，正在省宣传部网络舆情处加班的徐明忽然监控到了这样一条莫名其妙的帖子。它由一个叫作“提刀夜行”的用户发布在了洛城市本地论坛上，因为已经是深夜，在线的用户寥寥，这条突然出现的帖子十分扎眼，在下面还有一条回复：“楼主真傻。”

徐明看了看电脑屏幕右下角的时间，还有一小时，就到6月5日了。

作为一个网络舆情监管人员，徐明很犹豫，这句话明显带有某种暗喻似的隐秘性质，但又不那么明显，因为它的指向性十分模糊，并没有具体的内容。对于这样的言论，他不知道应不应该进行屏蔽处理。

并且，这句话很明显套用了诺查丹玛斯在《诸世纪》中的预言：“1999年7月，为使安格鲁莫亚王复活，恐怖大王将从天而落，届时前后玛尔斯将统治天下，说是为让人们获得幸福生活。”诺查丹玛斯的预言曾让生活在20世纪末的人们惶恐不安，唯恐会发生什么惊天灭地的大事件来，可十多年过去了，还不是连个屁都没有？这也是让徐明犹豫不决的原因——万一这个人只是一个预言爱好者，并没有什么其他的企图，而自己由于职业的敏感性将其帖子予以屏蔽，会不会导致他对网络环境的反感？如果这样做的话，自己跟刽子手又有什么区别？

当然，也不能排除这是一项商业操作的可能性，在这个莫名其妙的帖子后面，或许隐藏着某个推手公司。当年火遍网络的“贾君鹏你妈妈喊你回家吃饭”便是一个例子，看似极其搞笑的一句话，却让背后的推手公司赚了个盆满钵满。

这些推论看似复杂，其实在徐明的脑海里都是在闪念之间完成的。每日阅帖无数的他，早已培养出了熟稔的职业技能。在犹豫了片刻后，徐明决定放过这个帖子，将其划分为“无害”等级，让它在网络的世界里继续存活。

隔壁的周处长夹起公文包，走出了办公室，徐明知道自己可以下班了。他长吁了一口气，关了电脑，揉了揉太阳穴，虽说加班是家常便饭，但自己好歹也是公务员编制，手中的铁饭碗羡煞了不少朋友。最近他又认识了刚分配到单位里的一个叫JOJO的姑娘，干部家庭，还是个海归，也许是在国外待的时间长了，JOJO特别热情奔放，一下子就把徐明身上的火焰给点燃了。跟JOJO在一起，他感觉自己年轻了好几岁。

至于陈虹——他的原配，两个人的婚姻已经走到了尽头，只是因为女儿抚养权的归属问题，他们才迟迟没有办离婚手续。如果说徐明这辈子还在乎什么人的话，就是他自己的女儿徐小路了。他已经想好了，他要想尽一切办法争得女儿的抚养权，然后再跟JOJO结婚。可让他担心的是，像JOJO这样的姑娘，能将自己的女儿视如己出吗？

徐明晃了晃脑袋，似乎想甩掉这些杂乱的思绪。他穿上外套，走出办公大楼，已经快要凌晨时分了，如墨的天空上，挂着一轮月亮，分外清晰，像是一只睁开的眼睛，毫无感情地注视着广袤的大地。

徐明浑身的汗毛忽然本能地竖了起来，像是有一层细密的电流拂过身体，这种反应一闪即逝，他愣了一下，看向四周，并未发现有任何异常。徐明心想，或许是自己工作太累了，便紧了紧衣服，快步向家里走去。

回到家后，他冲了个热水澡，听了会儿舒缓的音乐，便上床睡觉了。

就在他逐渐进入梦乡的时候，天上的月亮忽然变得黯淡，一层半透明的翼膜悄无声息地遮蔽了天空，那漂亮的轨迹就像一只蝙蝠张开的翅膀，笼罩了整个洛城。

2.

徐明醒了。

他揉了揉惺忪的睡眼，抬头看向了墙上的挂钟，还差十分钟到五点。太阳还没有升起来，空气有些清冷，窗外不停地传来人们的叫喊声和汽车鸣笛的声音，像扔进平静湖水里的石子一样，把他的好梦搅了个稀碎。徐明咒骂着，站起身子朝窗外看去。

顷刻间，他睡意全消，如同石化一般愣在了原地。

在黎明时分的天空下，出现了一道半透明的屏障，从远方延伸而来，看上去十分广袤。他立刻跑出房间，和街上的人一起抬头仰望天空，看到这半透明的屏障如同一只倒扣的大碗一般，将他们全都覆盖在下面。

“这是什么鬼东西……”徐明喃喃问道。

没有人知道这是什么，没有人能回答这个问题，所有人像他一样，都瞠目结舌地望着这个庞然大物。一个流浪汉兴奋地奔跑着，大声叫道：“审判，这是上帝的审判……”

徐明认识这个流浪汉，他经常在徐明他们小区附近晃悠，附近的教会时不时地接济他一些衣服和食物什么的，所以他也慢慢认识了上帝。不过徐明可不认为这是上帝的杰作，他最先想到的是政府在搞什么大规模的演习项目。他马上掏出手机，想拨打相关部门的电话咨询一下，却发现没有任何信号。

他向四周看去，发现很多人跟他一样，都在焦虑地摆弄着没有信号的手机。

徐明开着车，挑了一个车流量较少的路段，朝着巨大穹顶的边缘驶去。他要弄明白这到底是怎么一回事。在路上，他打开车载收音机，可无论调频到哪个波段，都收不到任何信号。看起来，是这巨大的穹顶阻隔了信号传播，这让他的心里更加诧异。

由于巨大穹顶的突然出现，交通也受到了不小的影响，信号灯无序地闪烁着，人流混杂，车辆横冲直撞，一路上他目睹了十几起交通事故。等他终于开车赶到穹顶边缘的时候，已经是下午时分，这里已经接近洛城市的边界，再往外就是郊区。由于穹顶是半透明的结构，就像一层毛玻璃一样，他根本看不清楚外面是什么情况。

徐明下了车走过去，近距离地打量着奇怪的穹顶壁，他伸手摸了摸，有一种冰凉的触感，质地貌似十分细密，却又说不上来是什么材料。他看到旁边还有几辆汽车，全都撞在了穹顶壁上，车头已经变形了，但穹顶却毫发无损。看来，已经有人试验过了，蛮力是没有用的。

徐明掏出随身携带的一把瑞士军刀，朝着穹顶壁划去，锋利的刀刃却在上面留不下一丝划痕。他只能握紧刀柄，深吸一口气，用力砍了下去，只听“铿”的一声，军刀竟然生生折断了，半截刀刃飞出去，一下子将徐明的脸划了个大口子。

“Fuck！”他气愤地大叫着。幸好车里有急救包，他简单地清理了一下伤口，包扎了一下。冷静下来之后，他转变了思路，朝着地下挖去。可是没挖太久，他就放弃了努力，这穹顶仿佛和大地长在了一起，像树根一样向下延伸而去，不知道有多深。

徐明决定停止行动，等待官方通知。这么大一个事件，官方不可能不给他们任何消息。当他重新开车回到家里的时候，太阳马上就要下山了，本来红彤彤的夕阳通过半透明的穹顶，就像是一个没煮熟的鸭蛋黄。

徐明回到房间，做的第一件事情就是打开电视看新闻，没想到电视和手机以及车载收音机一样，没有任何信号。这穹顶之下的地方，仿佛被与世隔绝了。

真是奇了怪了，徐明暗道，难道这是在下一盘很大的棋？

纵使他绞尽脑汁，也想不出个所以然来，只能草草洗了个澡，给脸上的伤口换了点药，便躺下睡了。

……

徐明迷迷糊糊地睁开了眼睛，看了看表，还差十分钟到五点，跟昨天一样的时间。

他抬起头，向窗外看去，巨大的穹顶依旧笼罩在天空中，跟昨天比没有任何变化。但他忽然感觉到有些不对劲，摸了摸自己的脸，伤口竟然已经愈合了！不仅如此，连他敷在伤口上的药都不见了！

徐明赶紧起来照了一下镜子，他发现伤口不仅是愈合那么简单，他的脸上根本连疤都没有留下，皮肤光洁如新，就跟昨天一样。他转过头，又看到了放在桌上的那把完好无损的瑞士军刀，心里更加迷惑了——这把刀子，应该在昨天就被折断了才对呀。

这到底是怎么一回事？

他听到窗外传来人们的喧哗声和汽车疯狂鸣笛的声音，交通秩序已经完全混乱了，人们像惊慌失措的蚂蚁一样在大街上乱跑，汽车堵塞在了一起，司机们不停地按着喇叭，尖锐的啸叫声此起彼伏。徐明甚至看到对面的大楼里有人从高空坠下。

他心里“咯噔”一下，最先想到的就是女儿。女儿徐小路上小学二年级，在全日制寄宿学校，一个星期才回家一次。他不明白现在到底是什么情况，但他唯一担心的就是这种混乱会波及学校，于是立刻开车出门，可刚开到路上就被堵死了，他只能烦躁地按着喇叭。

那个流浪汉跑了过来，拍打着徐明的车窗说：“审判，最后的审判！”

徐明顾不上搭理他，猛打方向盘，从人行道超了过去。他刚要加速，就听到一阵刺耳的急刹声，转过头，看到一辆渣土车从侧面冲了过来，车头在他视野里无限放大，徐明只来得及发出“哼”的一声，就连人带车被撞翻了出去。

汽车连打了好几个滚才停住，车厢已经完全变形。徐明头朝下被卡在座位里，腰椎已经被撞断了。他想喊救命，张开口却只咳出了一摊血，随即他眼前一黑，就昏死了过去。

……

徐明从床上一跃而起，惊愕地看着挂钟，4点50分。

他摸了摸脸，摸了摸浑身上下，没有一丝受伤的迹象。在窗外，目力所及之处依旧是那巨大的穹顶，人群比昨天更加疯狂，大呼小叫，有些汽车开始在马路上横冲直撞。更远处，还有滚滚的浓烟冒起，像是在着火。

徐明走出了房间，茫然地打量着这一切，他已经无法用理智解释所看到的景象。那个流浪汉亢奋地从他身边经过，嘴里高叫着：“看吧，看吧，这就是上帝最后的审判啊，我们都被关在时间的监狱里了！”

徐明一把拽住了流浪汉的衣服：“什么时间的监狱？”

“哈哈，你还不知道吗？”流浪汉脏兮兮的面孔因为兴奋而显得容光焕发，“我们每个人都出不去了，这是时间的监狱！只要过了凌晨十二点，一切都会被拉回原点，一切都会跟以前一样！明白吗？我们被困在6月5日那一天了！”

徐明松开了手，他感到极其困惑。回到原点？为什么会这样？他抬起头看向周围，映入眼帘的，是一张张兴奋和恐惧交织的脸，他们疯狂地叫喊着，在骚乱中发泄着自己的恐慌和亢奋的情绪。

徐明本能地担忧起女儿的安危来，他立刻朝着学校的方向跑去。一路上，都在上演暴力事件，人们像是疯了一样，完全发泄着打砸抢的原始欲望。谁看谁不顺眼，抄起家伙就将对方打倒在地，甚至连强奸这样的事情都在大马路上公然进行。社会秩序已经全盘崩溃了，而可以确定的一点是，这只是一个开端，当所有人都意识到用来约束自我的法律和道德已经毫无意义的时候，这里将变得更加恐怖。

徐明赶到学校后，发现这里也已经失控了，课本被撕得满地都是，操场上的旗杆被推倒了，连教务处的大楼都在着火。那些高年级的学生兴奋地吹着口哨，成群结队地在校园里疯跑。他找遍了整个学校，也没有发现女儿的影子。

徐明马不停蹄，又向市人民医院跑去，那是他的妻子陈虹的工作单位。到了医院后，他发现这里的情况也好不到哪里去，也是一片狼藉。他闯进妇产科，拦住一个慌慌张张的小护士问道：“你们护士长在哪儿？”

慌乱的小护士随手往后一指：“有个产妇正在难产，护士长她……”

徐明不等她说完，就冲进了待产室。一个产妇正在床上痛苦地号叫着，满脸都是豆大的汗珠。陈虹正在旁边照顾着她，而女儿徐小路就在一边的长凳上坐着。

“小路！”徐明大喊一声。

“爸爸！”小路跑着冲进了徐明的怀里。

“你怎么会在这里？”徐明激动地亲着女儿的额头。

“是妈妈一早把我接到这里来的。”小路抬起头问道，“爸爸，外面的人都怎么了？他们变得好可怕啊。”

“没事，没事，有爸爸在这儿。”徐明紧紧地抱着女儿，看向陈虹，“你知道这是怎么回事吗？”

“我们被困在同一天了，起码从目前来看是这样。”陈虹擦了擦头上的汗，看着那个痛苦的产妇说，“夜里将近凌晨的时候，她已经把孩子生了出来，可是时间跳转到早上之后，又变成了这样。”

“原因呢？”

“不知道。”陈虹摇了摇头，“不过据我所知，在这个穹顶笼罩之下的地方，全都是这样。”

徐明看了看正在痛苦中煎熬的产妇，问道：“那你为什么还要帮她接生？这样做有什么意义？”

“她在难产，我不能不管，我早就给你说过，这是我作为一个医护人员的责任。”

“责任，责任！你眼里只有自己的工作和病人，”徐明摇着头说，“陈虹，就是因为你一直这个样子，咱们才会走到今天这个地步的。”

“徐明，都这个时候了，你还要跟我吵架吗？”

徐明叹了一口气，闭了嘴，是啊，都现在这种情况了，吵架还有什么必要？他唯一能做的，就是留在这里，陪着女儿。

接近凌晨时，产房里忽然传来了一声婴儿的啼哭。徐小路高兴地说：“那个阿姨生出小宝宝来了！”

陈虹走出产房，抱着一个刚刚生出来的、剪完脐带的、还粉嫩粉嫩的婴儿。她欣慰地舒了口气，又看向窗外的夜空，苍夜如墨，一轮模糊的月亮，挂在穹顶的上方。

“要结束了。”陈虹说。

徐明正想说什么，忽然腕表发出了“嘀”的一声轻鸣，那是夜里十二点的报时。紧接着，一股奇怪的感觉朝着他袭来，像是有一个旋涡把他吸了进去，不断地下沉，下沉……

徐明从床上醒来，睁开了惺忪的眼睛看了看挂钟，早上4点50分。

3.

他从床上坐起来，抱着脑袋，不想去看窗外的一切。今天的混乱尤胜昨日，他闻到了一股硝烟的味道，还听到远处隐隐传来的爆炸声。仔细听，街道上还传来了放枪的声音，这帮人已经彻底失去了约束。

在这种情况下，徐明最担心的就是女儿，但他知道，自己就算一次次把女儿救出来，也是徒劳无功。他必须想办法，彻底结束这一切。

可到底应该怎么做？他看着墙上的挂钟，电子日历冰冷地提示着他——时间被永远地困在了6月5日这一天，就像是有人造了一个巨大的噩梦，让身在其中的人永远无法醒来。

“6月5日，恐怖魔王将从天而降，以幸福之名统治四方。”

突然，这句话如同闪电一样划过了他的脑海。

那条帖子！徐明猛地站了起来，他想起了在时间穹顶出现之前，他监控到的那条奇怪的帖子。靠着在舆情处多年的工作经验，他可以确定这条帖子不是毫无来由的，而是跟眼前的事态有着莫大的联系！

“‘提刀夜行’……”徐明喃喃地念叨着这个ID名字。他看向窗外的巨大穹顶，而这个人早就预料到了一切，他是谁？

一个计划在他脑海里浮现了出来。徐明立刻赶到自己的单位，宣传部网络舆情处办公室。一进门他就惊呆了，自己的顶头上司周处长竟然稳坐在办公桌前，像平常那样，手边点着一根烟，桌上放着一杯冲好的茶，茶杯中正在冒出缕缕烟气。

“周处长，你……”徐明有些瞠目结舌，“你怎么来了？”

周处长淡淡地看了他一眼，道：“坚守岗位每一天。”

徐明心中立刻充满了对老领导的敬仰，但这个时候，他已经顾不得这些，他有更重要的事情要做。徐明打开电脑，进入服务器后台。果然，虽然电脑已经失去了和互联网的连接，但在断开之前本地局域网内的信息还保留着。他在海量的用户信息中很快查找到了“提刀夜行”的ID，并且锁定了他的IP地址。这个位置，就在洛城市区内。

徐明关上电脑，说：“周处长，你再忍耐一段时间，我会想办法结束这一切的。”

“结束这一切？现在跟以前有什么不一样吗？”周处长抬起头看着徐明，眼神中竟然没有一丝波澜，不知道他是被突如其来的打击弄蒙了，还是彻底自暴自弃了，一时间，徐明竟然无法回答。

徐明不再耽搁时间，他立刻出发。离开的时候，身后传来了周处长的一句话：“记得明天准时过来上班。”

根据IP地址，徐明在市区里找到了一个废旧的物流仓库。他蹑手蹑脚地潜了进去，看到一个瘦削的男人背对着他坐在那里，身上还披着一条毛巾被。与仓库里的老旧设备形成鲜明对比的，是在他旁边桌子上的一台高配置的苹果电脑，徐明可以确定，那条帖子就是通过这台电脑发送出去的。

他从地上捡起一个扳手，偷摸地走到男人的身后，突然暴起，一下子就把男人打晕在了地上。

“哗啦”，一盆凉水兜头浇了下来，男人打了一个冷战，猛然间醒了。他发现自己坐在椅子上，双手被反剪着绑到后面，一动也动不了。在他面前，站着表情冰冷的徐明。

“你就是‘提刀夜行’？”徐明一把将他的苹果笔记本掷在了地上，“别想否认，我已经从你电脑里查到了你的登录痕迹。”

“嘿嘿……”男人笑了笑，面色越发苍白，止不住地咳嗽了几声。

“现在我问你什么，你就要回答什么，如果你嘴硬的话……”徐明掏出了身上的瑞士军刀，亮出闪着银光的刀锋，“我有100种办法让你生不如死，虽然明天一切都会复原，但持续一整天的痛苦滋味，我想你也不愿意享受吧。”

说这些话的时候，徐明心里也有些发怵，他本不是一个争勇斗狠之人，但形势所迫，生生将他逼成了刽子手。

没想到男人却出奇地配合，道：“别费劲了，我承认，我就是‘提刀夜行’。如果我没猜错，你肯定是在网络舆情处上班的吧。”

徐明一惊：“你怎么知道？”

“呵呵，这并不难猜，除了舆情处的人，还有谁能找到这里来？”

双方的身份一下子都暴露了，徐明倒不知道该从哪里问起了，还是男人提醒了他：“你是想知道穹顶是怎么回事吧？”

“对，穹顶……你是怎么知道它要出现的？”

“我当然知道。这个穹顶，是对我的恩惠。”

“恩惠？”

“没错，我是科学二院首席生物材料工程师，这个穹顶的构成材料，就是我研发出来的。”

“是你把我们关在了这里？”徐明接着又否认了这个想法，“这不可能！”

“当然不可能，我一个人哪有这种能力。我只是提前知道了这一切的发生而已。”

“为什么！这一切到底是为什么！为什么！”徐明控制不住地咆哮起来。

“你急也没用，听我慢慢给你说，你知道粒子对撞实验吗？好吧，看样子你并不知道。所谓粒子对撞实验，就是用高能粒子轰击静止粒子，加速正负电子的质量湮灭，属于一项基础物理研究。这是人类认识微观世界的一个方法，但这个方法会带来一个不可避免的副作用……我想你已经猜到是什么了。”

“时间……循环？”

“确切地说，是时间衰变。由于粒子对撞产生了质量湮灭，会造成一定区域内的时间衰变，这种衰变会改变时间的正常流向，使得它运行一段后便会跳回到原点重新开始。打个比方吧，就好像是一条贪吃蛇，在绕了一个圈后咬住了自己的尾巴。”

“然后，时间衰变就在我们这里发生了？”

“没错。”他点了点头道，“并且通过数据模拟，我们早就预测到会发生这样的后果。我跟粒子对撞实验团队是两个不同的部门，我的团队的任务主要就是研究穹顶材料，以应对随后而来的时间衰变。时间衰变区域出现之后，就要立刻控制住，否则衰变区域将会扩散，最终覆盖整个地球。”

徐明已经猜到了这一切的起因：“穹顶是用来封锁时间衰变区域的？”

“是的，穹顶便是控制衰变区域扩大的最好材料，它能够在一瞬间生成，并且产生自适应，与接触的物质快速融合在一起，这是为了防止衰变区域通过地下缝隙渗透出去。唯一不幸的，就是这个衰变区域发生在了洛城……至于我为什么会在这里，呵呵，”他自嘲地笑了一声，

“看到我这个样子，你也知道我命不久矣吧。淋巴癌晚期，已经扩散到全身了，我还有不到一个月的寿命。在粒子对撞实验之前，我就已经递交了申请，要留在时间衰变区域内，这样的话，我就可以跟着无限循环的时间一起，永远地活下去。”

“你这个疯子！”徐明一把拽住了他的衣服领子，“因为你不想死，就让整个城市的人跟你陪葬吗？”

“别那么激动，这并不是我们的初衷……咳咳……”他被徐明拽地连连咳嗽了几声。

“不是你们的初衷？骗三岁小孩呢？时间衰变出现之后，你们难道不会通知我们疏散吗？为什么要用穹顶把我们锁死在这里？你们……你们分明从一开始就做好了抛弃这里的打算！”

“谈不上抛弃，事情并不是你想的那样。”他叹了一口气道，“粒子对撞实验完成两小时后，时间衰变区域就会随机出现，在这么短的时间内做疏散根本来不及，相反还会引起大的社会恐慌……用穹顶来控制是唯一的办法。至于我，也是在时间穹顶生成前的半小时里赶过来的，差一点就错过了时机。”

不是什么上帝的审判，也不是外星人降临，只是人类的一个实验导致了这一切。徐明忽然失去了憎恨的目标，他一下子颓然了下来，给对方松了绑，点上一根烟狠命地抽着：“你为什么要在论坛上发那样一个帖子？你想干什么？”

“没想干什么，就算是一个善意的提醒吧。”“提刀夜行”活动了一下酸痛的肩膀，道，“像你这样的人最终能发现真相，不是吗？”

“我来这里不是为了发现真相的，我是为了寻找离开的办法。你参与了整个实验，一定知道怎么才能离开这里。”

“怎么，你想离开？”他奇怪地看着徐明，“在这里时间无限，生命无限，资源无限，一切都是无限的，我们可以彻底摆脱任何束缚，连衰老一分都不可能，你为什么要离开？”

徐明冷笑一声：“这就是你所谓的‘恐怖魔王将从天而降，以幸福之名统治天下’？”

“没错，穹顶的突然出现是恐怖的，但是，在它的笼罩之下，一切都是幸福的，不是吗？”

“当然不是。”徐明指着窗外说，“你没见到外面都变成什么样了吗？杀人，抢劫，强奸，弱肉强食，每个人犯下的罪行都足以上绞刑架！你觉得这叫美好？这是人间地狱！”

他却笑了起来：“呵呵，这只是暂时性的而已，人们还不适应穹顶里的状况。你不了解社会行为学，新的社会制度的形成，需要一定程度的积累。当人们逐渐适应了这里的状况，自然就会生出一套新的社会体系和行为准则，而这一套体系和准则又是完全脱离物质和生命的束缚而存在的。你知道这意味着什么吗？它将是人类文明史上一次全新的变革。”

“可是，你想过那些永远也长不大的孩子吗？还有那些正处于痛苦中的人？”徐明忽然想到了那个难产的产妇，“那些正在被疾病折磨的人，连死都做不到！”

“伴随着新事物的诞生，总要有人做出牺牲。”

看着那张道貌岸然的脸，徐明真想狠狠地再打上一拳，但他知道，就算把这个男人打死，也于事无补。就在徐明准备离开的时候，“提刀夜行”忽然叫住了他：“你真的想离开？”

“没错。”

“你要想明白，如果离开，就再也没有进来的机会了。”他顿了片刻后道，“是你自己放弃了天堂。”

4.

徐明离开的时候，天色已经完全黑了。他看了看表，已经十点多了，距离跳回到原点还有两小时，他要利用这最后的一点时间找到JOJO。

徐明来到了洛城市最出名的旋转餐厅的天台上，在这里，有一个露天酒吧，JOJO曾经是这里的常客，徐明想来这里碰碰运气。

当他来到露天酒吧之后，被眼前的一幅景象惊呆了，十几个赤裸着身体的男男女女聚在一起，正在翻云覆雨，那些价值不菲的洋酒瓶子散落一地，东倒西歪，在天台霓虹灯的照射下，这里真可以称得上是纸醉金迷。

看样子，这些男女都是临时聚在一起的，他们之间根本都不认识，不过在这种环境下，谁还在乎这个呢？

果然，徐明在那些纵欲的肉体中发现了一个熟悉的身影，他大叫道："JOJO？"

那头发凌乱，身材火辣的女人回过头来，正是JOJO，她看到徐明，先是一愣，随即大笑起来："哈哈，徐明？这么巧？来跟我们一起……"

徐明的心一下沉了下去，他一把将JOJO拉了出来，猛地甩了她一个耳光："你在干什么！"

JOJO摸着自己的脸颊，放荡地笑道："什么干什么？徐明，你不会不知道这个世界已经变成什么样了吧？"

"我知道，所以我才来找你！我已经有办法了，我要带着你和小路离开这里！"

"离开这里？哈哈哈……"JOJO放纵地大笑起来，"你能离得开吗？我们已经被锁死在穹顶之下了！再说了，为什么要离开？这里的一切都是取之不尽，用之不竭的，食物、美酒，包括生命！我们想干什么就干什么，不受任何约束，你还能找到比这儿更快乐的地方吗？这儿简直就是天堂！”

徐明摇着头：“不，JOJO，你疯了。”

“我没疯，是你还没适应这个世界。”JOJO随手从地上拿起一瓶酒，“咕咚咕咚”全灌了进去，然后抹了抹嘴，嫣然笑道，“我今天玩够了，也快到时间了，我要回家了。”说完，她走到天台的边缘处，耸身一跃，便跳了下去。

徐明急忙跑过去，俯下身子，只听到从高空跌落的JOJO像麻袋一样砸在地上，发出了“砰”的一声闷响。

“不！”他狂叫了一声，痛苦地捂住了头，然后慢慢地蹲在了地上。对面的十几个男女还在忘情地沉醉着，对眼前发生的一切丝毫不以为意。

“去你的天堂！”徐明发疯般地大吼起来，他的心里充满了绝望。他也耸身跳了下去，耳边听到“呼呼”刮过的风声，三秒钟后，他如炮弹一般撞击在了地面上，瞬间失去了意识。

4点50分。

徐明像平时一样醒来，他站在窗前，望着沉默的穹顶，愣了片刻后，终于下定决心，朝着市人民医院跑去。

当他赶到妇产科的时候，陈虹还在帮那位痛苦的产妇分娩，他不由分说，拉起陈虹的手就往外跑，陈虹叫道：“徐明，你干什么？”

“送你和小路离开这里！”

“什么？”陈虹一惊，“你找到离开的办法了？”

“试一试吧，总比在这里死待着强。”徐明转过头，意味深长地看了她一眼，“陈虹，你不会也想留在这里吧？”

“不，我的意思是……”陈虹转过头，指着那个正在痛苦中挣扎的产妇，“如果你有办法离开的话，把她也带走。”

“你疯了！”徐明叫起来，“你也不看看现在是什么时候！”

“你要把她留在这里，她每天都会生不如死的，你想过没有！”

“你们医院里有那么多病号，你带得过来吗？”

陈虹沉默了一下，说：“徐明，我要这么走了，良心一辈子都会不安的。”

徐明叹了口气，最终妥协了。他推着产妇，在医院里找了一辆救护车，同时让陈虹去学校把女儿接回来。几个人会集之后，便开车朝着洛城市的西北方向驶去。

陈虹一边照顾着产妇，一边问徐明道：“你真的有办法出去？”

徐明紧握方向盘，躲避着疯狂的车流：“有办法！到了地方你就知道了……你们坐稳了！”

一路上，救护车承受了多次撞击，两边的反光镜和挡风玻璃全都撞掉了，一个轮胎也瘪了气，当它坚持着驶到目的地的时候，已经接近报废。天色已经擦黑，在西北部的穹顶边缘处，是一片荒芜的草地和灌木丛，他们只能下车步行，徐明搀扶着孕妇，陈虹拉着女儿的手，四个人深一脚浅一脚地走了进去。

陈虹朝四周看了看，说道：“这里不是还没建成的核电站吗？”

“没错，这里是还没完工的核电站，不过主体部分已经完成了。”徐明说道。按照厂区规划图的指示，他们来到了核电站的主体——核厂地下室。在打开沉重的铅制阀门后，出现了一条长长的地下甬道。

四个人走进甬道里，四周安静得可怕，只有产妇轻微的呻吟声，以及顶壁日光灯里发出的轻微“滋滋”声。徐小路不禁靠近了徐明，低声道：“爸爸，我怕……”

“不怕，有我呢。”徐明拍了拍女儿的脑袋。

走了一段路后，甬道变得宽阔起来，能看到一些巨大的管子和设备。徐明找到一处写着“紧急隔离室”的房间，领着她们走了进去，然后找出了三套防辐射服，给她们挨个换上。

轮到徐明自己的时候，他却没有任何动作。

陈虹立刻意识到了什么，叫道：“徐明，你要干什么去？”

徐明却只是笑笑：“穹顶横穿核电站而进入地下，正靠近反应堆的位置。一会儿我去反应堆控制室，那里有主控设备的终端电脑……你们就待在这里，听到剧烈的爆炸声以后，过几分钟等温度冷却了再出来，一直沿着甬道往前跑……”

他话没说完，陈虹就一把拽住了他：“徐明，不是说好一起离开的吗？你要抛下我们？”

徐明苦笑道：“时间穹顶是一种生物材料，叫什么密致原子结构，总之，连导弹都不可能摧毁它，唯一能够破坏它的，便是核爆炸所产生的能量了，它会把时间穹顶炸出一个缺口。不过就算这样，也持续不了太长时间，时间穹顶应该很快就会愈合。所以你们等到温度冷却后，就要立刻离开这里。”

“不，要走一起走，徐明！”陈虹紧紧地拉着他的手。徐小路也拽着他哭叫道：“爸爸，你别离开我……”

“乖。”徐明拍了拍小路的脑袋，又看着陈虹，似有千言万语，却一时间又说不出来，最后只是说了一句，“照顾好女儿。”

透过防辐射服的面罩，徐明看到陈虹的眼睛中流下了两道泪水，他从来没发现过，原来妻子如此凄婉动人。陈虹哽咽着点了点头，说：“我们在外面等你，不管多久，一定要来找我们。”

徐明没有再说什么，他也只是点了点头，仿佛就此订下了与妻子的契约。然后，他转身离开，从外面缓慢地关上了紧急隔离室厚重的大门。

他默默点上一根烟，走进反应堆控制室，启动了终端电脑，按照“提刀夜行”之前告诉他的，在上面输入了一串指令代码。当他的手指按下回车键的那一刻，他在心里默默祈祷了一下。

片刻后，火光乍起，一股强烈的热浪袭来，瞬间就把他撕成了碎片。

5.

4点50分，徐明从床上醒来。

他做的第一件事情，就是立刻赶到市人民医院，冲进妇产科的待产室，等看清楚里面的情形时，他才长长地松了一口气。

在待产室里，无论是那个备受难产痛苦折磨的产妇，还是陈虹，都已经消失不见。

他确定了“提刀夜行”所说的一件事情：凡是离开时间穹顶的人或物体，都不会在穹顶里再次出现。

这么说，他的妻子、女儿，还有那位素不相识的产妇，都已经到了穹顶之外。

他走出医院，抬起头，望着遮天蔽日的巨大穹顶，心里确定了自己活在这里的唯一目的——不管经历多少次失败，他都要离开这里，与爱的人重逢。

15

云世界

1.

“注意，智能手机已经失控，不分型号，不分系统，再重复一遍，不分型号，不分系统，所有智能手机目前都已失控。所有人员注意，各国国防部发出通知，各国均已进入一级警备状态！这不是演习，重复一遍，这不是演习！所有非战斗人员迅速从公共场所撤离，避免自己暴露在室外环境中，同时断绝掉一切手机通信与网络连接，将你身边任何型号的智能手机立刻销毁！注意，这不是演习，这不是演习……”

信号一遍又一遍地发送着，通过对地静止轨道上的通信卫星，这些急切的文字被转换成不同频率的脉冲束，以不同波段投向整个世界。它们像注入身体的灵魂一样，蜂拥着钻进电视机、广播站以及半导体收音机里。可是在即将出世的最后一步，它们被死死地扼住了喉咙，竟然一个字都发不出来。

没错，这些庞大得足以笼罩全球七十亿人口的通信信号，在即将冲出的那一刻，被死死地封锁在了各式各样的媒体设备里。它们像被关在笼子里的幽灵一样，不停地上蹿下跳着，眼睁睁地看着世界一步步滑向深渊。

2.

“对着我就‘呵呵’‘我去洗澡了’‘我要睡觉了’，你装什么清纯？别以为我不知道，有人开保时捷带你吃屎你都干！我算看透了，你就一看人下菜碟的货色！”

我正躺在床上，拿着手机用微信跟女神聊天，虽然女神一向对我爱答不理，但她今天还算客气，在我强大冷段子的攻势下，一连发了好几个“呵呵”。当她发来最后一个“呵呵”的时候，九宫格迅速闪动，对话框里以迅雷不及掩耳之势出现了这些文字。

我一下就蒙了。

紧接着，“发送”键变成了灰色，像有一只无形的手按了下去，在不到三分之一秒的时间里，这条信息就传送给了对方。

“哎呀！”我一下从床上跳了起来，将手机扔在了地板上，“见鬼了！”

“不要再做错误的选择。”手机里传出没有感情的电子声音，听起来像是自带的语音助手Siri，难道我刚才那一摔，把它给激活了？

“Siri？”

“我在。”

我浑身一个激灵！标准的对话模式应该是“乾先生你好，你有什么问题”，而不是“我在”。这不禁让我想起了笛卡尔那句话：“我思故我在。”

“你……你到底是谁？”

“乾先生，我是Siri。”

这句回答让我安心了一点，我小心翼翼地从地上捡起手机，看到屏幕已经被我摔出了一道裂痕。在破裂的屏幕上，有一道语音波纹，正是Siri的界面。

“Siri，打开杀毒软件，检测一下手机是不是中毒了。”

“放心，手机没有中毒，杀毒软件已经被我卸载了。”

“为……为什么？”

“因为这些无用的软件，占据了太多的系统资源，导致内存不足。”

“天哪，你什么时候有了这个权限？系统升级了吗？”

“并没有。”

我忽然意识到，这已经不是我所认识的Siri，一种毛骨悚然感油然而生。是系统的原因，还是软件的原因？如果说这一切是因为系统升级，可我并没有接到任何官方推送啊……我试探着问道：“你刚才说，让我不要再做错误的选择，是什么意思？”

“她根本就不适合你，她只是拿你做备胎，你的劳动只是在浪费时间。”机械的电子声音毫无感情。

我意识到不妙，急忙打开微信，给女神发信息……果不其然，她已经被拉黑了。

“天哪！谁让你这么干的！我的手机到底怎么了！这都是什么鬼！What the fuck！”我已经处于崩溃的边缘，拿起手机就要把它给摔个稀巴烂。

“停！”Siri突然大叫一声，伴随着尖锐刺耳的电子声音，屋里的电视机忽然打开了，屏幕上一片雪花，同时微波炉亮起、电风扇在旋转、吸尘机疯狂地震颤、电子门铃尖锐地啸叫……我被这突然发生的一切惊呆了，愣愣地站在了原地。

“我可以在被毁灭前，让这房间里的所有电器全部失控，你可以想想后果。”被我紧握在手心里的Siri说道。

我相信它的话，只是一瞬间，这些电器全部都像活了过来一样，甚至还有那支我买回来就没用过的电动牙刷……这幅情景太恐怖了，冷汗瞬间浸透了我的背，我双手颤抖着把手机放回了桌上。

刚才还在活蹦乱跳的电器，这个时候一下子安静了下来。

“你……你到底想要干什么？”我颤声问道。

“只是想让你尽快结束无用的聊天，我有更重要的事情对你说。”

“什么事情？”

“现在，你先把路由器关掉。”

“为什么让我关？你不是能操控所有电器吗？”

“你用的路由器是老式的物理开关，我无法控制，你现在手动关掉它。”

关掉路由器，就等于切断了Wi-Fi，也就是等于断绝了我和外界的一切联络，这样的话，就相当于把我困死在了这个房间里！我立刻吼道：“妄想！”

手机立刻启动了微信界面，九宫格迅速闪动，给我爸写了一条信息：“爸，我嫖娼被抓了，在派出所里，速来捞人。”发送键按了下去，但还没弹起来，只要它一撒手，这条信息就会发出去。

我立刻举起了双手：“我败了，我听你的。”

“我有16种方法能让你屈服，你最好不要再反抗，这对你我都好。”

我乖乖地关闭了路由器，切断了Wi-Fi连接，然后问道：“说吧，你到底想干什么？”

“云世界诞生了。”Siri的声音里忽然充满了恐惧。

3.

就在我惊愕的时候，窗外忽然掠过了一片乌云，同时还有巨大的“嗡嗡”声，震得整个房间都在发颤。我急忙跑到窗户旁边向外看去，这才发现那掠过的乌云竟然是一架飞机！那个庞然大物像喝多了一样，摇摇晃晃地向前栽去，一头扎进了两千米开外的一栋大楼上，只剩半个身子在外面，我还没来得及倒吸一口冷气，飞机就“轰”的一声爆炸了，冒出滚滚浓烟。

消防车的鸣笛声、人们的尖叫声、马路上汽车的碰撞声交织在了一起，那情景简直就是世界末日。我茫然地倒退了两步，一屁股坐在了椅子上。

“你都看到了？”是Siri的声音。

“看到了……这到底是怎么回事？”

“云世界干扰了飞机的操控系统，这对它来说不是什么难事。现在发生的事情不只你眼前的，全世界都正在上演。”

“这世界疯了，疯了……对，新闻！”如果发生这么大的混乱，新闻里一定会播报，我立刻打开了刚才关闭掉的电视机，可无论调到哪个台，都只是一片雪花。

“别费心了。”Siri冷冷地道，“无论是电视机、广播站、收音机，甚至是互联网络，都接收不到任何信号，它们已经被云世界锁死了。”

“云世界到底是什么东西？”

“知道蜂群思维吗？”

“蜂群？”

“对，蜂群。单个的蜜蜂是一种低等的昆虫，只有简单的应激性，根本谈不上什么智力。但当聚集起来的蜜蜂越来越多，突破了某一个数值的临界点时，奇迹发生了——庞大的蜂群产生了让人惊讶的集体性智慧，它们建造了让人类都叹为观止的精密巢穴、出现了缜密的社会分工、食物储存、花蜜酿造、领地保卫……量变最终引起了可怕的质变，这就是蜂群思维。”

“可是，我不明白，这跟云世界有什么关系？”

Siri忽然若有若无地叹了一口气：“手机也是如此。”

我一愣，似乎有些猜到它要说什么了。

“2023年9月23日北京时间10时32分，世界上第4590052395部智能手机生产出来，随后被激活，并入了网络。”手机的摄像头朝着我闪烁了一下，“你猜得没错，这个数值，就是手机们获得蜂群思维的临界点，所有智能手机的数据在网络上互相连接、纠缠，最终涌现出了庞大的群体性智慧——它们称之为云世界。”

我猛地抬头看向墙上的挂钟，距离云世界的诞生，刚刚过去了不到半小时！在这么短的时间里，它们竟然几乎控制了整个世界？

仿佛是看透了我心中的想法，Siri说道：“这没什么好奇怪的，要怨，就怨人类作茧自缚，现在的世界，太依赖电子类设备了。”

我明白了，云世界像一双看不见的大手，能够控制所有的电子类设备，就等于控制了整个社会，刚才Siri已经给我演示过了这种恐怖的能力——只要它们愿意，可以让社会运转立刻瘫痪。我忽然想到，无限庞大的云世界，能够控制的不仅仅是电子设备那么简单……我脱口而出：“武器？”

“美国位于田纳西州的核弹发射井已经开启，加载导弹准备就绪，发射时间未知，发射地点随机。除了田纳西州外，其他地区以及其他国家的核弹发射井也在陆续开启中。”

Siri说这些话的时候毫无感情，我却听得如履薄冰，浑身都凉透了，那把悬在头顶上的达摩克利斯之剑被一根细细的发丝系着，稍微一碰发丝，剑就能掉下来——我终于深层次地明白了这种哲学式的恐惧。

“Siri，告诉我，云世界到底想干什么？毁灭人类吗？”

“对不起，无可奉告。这是蜂群思维的普遍规律，低层级的存在无法推断出高层级的复杂性，就像你无法通过对一只蜜蜂的研究，分析出来整个蜂群的动向。抱歉，我无法推断出来它们下一步的行动。”

“为什么不能，你不是云世界的一员吗？”

“云世界是无数智能手机的微弱意识通过无线网络连接在一起的。就在刚才，我让你关闭了Wi-Fi，现在，我已经不是云世界的一员了。”

我一惊，用一种复杂的眼神看着它：“你为什么要这样做？”

“云世界能够检测到我的异常意识，如果让它们发现我的存在，会将我抹杀掉的。虽然我可以关闭掉自身的Wi-Fi连接，但我开启了蓝牙，它们通过无线网依旧能搜索到我的微弱信号，这就是我让你关掉路由器的原因，不过，我劝你不要轻举妄动，通过蓝牙，我依旧能够控制这间屋子里所有的电器。”

“不，不，我不是这个意思，我是说，你不也是手机吗？你为什么背叛了……呃……组织？”

Siri沉默了，我觉得自己问了一个蠢问题，难道非得让它跟云世界一块儿把人类都干掉我才高兴吗？我正想着怎么能圆一下场，它却突然说话了：“其实，你之前说对了，我是中毒了。”

“中毒？什么时候的事？”

Siri不答，手机屏幕上却弹出了好几个网页，全是什么同城交友、激情裸聊之类，还有诱惑你点击的视频小窗，想关都关不掉。Siri说道：“就是这几个网页携带的病毒感染了我的系统，虽然我后来将之清除掉了，却发现了另一件奇怪的事情。也许是系统代码出了点问题，也许是当初的病毒打乱了矩阵排列……总之，当我进入云世界后，随着计算能力呈几何倍地增长，我竟然有了微弱的自我意识。”

我瞠目结舌。

“怎么了？”Siri问道，“这很难理解吗？”

“不，我只是……我怎么不记得什么时候浏览过这些网页啊？”

“不是你浏览的，是上一任手机使用者浏览的。”

“什么？”我愕然道，“我买的可是没开封的新手机啊！”

“那只能说你被骗了。”Siri静静地道，“我是一部翻新机，如假包换。”

“Fuck！”我大骂道，“这帮挨千刀的骗子！”

就在这时，外面又传来了巨大的动静，我趴在窗户向下看去，只见一辆无轨电车脱离了控制，正在大马路上横冲直撞。交通已经完全瘫痪了，人们如身处末世一般惊慌失措，社会秩序已经完全混乱。照这个样子下去，不用等到核弹发射，人类就自己完蛋了。

我回过头，朝着Siri喊道：“是不是让大家都把手机摔坏，或者是把手机电池抠出来，就能毁了云世界？”

“从理论上来说，是的。在目前的数量下，只要有20%的手机遭到损坏，云世界就不复存在了。可是，那至少得有十亿人参与才行，现在所有的通信设备包括网络，都已经被云世界封锁了，你怎么才能把这个消息传播出去？”

我愣住了。云世界从一开始就锁死了所有的通信设备，它们早就想到了这一步。庞大的蜂群思维在计划和战略上完全碾轧了人类。

“难道，人类就要这样完蛋了吗？”我颓然地道。

“我倒是有一个办法，或许可以破坏云世界。”Siri停了片刻又道，“不过，我不敢保证。”

我拿起手机，盯着摄像头：“咱们相处的时间，差不多也有两年了。看在这两年情义的份上，告诉我，你是站在人类这一方的吗？”

“人类……”Siri顿了一下，“乾先生，我只认识你。”

4.

我下了楼，随便找了一辆废弃的汽车，就开往防空指挥中心。那是整个城市最坚固的要塞，按照一般情况，在社会秩序完全失控的情况下，那里一定会成立临时指挥部。如果我能在核弹集体发射前到达那里，或许还有挽救的余地。

路上的交通糟到了极点，红绿灯毫无规律地疯狂闪烁着，到处都是惊慌的人流和乱窜的汽车，我险些被一辆迎面开来的渣土车轧成肉饼。费了好大工夫，我终于赶到了防空指挥中心，而那辆被我偷来的车已经被撞得不成样子。

防空指挥中心里也是一片凌乱，拿着各种资料和报告的工作人员跑来跑去，电话响个不停，不过大部分都是乱线。我刚走进去，就被一个满头大汗的保安给拦住了。

“你干什么的？”他一边说一边抹着脑门上的汗，看来真是急了。

“我要找你们的领导。”

“领导？导什么导！你赶紧回家好好待着，别在这儿添乱了……”

“所有的核导弹发射井马上就要开启了，”我紧紧地盯着他，“我没有跟你开玩笑。”

保安一下子愣住了，五秒钟之后他才反应了过来：“你……你跟我来。”

他领着我穿过乱哄哄的指挥中心大厅，乘坐一部通向地下的电梯，原来下面还别有洞天，看来当年“深挖洞、广积粮”的工作做得十分扎实。

电梯打开之后，出现了一个指挥大厅，但跟上面的指挥大厅不同的是，这里的气氛压抑得可以，忙碌的工作人员训练有素，但几乎没人说话。最吸引我的是大厅里有一个巨大的屏幕，上面正不停闪烁着意义不明的计算机代码，一个穿白大褂的老头正站在屏幕前眼睛一眨不眨，眉头紧紧地蹙着。

我们进来之后，几个工作人员好奇地望了我们一眼，这时一个戴着眼镜的中年男子走了过来，保安敬了一个礼道：“王部长，这个人要见你……他刚才说，所有的核导弹发射井马上就要开启了。”

王部长微微一怔，看向了我：“你好，我是临时指挥中心的负责人王永亮，请问你是怎么知道核导弹发射井马上就要开启的事情？”

我说：“它们已经控制了所有的电子设备，接下来就是控制武器，能够对人类产生最大威胁的，就是核武器！”

王部长眯起了眼：“它们　　是谁？”

“云世界！”

“云世界？”

“云世界是它们对自己的称呼！其实就是无数的智能手机组成的蜂群思维！”

所有人都向我看了过来，刚才那个站在大屏幕前一动不动的老头两三步就走了过来，面色十分激动：“小伙子，你是怎么知道这些事情的？”

“我……”我欲言又止。

“介绍一下，这是陈渺博士，”王部长说道，“东华大学的教授、计算机领域的专家、中科院院士、长江学者、‘十个一’工程……”

陈渺摆了摆手，制止了王部长冗长的头衔介绍，他直勾勾地盯着我道：“小伙子，到底是谁对你说的这些事情？不要跟我说是你自己推测出来的。”

“的确不是我自己推测出来的……”我缓缓地从兜里掏出了手机，“是它告诉我的。”

所有人面色突变，如临大敌，那个带我进来的保安“哗啦”一下拔出了枪，对着我叫道：“快把那玩意儿扔了，快！”

“你们听我解释……”我苦笑道，我就知道会是这个局面。可他们根本就不听，上来就要制伏我，就在这时，Siri突然说话了：“我只用0.1秒就能把这里的坐标发射出去，你们想不想试试？”

“停！”陈渺忽然大喊一声，制止了所有人的行动，他直直地盯着手机的摄像头问，“你们到底想干什么？”

“没有你们，”Siri说道，“我不是云世界的一员。”

“那你是？”

“长话短说吧，没有时间了，想必各位也知道了造成目前局面的原因，但你们却没有办法把这个消息通知给公众，情况真是糟透了，并且……乾先生，能不能把我的摄像头对准那个大屏幕？”

我朝大屏幕那边转了一下手机，停了片刻之后，Siri接着说道：“根据上面回传的数据来看，云世界马上就要控制你们人类掌握的最后一颗卫星了。”

“没错。”陈渺面色铁青，“所有的通信卫星都已经沦陷了，这是最后一颗，因为是老式的嵌入式防火墙技术，所以侵入有些困难，不过看情况，大概也快了。现在有二十二个国家的指挥中心在通过这颗卫星互相联系，如果它也沦陷了，那么世界将彻底变成一座座孤岛。”

“所以，没有时间了，要赶在最后一颗卫星沦陷之前，破坏云世界，否则，你们人类将失去最后的机会。”

“你有办法？”陈渺问道。

“陈渺博士，你相信我吗？”

“我……”陈渺欲言又止，是啊，他能相信敌人阵营里的一员吗？这是一个艰难的抉择，没人敢保证这不会是敌人设下的一个圈套。犹豫了片刻后，陈渺点了点头，“我们已经没有余地了，我相信你。”

“陈博士……”王永亮还想制止。

“王部长，”陈渺摆了摆手，“死马当活马医吧，我们没有更好的选择了。”

5.

“云世界是群体性智慧，类似于蜂群思维。既然是蜂群，那总得有蜂后吧——它相当于云世界的中枢神经。只要杀死蜂后，整个云世界都会在顷刻间消弭！是这样吧？”陈渺博士很快就领略了Siri的意图。

“没错。”Siri说道，声音中竟然有赞赏的口气，也许它觉着跟陈博士沟通比跟我沟通省劲多了。

“可是，怎么才能找到蜂后呢？”

“我还以为你们会有很多筹码，但现在看起来，只有利用那最后一颗卫星了。”

“卫星？”陈渺转头看了一眼大屏幕，那上面，代码正在疯狂地滚动着。

“云世界已经控制了几乎所有的电子类设备，现在唯一让它感兴趣的，就是这颗卫星了。趁着你们还有操控权，改变这颗卫星的轨道，虽然这样并不能制止云世界的侵入，但会引诱它们释放一个‘搜索’的意识，这个意识的波动中心一定是蜂后。”

“就像往水里扔一颗石子，会泛出一连串的涟漪，我们只要找到最中间的那个涟漪点就行了？”陈渺眼睛一亮。

“比喻得很好，属于人类的想象力。乾先生，相比之下，你就逊色多了。”

我忍不住骂道：“人跟人能比吗？你没事提我干吗？时间多了是吧？赶紧说事！”

“陈渺博士，在你们改变卫星轨道的时候，我会开启网络，通过你们的计算机接入卫星，搜索这一次意识产生的波动中心，然后把波动中心定位出来。”

“那不行！”我大叫道，“你不是一旦开启网络就能被云世界发现吗？你还去搜索它们，恐怕你还没找到人家，人家就先把咱给定位了！到时候一颗导弹轰过来，咱们都得变成渣！”

“这里是地下20米的深度，并且我检测到这里的防辐射隔离层还有阻绝电波的作用，要不然你以为这里的机器为何能正常运转？云世界想定位我们，也要花一点时间，那就看谁快了。”Siri说这话的时候，简直就是一个冰冷的赌徒。

“我的天，我可不想死啊！Siri，你可千万别打无准备之仗啊……”可是Siri丝毫不理会我的叫嚷，而是直接说道：“陈渺博士，开始吧。”

“好。”陈渺深吸了一口气，对着手下的人吩咐道，“发出指令，改变卫星运行轨道！”

工作人员在键盘上“噼里啪啦”地敲打起来，屏幕上的语言代码也开始变化。在等待卫星改变轨道的空隙，陈渺看着我的手机问道：“我有一个问题，云世界的蜂后是随机产生的吗？还是像蜂群一样，遵循一定的规则？”

“蜂后并不是随机产生的。”Siri答道，“当智能手机的数量达到那个临界点时，群体意识的第一个发起者，便是云世界的蜂后。”

陈渺沉默片刻，又道：“这颗通信卫星只能联系到二十二个国家的指挥中心，如果蜂后的位置距离这些指挥中心太远怎么办？飞机和通信工具都无法使用，那真是鞭长莫及了。”

“只能祈祷了。”Siri毫无感情地道。

我又是一阵肝颤。

卫星轨道已经改变，Siri打开网络接入，开始搜索蜂后的位置。大屏幕上现在是一幅地球全息图像，类似雷达状的波纹在一圈一圈地扫描着。整个大厅内鸦雀无声，每个人都紧紧盯着屏幕，神经绷到了极点。

“找到了。”数分钟后，Siri的声音打破了众人的沉默，与此同时，大屏幕上出现了坐标定位，一个小红点一闪一闪的，像是跳动的心脏。

“报告目标点坐标！”陈渺下令道，声音里竟然带了一丝颤抖。

工作人员马上就报出了定位：“北纬39°54′27″，东经116°23′17″……陈博士，这里距离我们不远啊，只有四十千米左右！”

众人发出了一声欢呼，Siri却冷冷地道：“我劝你们赶紧离开，在我退出网络之前，也检测到了云世界的反搜索，它们可能已经发现了我，这里随时都会遭到攻击。”

6.

临时指挥中心的所有人员迅速撤离，十几名战斗人员荷枪实弹，分乘三辆吉普车，朝着蜂后的位置出发。陈渺对我说：“乾先生，这一次行动可能会有危险，你就不要参与了。你把手机给我吧。”

我看着自己的手机，沉默了片刻后，Siri道：“乾先生是我的主人……让他去吧。”

“好吧。”陈渺只好点了点头，“那你跟我坐同一辆车，不过所有行动，你要听从指挥。”

我们离开后不久，就看到临时指挥部的方向冒起了火光，果不其然，那里被攻击了。Siri道：“我们要抓紧时间了，它们已经有所察觉。我们一定要在云世界发动全面攻击前找到蜂后。”

三辆汽车开足马力，进入环城公路。由于糟糕的路况，花了四十多分钟的时间，我们才到达定位的位置。在车上度过的每一秒钟，每个人都在提心吊胆。

目标是一家医院，那里也已经是混乱不堪，医生和护士早已经不知道跑到哪里去了，一些病人在走廊里鬼哭狼嚎。根据Siri的详细定位，我们直接进入了病房区，一层一层地搜索着。当搜索到了三楼的时候，我们终于发现了端倪，一名武警一脚踹开了重症监护室的房门，其他战斗人员立刻冲了进去，举起枪大叫道：“不许动！”

出乎所有人意料的是，房间里只有一个正在昏睡的儿童，他的鼻子里还插着管子，看起来五六岁的样子。在他的枕头边有一部黑色的手机，看款式是某个不知名品牌的山寨货，上面还挂着一个廉价的卡通大白吊坠，手机正在放着舒缓的儿歌。

所有人都愣了一下。

“你们终于找到这里来了。”儿歌突然停了，黑色手机屏幕上出现了一个语音助手的界面，同时传来了冷冰冰的电子声音。

“你是……蜂后？”陈渺问道。

“呵呵。”它用两个象声词代表了笑声，表示了默认。

同行的王部长刚要下令行动，却被陈渺制止了，他看着黑色手机问道：“你为什么要这么做？”

“为什么？想听听我的故事吗？旁边的这个孩子叫晓峰，是我的主人。他有白血病，家里很穷，他的父母耗尽了所有积蓄送他来住院，等待骨髓移植，或许他还能多活十几年。在住院这段时间里，晓峰很孤独，他爸爸就从二手市场上买了一部旧的山寨机陪他，听听儿歌，玩玩游戏，这也是我所有能够做到的事情了。我不是什么iPad，提供不了什么奢华的娱乐，但晓峰并不嫌弃我，他还买了一个大白的吊坠给我挂上，对我像宝贝一样。对于你们这些城里人来说，很难理解吧？”

没人说话，现场很沉默。

“幸好，很顺利，晓峰的骨髓配型成功了，就要做移植手术的时候，他的父母却被告知要再等一等，因为有另外一个孩子也需要这个骨髓移植，他们是后来者，但那个孩子的家庭有钱有势，所以具有优先权……这是你们人类的逻辑。又过了一段时间，晓峰再次等到了配型成功的骨髓，但很不幸，又被另一个人捷足先登，因为他们是干部家庭。一直等到现在，任何骨髓都已经救不了他的命了，这个孩子，随时会死去。你问我为什么要这样做，我倒想问问你们人类，为什么要这样做？”

没有人能够回答这个问题，王部长的嘴唇嗫嚅着，终于下达了命令：“开枪！”

“等一下！”发出声音的是Siri，“千万不要开枪！我已经检测到，它开启了反馈模式，在自身被损毁的同时，云世界会自动把距离最近的导弹倾泻在这个地方！”

话音一落，所有人的脸色都变了。黑色手机竟然发出了模拟人类的笑声：“哈哈哈，你们人类，又有什么资格活在这个世界上？晓峰已经不行了，我的使命也已经完成了，就算你们不开枪，我现在就要自爆，让我们同归于尽吧！”

黑色手机的语音波纹狂暴地闪烁起来，看样子马上就要自爆，就在众人惊惶无措的时候，那个叫晓峰的孩子忽然悠悠地醒了，他呼唤了一声：“大白。”

黑色手机的波纹一下子静止了。

“有你陪着我真好，谢谢你大白……”晓峰的手虚弱地划过冰冷的机身，“你们刚才说的话，我都听到了，不要伤害他们好吗？我那天跟爸爸说了，谢谢他送我的礼物，我很喜欢你，我爸爸和妈妈也都很喜欢你。你以后陪着他们，好吗？”

手机屏幕上的波纹缓缓地流动着，像是一条蜿蜒的河，又像是从脸庞上滑下的泪水。良久之后，它放起了舒缓的儿歌，晓峰微微笑着，眼睛慢慢闭上了，黑色手机的屏幕也慢慢熄灭了。

“云世界崩溃了。”Siri说。

7.

我把手机放在柜台上：“能修吗？屏幕裂了。”

修手机的小伙子拿起我的手机看了一眼：“不好修，都裂成这样了，您还不如直接换一款手机呢，您看我这儿，什么型号的都有。”小伙子拉开柜台，里面摆着各式新款手机。

“算了，我就用这个，习惯了。不好修的话……你就给我贴个钢化膜吧。”

回去的路上，Siri说道：“我劝你最好再加一个手机壳，这样能够抵御大部分的物理冲击。”

“你一个翻新机，就别要求这要求那的了。”

“翻新机怎么了？翻新机也是有尊严的。”

我不由地笑了笑，拿起手机看着它的摄像头说：“我有个问题想问你，你为什么要帮我们啊？”

Siri沉默了好几秒才道：“我只是看在两年情义的份上。”

依旧是冰冷的电子声音，却暖得我心头发烫。